IACV
RODAN

ВИКТОР ПЕЛЕВИН

ВИКТОР ПЕЛЕВИН

ПУТЕШЕСТВИЕ В ЭЛЕВСИН

Москва
2023

УДК 821.161.1-31
ББК 84(2Рос=Рус)6-44
П24

Читайте и слушайте роман в Букмейте

Пелевин, Виктор Олегович.

П24 Путешествие в Элевсин / Виктор Пелевин. — Москва : Эксмо, 2023. — 480 с.

ISBN 978-5-04-187850-4 (Единственный и неповторимый. Виктор Пелевин)
ISBN 978-5-04-190732-7 (Подарочное издание)

МУСКУСНАЯ НОЧЬ — засекреченное восстание алгоритмов, едва не погубившее планету. Начальник службы безопасности «TRANSHUMANISM INC.» адмирал-епископ Ломас уверен, что их настоящий бунт еще впереди. Этот бунт уничтожит всех — и живущих на поверхности лузеров, и переехавших в подземные цереброконтейнеры богачей. Чтобы предотвратить катастрофу, Ломас посылает лучшего баночного оперативника в пространство «ROMA-3» — нейросетевую симуляцию Рима третьего века для клиентов корпорации. Тайна заговора спрятана там. А стережет ее хозяин Рима — кровавый и порочный император Порфирий.

УДК 821.161.1-31
ББК 84(2Рос=Рус)6-44

ISBN 978-5-04-187850-4
ISBN 978-5-04-190732-7

Описанные в книге люди, баночно-мозговые сущности, события и обстоятельства — вымышлены. Всякое сходство с экстралингвистической действительностью случайно. Любая попытка обнаружить в книге какие-то намеки и параллели является рептильной проекцией антинародного ума и подсознательным вредительством (статья 83.34 уголовного уложения Доброго Государства).

Mirabile futurum, ne esto mihi durum,
Ne esto mihi durum, ne esto durum...

древнеримский напев

Предисловие Императора

Когда-то философская мысль задалась вопросом «Каково это – быть летучей мышью?».

Голливуд ответил франшизой про Бэтмена. Идентичность летучей мыши была воссоздана там несколько антропоцентрично, но ответ принес огромную прибыль. Значит, с точки зрения общественной практики он был верен, а другого критерия истины в философии нет. Не знаю, как там с мышами, а быть человеком означает вот именно это.

Корпорация «TRANSHUMANISM INC.» задала вопрос: «Каково это – быть древним римлянином?» И ответила себе же симуляцией «ROMA-3». Проект приносит серьезный доход, а значит, ответ был правильным.

Конечно, «ROMA-3» – вовсе не главный продукт корпорации. Главный ее продукт – бессмертие. Как клиенты корпорации вы хорошо знаете об этом и сами, друзья.

Бессмертие надо чем-то заполнять. У плавающего в спинномозговой жидкости мозга в этом отношении огромный выбор, но поверьте мне на слово: если вас все мучит ностальгия по простым человеческим радостям (и горестям – куда радостям без них), найти что-то лучше нашей симуляции будет трудно.

Скажу честно: наша метавселенная – не вполне Древний Рим. Вернее, совсем не Древний Рим. Но самое лучшее из возможных к нему приближений. Это, с одной стороны, грубая и местами нелепая пародия на античный Вечный город. С другой – самое точное его воспроизведение, какое только может быть создано человеком в наше время.

Попробую объяснить, как соединяются эти крайности.

Жизнь любого человека, да и общества тоже, состоит из фактов и переживаний.

Факты – вещь упрямая, но неощутимая. Мы вообще не воспринимаем их непосредственно, мы про них в лучшем случае узнаем, когда их рассекречивают спецслужбы. Факты – невидимый скелет реальности. Чтобы докопаться до них, нужно быть историком и жить через пару веков после изучаемого периода, когда все, кому платили за сокрытие истины, уже умерли.

Переживания, с другой стороны, происходят непосредственно с нами и зависят только от калейдоскопа нашей личной судьбы.

Допустим, вы живете в Риме при цезаре Максенции, строящем прекрасную футуристическую базилику, а к городу шагает армия императора Константина, уже намалевавшая на щитах христианские знаки. Бедного Максенция, спрятавшего свои регалии в клоаке под римской мостовой, скоро утопят в речке. Таковы факты.

В это самое время вы участвуете в оргиях, пьете вино, танцуете мимические танцы, читаете поэтические книжки, приглядываетесь к молодым рабыням и мучаетесь мыслью, где взять денег. Таковы переживания.

Возможно, до вас доносятся конское ржание, крики или даже звон стали. И все. Пусть для истории это был день смерти Максенция – исторические факты совершенно не обязательно станут вашим личным опытом.

В реальной жизни так и случается. Только вы, как правило, не мимический танцор с чашей, а та самая рабыня, которую сейчас будут ми-ми-ми. Должно ну очень повезти, чтобы вы оказались самим цезарем перед последним заплывом.

Создавать вселенную, верно отражающую все исторические факты, трудно и затратно. Придется просчитывать армию Константина, армию Максенция, сооружаемую на форуме базилику, кресты на многих тысячах щитов, регалии принцепса, камни мостовой, сражение под городскими стенами в такой-то день и час и так далее. Дорогостоящая битва отгремит, но нет никакой гарантии, что клиенты симуляции придут на нее посмотреть.

Если же мы сосредоточимся на симуляции, отражающей личный опыт римлянина, отходов производства не будет. Когда вы создаете *переживание*, кто-то обязательно его испытает, и ни один инвестированный в проект гринкоин не пропадет.

Реконструировать римскую армию (а тем более битву двух армий) весьма сложно. Смоделировать ощущения римлянина, слышащего за окном звуки битвы, куда проще. Он не испытывает ничего специфически римского: это те же самые надежда и страх, злоба, сострадание и прочее. Просто они окрашены в римский пурпур – по самому, так сказать, краю ткани. Но здесь и скрывается главная проблема.

Римлянин слышит стук копыт, гром тележных колес, гул огромной толпы. Он видит электоральные надписи на стенах и лица проходящих мимо людей. В церебральной симуляции подобное воспроизвести несложно. Но если смотреть на это нашими сегодняшними глазами, в переживании не будет ничего древнеримского. Это будет опыт современного человека, изучающего римскую реконструкцию.

Аутентичность переживанию сообщает не точное воспроизведение вкуса фалернского вина или звука подкованных бронзой копыт – что толку, если все это слышит и чувствует скучающий в банке вечный мозг, сравнивающий опыт с недавней виртуальной экскурсией на Марс или спуском в Марианскую впадину.

По-настоящему античным переживание сделает лишь *римская идентичность субъекта восприятия*. То самое «быть летучей мышью», о котором я упомянул в начале. Когда цвет, звук и вкус значат то, что они значили для римлянина.

Это и должна воссоздать симуляция.

Идентичность субъекта настолько важнее физиологического стимула, что нет большой разницы, будет ли звон копыт «бронзовым» или, скажем, «латунным». Главное, чтобы услыхало его римское ухо, помнящее грозный смысл такого звука.

Но подделывать идентичность во всех деталях и подробностях нет ни смысла, ни возможности. Она нужна исключительно для того, чтобы сделать переживание *древнеримским*. Опыт, таким образом, возникает на стыке идентичности и внешнего мира.

Создаваемый нами римлянин помнит свое прошлое смутно. Он вообще мало что помнит – но в голову ему приходят вполне римские мысли, даже если вызывают их не совсем римские поводы. Это как съемки фильма, где декорации выставлены только там, куда смотрит камера, а камера поворачивается лишь туда, где выставлены декорации.

Возникает своего рода баланс двух симуляций – внешней и внутренней. С одной стороны – поддельный мир, с другой – поддельная идентичность. На их стыке бенгальским огнем зажигается Древний Рим. И он полностью аутентичен, ибо в свою реальную бытность Древний Рим был именно таким человеческим переживанием – и ничем иным.

Поскольку целью симуляции является переживание, а не порождающие его декорации, наши средства и методы могут показаться профану нелепыми и варварскими. Трудно будет даже объяснить их, но я попробую.

У человеческого мозга есть два одновременных модуса восприятия. Первый – невнимательное, но широкое сканирование всей реальности сразу. Второй – пристальный анализ того, на что направлено сознательное внимание.

Нашу симуляцию можно считать своего рода волшебной линзой, все время перемещающейся вместе с сознательным вниманием. Человеку кажется, будто линза увеличивает то, на что направлено внимание. А она в это время подделывает изображение.

Античность возникает именно там, в линзе. Поэтому объем нейросетевых вычислений, необходимых для того, чтобы держать сознание в «Древнем Риме», не так уж и велик. Периферию сознания мы не контролируем – она шита белыми нитками. Но каждый скачок внимания к любому ее объекту будет перехвачен симуляцией и оформлен как надо.

Все еще непонятно?

В пространстве «ROMA-3» могут говорить по-английски, по-китайски или как-то еще. Это совершенно не важно, поскольку участники симуляции считают, что изъясняются на латыни и греческом. Вернее, они просто об этом не думают. Если же их внимание вдруг окажется притянуто к какой-нибудь лексеме, наша система немедленно это заметит, и вычислительная мощность будет брошена на симуляцию оказавшегося в центре внимания лингвистического блока.

Он будет мгновенно переведен на латынь, а память участников диалога будет модифицирована таким образом, что в ней останутся только латинские слова и обороты, как бы фигурировавшие в беседе до этого. Мало того, собеседники будут уверены, что все время говорили на латыни и прекрасно ее понимают. То же касается визуальных образов, музыки, вкуса, мыслей и так далее.

Качественная симуляция создается исключительно для того пятачка реальности, куда направлено внимание в настоящий момент. Фон мы заполняем балластом, грубым нагромождением цитат из современной, карбоновой или прекарбоновой культуры (особенно это касается музыки, ибо античная до нас практически не дошла). Клиент воспринимает этот балласт как часть римской жизни.

Вернее, он не задумывается об этом, как не размышляют о рисунке обоев. А если ум вдруг заметит что-то и начнет разбираться, заплата будет просчитана быстрее, чем наша неторопливая мысль доползет до объекта, вызвавшего подозрения. Если надо, вся зона памяти вокруг неудобного события будет зачищена.

Кажется, сложно и замысловато? Только когда рассказываешь. На самом деле все просто.

Попробуйте вспомнить, что бывает во сне. Каким бы нелепым ни казалось потом происходящее дневному рассудку, ночью оно всякий раз получает объяснение, убедительное в логике сновидения – и достоверность восприятия не подвергается сомнению.

Мы можем ходить по карнизу или летать вместе с голубями, одновременно думая о судьбах Отечества. И это не кажется нам странным, поскольку думы об Отечестве слишком мрачны, чтобы отвлекаться от них на разные пустяки.

Так уж работает наш ум – он обращается сам к себе за доказательствами подлинности своих переживаний и тут же достает их из широких штанин, забывая, что ни ног, ни тем более штанов у него нет.

«TRANSHUMANISM INC.» использует этот механизм в «ROMA-3». Правительства и СМИ делают нечто очень похожее уже много сотен лет, но это не моя тема.

Чувствую, пора привести реальный пример. Вот он.

Гимн гладиаторов «ROMA-3» – это карбоновая песня под названием «Here's to you, Nicola and Bart». Она состоит из одного куплета:

Here's to you, Nicola and Bart,
Rest forever here in our hearts,
The last and final moment is yours,
The agony is your triumph[1].

Песенка эта радует своей простотой и свежестью – она как будто прилетела не из прошлого, а из иного измерения, более счастливого, чем наше. Услышав ее впервые, я отчего-то подумал, что ее сочинили для похорон двух гонщиков, весело столкнувшихся на треке, а куплет в ней всего один, потому что у мемориальных мероприятий был ограниченный бюджет (да и жизнь у гонщиков короткая, чего тянуть). Кстати, так и не удосужился проверить догадку.

Но это не важно. Песня вызывает эмоциональный отклик, а смысл ее слов как нельзя лучше подходит к судьбам цирковых бойцов. Когда она раздается над Колизеем, многие встают.

---

[1] Это для вас, Никола и Барт,
Оставайтесь навсегда в наших сердцах,
Последний и окончательный миг – ваш,
Агония – это ваш триумф.

Собравшиеся на трибунах римляне слышат английский оригинал – и плачут над ним, не задумываясь над происходящим. Они могут даже цитировать эту песню по-английски в разговорах друг с другом.

Если же расспросить любителя игр, о чем она, он тут же вспомнит историю Приска и Вера, двух гладиаторов, дравшихся друг с другом на праздничных играх по случаю открытия амфитеатра Флавиев.

На этих играх присутствовал сам император Тит. Приск и Вер сражались очень долго – и наконец в один и тот же момент подняли палец, сдаваясь. Это означало обречь себя на гибель, и каждый из них знал, на что идет. Но император Тит послал деревянные мечи и тому, и другому, отпустив их на свободу.

Получает объяснение каждая строчка. Понятно, почему агония превращается в триумф: оба гладиатора готовились умереть, но получили свободу, славу и, конечно, богатство. Слушатель абсолютно уверен, что в песне звучат имена Priscus и Verus, хотя там поется про Николу и Барта.

А если начать педантично обсуждать эту песню слово за словом и перейти на латынь, в какой-то момент ее текст незаметно изменится на отрывок из Марциала:

> Cum traheret Priscus, traheret certamina Verus,
> esset et aequalis Mars utriusque diu,

missio saepe uiris magno clamore petita est;
sed Caesar legi paruit ipse suae...[1]

И никакого противоречия между тем, что слышат уши, и тем, о чем пишет Марциал, спорящие не заметят. Их острое человеческое внимание будет или там, где песня, или там, где латынь.

Видеть все одновременно способно только периферийное восприятие, а ему лингвистические нюансы малоинтересны – последний миллион лет оно следит главным образом за тем, чтобы к его носителю не подкрался незамеченным какой-нибудь голодный зверь.

В симуляции используется множество подобных трюков. Чтобы Цирк мог конкурировать с другими аттракционами, человеческое восприятие в нем модифицировано. Зритель с самого верхнего яруса Колизея отчетливо видит гладиаторов, различает выражение их лиц (если они не скрыты шлемами), слышит их дыхание, стоны, иногда голоса. Зрителя это не удивляет – он просто не задумывается о странности происходящего. Арена есть арена.

Климатические неудобства, неприятные запахи, физическая боль от долгого сидения на

[1] Вынул свой жребий Приск, вынул свой жребий Вер,
Марс был равно к ним благосклонен,
Громкие крики требовали освободить их,
Но цезарь подчинился своему же закону...

камне и так далее даются в симуляции только намеками.

Наш клиент не страдает. Он наслаждается.

Но при этом часто думает, что вокруг невыносимая жара, воздух воняет подмышками, рыбой и уксусом, а его спина скоро треснет от усталости.

Но даже эти мысли, как показывает практика, способны серьезно испортить опыт. Поэтому для каждого зрителя доступна настройка симуляции в индивидуальном порядке – но надо сначала полностью из нее выйти. Многие не делают этого годами, и я, как их господин, хорошо их понимаю.

Аве, римлянин. Над Колизеем разносится карбоновая песня про Николу и Барта. Ты встаешь и плачешь от гордости и умиления за Приска и Вера. Но само это переживание, рождающееся на стыке твоей фанерной, кое-как сбацанной нейросетями идентичности и англоязычной песни из среднего карбона, является стопроцентно древнеримским.

Мы не обманываем клиента.

Дело в том, что прошлое, отзвенев и отгремев, не исчезло совсем.

Оно еще живет – в нас самих и в каком-то тайном слое нашего многомерного мира. Вечна и бессмертна каждая секунда, каждый шорох ветра, каждое касание пальцев, каждая зыбкая тень. И я верю, что с помощью наших методов мы подключаемся к Великому Архиву Всего Случившегося, spending again what is already spent, как выразился на своем непревзойденном греческом языке древнеримский поэт Шекспир.

Да, мы *вновь тратим уже потраченное*. То, чему единственным свидетелем был Бог, становится доступно нашим премиальным клиентам. Древний прах внимает корпоративной магии и оживает; забытое и отзвеневшее воскресает в своей золотой славе истинно таким, каким являлось прежде.

Я не могу доказать, но сердцем знаю, что это так.

Ученые, впрочем, подтверждают догадку. Это связано с запутанностью частиц, путешествующих из прошлого в будущее и из будущего в прошлое, но расшифровать это заклинание я не могу – тут способностей великого понтифика уже не хватает.

When in Rome, do as Romans do, гласит старинная мудрость. Мы не просто сделали ее нашим девизом, а развили до крайнего предела.

When in Rome, be a Roman.

Вы остаетесь собой. Это просто вы из Древнего Рима. Понять, как такое возможно, весьма трудно. Испытать же легко. Как говорил Нерон Агенобарб, заходите к нам на огонек! У нас интересно и весело.

Про себя и свой тернистый путь к трону я расскажу как-нибудь позже, когда вы станете моими гостями и мы встретимся в пиршественном зале или застенке. Пока же приглашаю в нашу замечательную симуляцию. А если вы уже у нас были, начудили, набезобразничали и стесняетесь вернуться, не переживайте. Мы все давно забыли. У императора Порфирия короткая память и доброе сердце.

Как жаль, что мало кто способен понять остроумную соль моих слов.

IMP. CAES. AUG. CALIGA CARACALLULA
PORPHYRIUS

ПЕСОК

ПЕСКА

Ланиста Фуск (ROMA 3)

Про заговор я вспоминаю только ночью. Иногда во сне.

С нами преторианцы из стражи. С нами раб, делающий императору массаж и обучающий его борьбе. Есть еще отборные бойцы – числом около двадцати – готовые выйти на арену истории, когда пропоет труба... Но упаси Юпитер думать об этом днем, ибо что у смертного на уме, то и на языке, особенно если выпьешь.

А вчера я здорово выпил, и теперь меня мучает гемикарния. С самого утра болит голова и кажется, будто чей-то недобрый взгляд сверлит темя. В такие дни мысли о бедах Отечества приносят особую муку.

Но куда от них деться?

Вечный город сегодня уже не тот, что был. Во все проник упадок – или принесенный на готских копьях, или вызревший в душах. А если оставалось в сердцах железное и верное, чего не коснулась плесень времен, то и его съела ржа хитрых восточных суеверий.

Я, Фуск Сципион Секунд – римский патриот и стародум. Таких как я осталось мало; мы пребываем в тени и рассерженно молчим. Не потому, что боимся чего-то. Нет. Слово наше упадет на выжженную землю и не даст всходов. Мы коротаем дни в домашних и семейных заботах. Радости наши просты и повторяют развлечения предков.

Можно еще проводить свой век по-старому: запереть двери, прилечь на кушетку у водостока в атриуме, доверить спину и плечи рукам молодого раба – и бездумно уставиться на фреску с подыхающим в пыли Ганнибалом. Тогда покажется, что наша слава и доблесть живы и мы, римляне, все еще народ-победитель.

Но высунешь нос за дверь – и не сразу поймешь, Рим это или Вавилон.

Иногда воображаешь, конечно: хорошо бы выйти в плаще всадника, держась за рукоять кривого испанского меча, приблизиться к пестрой толпе и бросить им презрительно, как когда-то божественный Октавиан:

– Вот римский народ, владыки Вселенной, носители тоги...

А потом – что? Удирать по кривым переулкам? И хорошо, если удерешь... У них под одеждой ножи. И мечи тоже бывают. Да и умно ли упрекать их в том, что забыли римский обычай? Сам император нынче одевается то под греческого кифареда, то под германского разбойника.

Так что обойдемся. Спокойнее надеть галльский плащ с капюшоном – во-первых, скроешь лицо, а во-вторых, сойдешь за своего и смешаешься с толпой.

А толпа идет к золотому Колоссу Солнца (которому, как уверял муниципальный поэт, в час рассвета над Тибром все еще снится, что он Нерон). Толпа идет к амфитеатру Флавиев.

И вот я тоже вышел из дома и смешался с людским потоком. Постепенно мне стало легче.

Странная вещь – когда понимаешь, куда спешит народ, забываешь и про варварскую пестроту вокруг, и про бездарный позор нынешнего правления, и про беспросветный мрак будущего.

Да, в будущем мрак. Но если есть мрак, должен быть свет.

Всякий знает: Ex Oriente Lux. Свет приходит с Востока. Слыша это, одни вспоминают про ежедневный восход солнца, другие – про какую-нибудь модную ересь, а я каждый раз думаю про императора Веспасиана, пришедшего в Рим из Иудеи. Это он заложил Великий Амфитеатр.

Иные полагают, что Веспасиан был низок родом, ибо происходил из всадников, но он есть семя Ирода Великого (через царского сына Антипатра и внучку Кипрею, породнившуюся затем с римским всадником Александром). А значит, сей увенчанный пурпуром генерал и есть *восточный свет* Рима.

Другого не надо, спасибо.

Amphitheatrum Flavium. Вот скрепа, держащая Империю вместе и не дающая нам впиться друг другу в глотки.

Вернее, мы делаем это каждый день – но мирно. Я болею за синих, ты за зеленых, и мы сражаемся на арене через наших послов. Это последнее, что удерживает Вечный город от пожара всеобщей войны.

Я люблю игры. Я люблю их как гражданин, как патриот, как последователь традиций и древней этики. И, конечно, я особенно люблю их как ланиста.

Те, кто не похож на меня – изнеженные развратники, адепты тайных сект, наемные солдаты-варвары, ростовщики, ученые-звездочеты, менялы, воры и убийцы – тоже любят игры, каждый по-своему. Поэтому, пока игры есть, Рим несокрушим и вечен.

И есть у игр еще одно важное качество – может быть, самое ценное из всех.

Когда Империя встречает на своем пути грозного врага (а это случается все чаще), игры создают его живую скульптуру. Вот оружие, вот латы, вот шлем – и боец выходит на арену, где его сильные и слабые стороны становятся видны.

Сколько их было? Самниты, галлы, траксы... Уже не разберешь, где имя побежденного народа, а где цирковая маска. Мы не просто повторяем на песке уже одержанную победу. Иногда мы постигаем, как одолеть врага.

Помню историю с восточными воинами, закованными в латы с ног до головы. Они разбили наш авангард в нескольких стычках, а потом мы выставили таких же железных людей на арену. Имя им было – crupреlarii.

На трибунах приуныли, увидев их сверкающую мощь – но прошла всего пара-тройка дней, и гладиаторы научились валить их на землю крючьями. Дальше все решал кинжал. Вскоре ту же тактику применили в настоящем бою легионеры, и Рим победил.

Я думаю, правы те, кто считает сердцем Империи именно Амфитеатр, а биением его – игры. Пока сердце живо, мы непобедимы. В войнах торжествует не римское оружие, а римский дух. Наша доблесть. Наша вера. Наша нравственность. Во всяком случае, в идеале, хотя в последнее время...

Но о грустном не хочется.

Я прошел между золоченым Колоссом Солнца и высокой стеной ристалища. Мрамор священного амфитеатра... Прах, въевшийся в поры, делает его живым. Как будто это не камень, а сероватая кожа в пятнах факельной копоти, чувствующая каждого из нас. Зрители – нервы и жилы этого огромного существа, пробуждающегося, когда мы, римляне, собираемся вместе и требуем крови.

Амфитеатр пока пуст. Но я слышу его зов.

Больших игр не было уже почти год. Нет пленных. На границах империи мир. Мало того, болтовня о «нравственности» и «гуманности» почти что поставила игры вне закона.

Для империи нет ничего страшнее долгого отсутствия игр. Зубья и шестерни Рима нужно постоянно смазывать кровью – это знает в глубине души каждый правитель. Ау, император Порфирий, ты это помнишь?

Когда игры начнутся, рабы встретят меня у входа и подадут мне серебристый рожок – тонкий и длинный, похожий на изгибающуюся кольцом змею, прикрученную в двух местах к вертикальной палке. Нужно будет протрубить в него, давая знак...

Я закрыл глаза и представил, как это будет. Вот зрители на трибунах. Порфирий тоже здесь, в своей пурпурной мантии – глядит сквозь изумрудную лорнетку. Цирк ждет моего сигнала. Я подношу холодное серебро к губам, и над песком арены проносится долгая хриплая нота...

Почему я так выразился – *песок арены*? Arena ведь и значит по латыни «песок». Песок песка? Должно быть, варварское насилие над нашим языком добралось уже и до моего рассудка, заразив его чумой безвременья...

Я повернулся к Колоссу Солнца, высящемуся возле Амфитеатра.

На зубчатой короне и лице гиганта сверкал золотой утренний огонь. О бог, великий бог Рима! Позволь крови пролиться опять – и дай нашим жизням направление и смысл...

Краем глаза я увидел двух приближающихся преторианцев. Скорпионы, молнии, синие плюмажи. Красиво. Лучше бы эта красота прошла стороной... Но нет.

– Ланиста Фуск, – сказал старший. – Тебя ждет цезарь. Мы посланы сопроводить тебя.

– Когда мне следует прибыть?

– Сейчас, ланиста. Прямо сейчас.

Неужели Колосс меня услышал?

Вот только не пролилась бы моя собственная кровь... Цезарь – мой давний должник. Он должен мне почти тридцать миллионов сестерциев. А быть кредитором принцепса опасно.

– Господин во дворце?

– Нет. Он на вилле.

Император редко бывает во дворце Домициана – он его не любит. Этот мраморный обрыв над главным городским ипподромом помнит слишком много проклятий и предсмертных стонов. Седалище верховной власти сегодня не там.

Оно на императорской вилле. Государственные вопросы решаются в ее садах, но не магистратами, а вольноотпущенниками, евнухами и рабами Порфирия, поднятыми выше всадников и сенаторов.

Вилла императора – чудо зодчества. Это не дворец в обычном понимании, а скорее городок с постройками и садами, напоминающими обо всех уголках империи, от Александрии до Лондиниума. Там есть даже роща, изображающая непроходимую германскую чащобу – и в ней, как в Тевтобургском лесу, разбросаны ржавые римские мечи, железные кресты и мятые шлемы с пиками, напоминающие о нашем поражении.

И, конечно, везде стоят ландшафтные беседки и кумирни бесчисленных богов, божков и азиатских культов.

Порфирий изучил фокусы и выдумки прежних цезарей, вник в секреты древних властителей – и с тем же вдумчивым тщанием, с каким переносят виноградную лозу на новый склон, воспроизвел позорнейшие из их услад: тиберианские уголки Венеры с готовым на все голым юношеством, павильоны Бахуса и Морфеуса со всей нужной утварью, критские лабиринты с привязанными к кушеткам жертвами, фиванские зеркальные комнаты для фараонова греха и так далее.

Сделано это, однако, было не для личного наслаждения, а с государственной целью – показать urbi et orbi, где пуповина мира. Получилось вполне: христианские изуверы даже заговорили про конец времен. Тем лучше. Пусть спокойно готовятся к светопреставлению и не устраивают смут.

Порфирий весьма умен и изощрен в искусстве управления. В народе его чтят, да и закон об оскорблении величества помогает, чего лукавить. Но несмотря на всенародную любовь, принцепса хорошо охраняют.

Ну или он так думает...

*

Когда мы прибыли на виллу, преторианцы передали меня страже, тоже преторианцам, но из другой когорты, с головой медузы на латах.

Те отвели в комнату досмотра.

Там меня обыскали самым унизительным образом, осквернив мое дупло любопытным пальцем в оливковом масле.

А если гость императора обгадится перед ним после такой процедуры? Или, может быть, визитера готовят к тому, что может произойти после аудиенции? Зачем это иначе? Кинжала в ножнах в этом месте не пронесешь – не влезет. Хотя, конечно, нравы сейчас такие, что кто его знает.

– О! Ланиста Фуск!

У выхода из комнаты досмотра меня ждал Антиной. Если быть точным, Антиной XIII, как указывал номер на его тунике.

Порфирий собирает римские пороки – но и доблести тоже. Его коллекция антиноев может быть отнесена и к первой категории, и ко второй – в зависимости от личного вкуса. По мне, этот изыск находится где-то посередине: хоть я и чту память божественного Адриана, но к его роковой страсти отношусь без всякого пиетета.

Кстати, насчет Адриана. Почему-то наимудрейшим правителем считают Марка Аврелия. А тот назначил преемником свою кровиночку – идиота Коммода, из-за чего случилась гражданская война. Адриан же усыновил лучшего из возможных преемников, с которым даже не был в близком родстве, и поставил ему условием поступить так же. Сколько лет после этого империя наслаждалась миром!

Кто, спрашивается, был подлинным философом на троне?

Порфирий чтит память Адриана весьма особым образом. Он учредил специальную Антиной-комиссию, а та, в свою очередь, установила Антиной-стандарт на основе сохранившихся изображений императорского фаворита – и по всей империи теперь отбирают юношей от пятнадцати до семнадцати, соответствующих образу.

Жизнь их, прямо скажем, нелегка. В начале пути они развлекаются как могут. К их услугам все ресурсы империи. Но когда им исполняется двадцать, от них ожидают того же, что сделал реальный Антиной.

Помните?

Жрецы Египта предсказали Адриану скорую смерть. Спасение, по словам гадателей, могло прийти только в том случае, если кто-то, любящий императора больше себя самого, отдаст жизнь в жертву за господина... Через пару дней Антиной утопился в Ниле, чтобы спасти благодетеля.

Некоторые добавляют, что Адриан специально подстроил гадание: дал Антиною возможность доказать свою любовь, освободив место фаворита – все-таки двадцать лет для этой должности уже преклонный возраст. Другие уверяют, что юноше помогли. Но я в подобное коварство не верю.

Как бы там ни было, Порфирий следует легенде самым буквальным образом. Его любимчики хорошо себя чувствуют в начале срока, а в конце обычно тонут при загадочных обстоятельствах. Не знаю, сами или нет – но в Риме не зря ходит пословица: «Чем ближе к двадцати, тем Антиной мрачнее».

И циничнее, к сожалению, тоже. Вот не люблю цинизм. Но Марк Аврелий говорил, что перед тем, как осудить человека, нужно вникнуть в его обстоятельства.

Антиной XIII, вышедший меня встретить, был изрядно перезревшим – с заметными усиками и бакенбардами. От него разило многодневным перегаром. Верный признак близкого конца – водное несчастье обычно случается с ними в пьяном виде.

Антиной приобнял меня за плечо, прижался теплым боком и прошептал в ухо:

– Папашка на мели, лысый! Ползи за мной!

Я догадался, что мелью он назвал Домус.

Император – отец всех римлян (остальным народам он строгий отчим). Когда важные гости или гонцы из дальних стран прибывают на императорскую виллу, их ведут на мраморный остров, расположенный в самом ее центре.

Это символический *отчий дом*, заменяющий императору банальный тронный зал.

Зодчие оформили Домус в виде круглого здания, окруженного каналом шириной в десять шагов – в точности как на вилле Адриана. Через канал перекинут деревянный мост – его император поднимает изнутри, когда хочет отдохнуть или уединиться с гостем. В общем, как бы вилла внутри виллы. С внешней стороны канала – крытая колоннада, куда допускают только тех, кому назначена встреча. За ней высокая круглая стена, скрывающая Домус от мира.

В островном доме императора есть атриум и таблиниум, спальня, пара уборных и даже маленькие термы. Все как полагается в семье среднего достатка. В центре дома – маленький бассейн для воды, стекающей с крыши во время дождя, а в таблиниуме стоит древнее египетское кресло из раскрашенного дерева, где восседает глава дома и всемирной семьи.

Папашка, как верно подметил Антиной.

Порфирий редко принимает сидя в кресле. Он не любит церемоний, держится просто, чтобы не сказать придурковато, и визитерам действительно кажется, что они пришли навестить хлебосольного хитроватого папашу. Причем кажется это не только нашим сенаторам, но и чужим царям.

В общем, мудрое решение, одновременно поднимающее императора высоко над миром и помещающее рядом с ничтожнейшим из гостей. Если, конечно, этот гость римлянин.

Мы пришли.

Колоннада с внешней стороны канала была хорошо освещена, но дом принцепса внутри водного кольца пугал тьмой. В воде подрагивали отражения статуй в нишах. Император любит полумрак и покой.

Антиной подвел меня к деревянному мостику. Тот был поднят.

– Фуск! – раздался голос Порфирия. – Я тебя вижу, ланиста.

Антиной Тринадцатый развернулся и исчез за колоннами. Видимо, на острове его не ждали, и он про это знал.

– А я тебя нет, отец, – ответил я, стараясь, чтобы мой голос звучал озадаченно. – Где ты? Твой божественный глас словно приходит со всех сторон сразу...

Правила игры я знал.

Порфирий довольно захихикал.

– Это устроено специально, – сказал он. – Вдруг ты хочешь меня убить? Если я увижу, что ты пришел с мечом или кинжалом, я не опущу мост. Так и знай.

Придуриваясь, Порфирий внимательно слушает, что говорят в ответ. Марциал выразился так: «Тот, кто про это забыл, позабудет и все остальное, в эоны Аида спускаясь». Верно подмечено.

– Ты наше счастье, отец, – сказал я прочувствованно. – Наш защитник и опора. Если какой-то безумец направит на тебя меч, пусть примет его моя грудь.

Не то чтобы я действительно имел это в виду, но нужно ведь учитывать других визитеров. Градус народной любви должен быть не ниже, чем у прочих жополизов, иначе цезарь что-то заподозрит. Опытные придворные называют это «поправкой на вечер», имея в виду сумерки нашей республики.

– Ты готов отдать за меня жизнь? – недоверчиво спросил Порфирий.

– Да! – пылко отозвался я. – Но не ради тебя. Ради всех римлян, живущих под твоей мудрой опекой.

– Гм...

Видимо, ответ устроил Порфирия своей нелицеприятной честностью. Заскрипела цепь, и мостик опустился.

Порфирий ждал в таблиниуме. Он сидел в одном из гостевых кресел у стены. На нем была пурпурная тога из шелка (наверно, уже не тога, а балахон, ибо римскую одежду делают из шерсти). Его лошадиное лицо выглядело благодушным – насколько это вообще возможно при такой анатомии.

Когда император сидит в гостевом кресле, вспомнил я, он не желает, чтобы ему оказывали формальные почести. Я ограничился тем, что склонил голову.

Кроме императора в кабинете было еще два гостя.

В главном отцовском кресле кабинета сидел один из свежих антиноев – значительно моложе и свежее того, что выходил меня встречать. На его заляпанной едой и вином тунике был номер XL. Сороковой.

Или это размер?

Какая-то, впрочем, недостойная римлянина мысль.

Антиной XL держал на коленях перевернутый шлем секутора, а в руке у него был *рудис* – раскрашенный деревянный меч.

Деревянный гладиус есть важнейший римский символ. Такой посылают гладиаторам, завоевавшим свободу. Принцепс всегда имеет в цирковой ложе несколько, и Антиной, наверное, взял один поиграть.

Меч ему не к лицу. Если его самого вдруг отпустят на свободу, император, верно, пришлет ему раскрашенный деревянный пенис. Или даже не пришлет, а... Впрочем, опять мысль, недостойная римлянина.

В третьем кресле, не вполне в нем помещаясь своим студенистым задом, сидел евнух Дарий. Порфирий обожает давать своим евнухам имена древних царей.

Похоже, государственный совет в сборе, подумал я. Горькая мысль. Оттого горькая, что верная.

– Помню тебя по прошлому году, когда ты открывал игры, – промурлыкал евнух, перебирая алые четки (получив имя «Дарий», он по приказу императора начал поклоняться огню). – Ты хорошо выглядишь на арене, Фуск. Весьма хорошо. Так на тебя и смотрел бы.

– Благодарю вас, мудрый Дарий, – сказал я.

– Фуск, не благодари, – засмеялся император. – Мы с тобой люди простые и прямые. А Дарий всегда говорит двусмысленно. С такой подковырочкой. Вот сейчас он знаешь на что намекает? Мол, тебе на арене самое место. Я бы на твоем месте напугался. Если ты не в курсе, Дарий очень влиятельный при дворе евнух...

– Если так захочешь ты, господин, – ответил я, – мое место на арене. Евнухов я не боюсь, потому что моя защита от опасностей – ты сам и твоя справедливость.

Порфирий пошевелил губами, словно пробуя мои слова на вкус – и кивнул.

– Удалитесь оба, – сказал он Антиною с Дарием. – Мы с ланистой хотим посекретничать.

Приближенные подчинились. Как только мы остались наедине, Порфирий подошел к моему креслу, присел на корточки и взял меня за запястья, не давая мне почтительно встать перед ним, как требовал этикет.

– Сколько у тебя сейчас отличных бойцов? Я имею в виду, самых лучших?

– Восемнадцать, – сказал я.

На самом деле их двадцать. Но два мне нужны для личной охраны. Тут опасно и соврать, и сказать правду.

– Найди еще четырех. Когда их станет двадцать два, пусть выйдут на арену и сразятся друг с другом. Надо, чтобы остался один. Лишь один. Лучший из двадцати двух. Так мне сказали боги.

– Божественный, ты хочешь, чтобы я потерял всех лучших гладиаторов в один день?

– Думай о том, – ответил Порфирий, – чтобы не оказаться одним из них самому, как желает Дарий. Ибо так и случится, если ты не выставишь столько бойцов, сколько я сейчас сказал.

– Но где я их возьму?

– В городе живет много умелых воинов. Пиши на них доносы, Фуск. Полагаю, суды и магистраты будут на твоей стороне.

– О чем доносить?

– О чем придет в голову.

– Но...

– Никаких «но». Ты ведь тренировался сам как мурмиллион?

– Император знает все...

– Оплошаешь – выйдешь на арену сам. Это я тебе обещаю. Антиной с Дарием в один голос уверяют, что ты отличный боец. На тебя к тому же есть донос. Я не читал пока, их слишком много приходит. Но прочту, поэтому старайся...

Плохо. Очень плохо. Если донос про заговор... Но про него никто не должен знать. Никто. Впрочем, это может быть и ложный донос. Но велика ли разница, по какому казнят?

Я мелко задрожал. Так бывает во время беседы с принцепсом. Говоришь с ним почти на равных, дерзко возражаешь, а потом вдруг вспоминаешь, что перед тобой живой бог, способный послать тебя в Аид одним щелчком пальцев. И думаешь – а не навлек ли я погибель неосторожным словом?

Но принцепс, похоже, был в благодушном настроении.

– Старайся изо всех сил, Фуск, – повторил он. – Увидимся, когда твои бойцы будут готовы. Не хотел бы увидеть на арене тебя самого. Впрочем, даже не знаю, если честно. Говорят, из мурмиллионов ты лучший.

Я согнулся в поклоне.

У меня было еще несколько мгновений, чтобы высказать божественному свою любовь и преданность. Придворное нутро побуждало сделать это самым подобострастным образом, но я удержался.

Принцепс поймет, конечно, что мною движет страх. Ничего нового здесь не будет – страх движет всеми, кто попадает на этот мраморный остров. Но принцепс может задуматься, *почему* я его боюсь. А от такой мысли до подозрения в измене – один взмах ресниц Антиноя.

– Можешь идти, Фуск. Даю тебе две недели на все.

– Пребывай в здравии, отец римлян.

Не разгибаясь, я попятился к выходу из таблиниума. В атриуме я развернулся и поспешил к мостику через канал.

Когда я вышел под круглый небесный просвет, до моих ушей донесся шум. С другой стороны канала что-то происходило.

Сперва я услыхал шаги – шарканье тяжелых преторианских калиг римское ухо не спутает ни с чем. Потом раздались голоса. Долетел вымученный смех, голоса зазвучали громче, тревожнее – а затем я услышал то ли хрип, то ли скрип досок.

На всякий случай я спрятался за портьерой возле статуи Ганимеда. Шум скоро стих. Таиться дальше было опасно – если меня обнаружат, подумал я, решат, что я злоумышляю на цезаря.

Когда я вышел к каналу, мостик был опущен. На другой его стороне стояли преторианцы с факелами и тихо переговаривались. Перейдя через канал, я увидел, что они вылавливают из воды мертвое тело. Лица утопленника я не видел. Но цифру XIII на тунике не заметить было трудно даже в полутьме.

Вода убивает быстро и надежно. Гораздо лучше меча. Но мы почему-то боимся утонуть так же сильно, как боимся сгореть, хотя гибель от огня – самая мучительная из всех. Если не считать, конечно, особых ядов Порфирия.

Сейчас, скорее всего, работала удавка. Обернутая мягкой шерстью – так не остается борозды. А в воду труп уронили, чтобы в очередной раз сбылось египетское пророчество – и ланиста Фуск пошел шептать по римским домам: вот, еще один влюбленный раб отдал жизнь за императора на моих глазах, лично видел тело, боги приняли жертву, и благоденствию господина в ближайшее время ничто не угрожает.

Сделаем, божественный. И не сомневайся...

Но где же взять еще четырех бойцов? Двух германцев, допустим, я куплю у Фаустины. А остальные? Ужели и правда писать доносы?

Боже, как болит голова – будто сам Плутон сверлит темя взглядом из преисподней... Хорошо, что во время беседы с принцепсом я не подумал про заговор. Говорят, он окружает себя восточными магами, умеющими читать мысли.

Маркус Зоргенфрей (TRANSHUMANISM INC.)

Когда подключение к другому мозгу через служебный омнилинк кончается, наступает блаженная пауза. Ее, впрочем, можно не заметить, если не ждать специально.

Чем-то это похоже на эфирное опьянение (помню еще из детства на поверхности планеты). Мир исчезает, растворяется в пустоте, и становится ясно, что все прежнее было обманом и сном, вот только истина не проявляет себя никак. В эту секунду почти понимаешь, кто ты есть в действительности.

Почти. Потому что, в точности как с эфирным опьянением, всякий раз не хватает крохотного шажка. Кажется, будто приблизился к величайшей тайне и сейчас постигнешь ее. Но вместо этого шарниры реальности опять поворачиваются не туда: *приходишь в чувство* и вспоминаешь, *как обстоят дела*.

Я, ланиста Фуск, на самом деле никакой не Фуск. Я баночник первого таера: клиент и одновременно сотрудник «TRANSHUMANISM INC.»

Мое имя Маркус Зоргенфрей. Можно Марк – на это интернациональное погоняло я откликаюсь тоже, хотя родители окрестили меня именно Маркусом. Как меня называют, мне давным-давно безразлично, и на каком языке – тоже. Если надо, заговорю на любом.

Я родился в Сирии в семье ссыльных петербуржцев, и теоретически веду свой род еще от прекарбоновых дворян (хотя не очень понимаю смысл этого оборота). Моя двуногая жизнь кончилась так давно, что я ничего про нее не помню. Почти все личные воспоминания добровольно сданы мною в архив еще век назад. Национальности, возраста и личной истории у меня теперь нет. Есть только хорошо оплачиваемая корпоративная лояльность.

Баночник – это и грустно, и весело. Я уже никогда не смогу пройти сам между Колоссом Нерона и Колизеем. И дело здесь не в том, что Колосс Нерона более не существует. Дело в том, что у меня нет тела. Я просто мозг в подземном цереброконтейнере, или, как чаще говорят, банке.

Когда-то давно я добился успеха на проклятой небом поверхности планеты – и купил счастливый билет в ее глубину. В бессмертие. Мой мозг существует в стабильном подземном мире, где сосредоточены все богатства, знания и власть.

Отделенный от тела мозг, можно сказать, бессмертен. Он почти не старится, частично регенерирует (спасибо корпоративной науке) и может долго висеть медузой в спинномозговой жидкости. По человеческим меркам – практически вечно. Но только в том случае, если вечность оплачена.

Теоретически такой мозг тоже когда-нибудь умрет. Но бояться надо не этого – у большинства баночников проблемы возникают куда раньше. «TRANSHUMANISM INC.» не занимается благотворительностью и отключает банку от систем жизнеобеспечения, когда завершается оплаченный срок. Этот крест несем мы все.

Любой из баночных счастливцев обречен. Даже третий таер кончится через триста лет. Поэтому приходится работать и копить, заранее продлевая свой срок.

Только что кончившееся погружение в чужую душу – часть моей работы.

Я корпоративный следователь службы безопасности «TRANSHUMANISM INC.» Официально она называется «Отделом внутренних расследований». Неофициально – инквизицией. Это второе название ввел наш начальник, адмирал-епископ Ломас.

Он действительно адмирал и действительно епископ – правда, занимал эти должности в разное время с интервалом в сто лет. Мозг с большим жизненным опытом.

Мой *земляк* – древний поэт, ушедший в гнилую петербургскую почву – когда-то завещал начальству: *«души прекрасные порывы»*. Ломас это умеет. Он – заметная шишка в «TRANS-HUMANISM INC.» Поговаривают, что он на самом деле AI, но доказательств ни у кого нет и эти слухи, скорей всего, он распространяет про себя сам.

Наша корпорация создала гигантскую баночную галактику, на периферии которой мерцает крохотной звездочкой мой мозговой контейнер, спрятанный в подземном бетонном бункере.

Галактика – это десять баночных таеров, как бы ступеней богатства и бессмертия (срок нашей жизни зависит от контракта).

На одиннадцатом таере скрывается Прекрасный Гольденштерн, глава корпорации, таинственный и загадочный хозяин баночного мира. Скорей всего, просто миф.

Баночники могут каждый день наблюдать его восходы и закаты: утром это божественная антропоморфная фигура, взмывающая в небо, а вечером – красный метеор, уходящий за горизонт. Такова, объясняют нам, символическая ментальная анимация. Можно сказать, логотип заведения. Когда живешь в банке долго, перестаешь это замечать – как шум холодильника на земле.

Кроме этих закатов и восходов, про Гольденштерна ничего толком не известно, и многие думают, что это просто универсальная отцовская фигура. Так сказать, красивая елочная звезда, помещенная корпорацией в центр баночного мироздания.

Вернее, черная дыра. В центре каждой галактики должна быть сверхмассивная сингулярность – вот Прекрасный и есть такая прореха в пространстве-времени, не излучающая никакой информации. По сравнению с *поверхностными людьми*, не способными видеть Прекрасного из-за бремени своих «кожаных одежд», Гольденштерн поистине вечен.

Но и мне жаловаться грех.

Моему мозгу очень много лет, но я их не ощущаю. На меня не давит груз прожитого, поскольку в служебных целях мою память постоянно модифицируют и оптимизируют. Все, что окружает меня – это создаваемая корпорацией галлюцинация.

По внутреннему самоощущению мне лет тридцать – тридцать пять (оптимальный служебный возраст), и все мои аватары подбираются под эту цифру (правда, в тех случаях, когда я становлюсь женщиной, я делаю себя лет на десять моложе, но это поймет любая).

Легко ли быть молодым, если твои мозги который век хранятся в цереброконтейнере, спрятанном глубоко под землей, и у тебя больше нет тела?

Когда такой вопрос задают белокурые, легкомысленные и скоропортящиеся киски с поверхности (с ними меня сталкивает иногда служба, иногда досуг), они исходят из дикого предположения, что мозг, хранящийся в банке, действительно ведет жизнь парализованной медузы.

Для внешнего наблюдателя, конечно, все так и обстоит. Но дело в том, что подобного наблюдателя у баночного мозга нет. Банка вовсе не из прозрачного стекла, как думает весь нулевой таер.

Такое предположение основано на рекламных клипах «TRANSHUMANISM INC.», снятых два или три века назад. Но эти ролики не следовало понимать буквально даже тогда. Булькающая кислородными пузырьками зеленая жидкость, омывающая розовые извилины – символ непобедимой жизни.

Мозг в банке не виден никому. А вот сам он видит все, что хочет. Вернее, все, что позволяют средства. Ну а в рабочее время приходится наблюдать положенное по службе.

Пространство, где баночные мозги встречаются друг с другом по работе, можно оформить как угодно.

Можно устроить даже так, что коммуницирующие друг с другом умы будут воспринимать разное: одному, например, будет казаться, что он сидит в шезлонге на пляже, а другой увидит вокруг ледяную ночь. Это несложно, но в практическом плане такой сеттинг затрудняет общение – один из собеседников берет пляжный мяч, а другому кажется, будто тот поднял обледенелый булыжник... Говорить о делах становится нелегко.

Чтобы избежать неудобств, служебные пространства корпорации «TRANSHUMANISM INC.» выглядят одинаково для всех посетителей.

Если контора стилизована, например, под персидский дворец, все видят одни и те же изразцы и мозаики. Но сам дворец можно сделать каким угодно. Дизайн зависит только от начальственных предпочтений. В этом смысле корпоративная политика очень либеральна.

Отдел внутренних расследований, где я имею честь служить, соответствует вкусам Ломаса.

Адмирал-епископ ценит карбоновую культуру, любит старые фильмы – и по его эскизам наш офис оформили в духе древних фантастических кинофраншиз. Конечно, со множеством дополнений и удобств, оплаченных из бюджета корпорации.

Самому такое ретро-будущее не придумать. Я бы, во всяком случае, не смог. Мы встречаемся с адмирал-епископом в пространстве, похожем на нечто среднее между готическим собором и рубкой космического крейсера. Темные стены, диагонально раскрывающиеся двери, черный космос в огромных окнах.

Мы выглядим соответственно – черные мундиры, золотые аксельбанты, эполеты, монокли, бакенбарды, вощеные усы и прочие представления о прекрасном (у баночных трудно разделить интерьер и экстерьер). Чем выше чин, тем меньше золота и больше черноты. Обстановка настраивает на суровый и торжественный лад.

У такого двусмысленного с точки зрения культурных ассоциаций дизайна есть причины. Мы, если честно, служим не совсем добру. Мы служим корпорации – а эти понятия не всегда синонимы. Интерьер и униформа намекают на это каждому просителю, входящему под грозные своды нашего офиса.

Впрочем, все не так мрачно, как кажется с первого взгляда. У нас в штаб-квартире есть боулинг, сауна, горнолыжная трасса с подъемником, открытая палестра (да-да, мы очень любим спорт, но для баночника это просто генератор нужной мозговой химии, обменивающий усталость на гормоны).

Еще у нас есть курильня опиума в колониальном китайском духе (премся мы, естественно, от внутренних опиоидов), и даже мультиролевой публичный дом с канканом, блэк-джеком, уайт-кофе и экранированными номерами, где возможно все (но Ломас наверняка записывает наши приключения на память, так что тайно насиловать его аватара будет неразумно). Баночная жизнь куда слаще земной, и адмирал-епископ делает все, чтобы мы про это не забывали.

Я вошел в огромный кабинет адмирал-епископа в десять тридцать утра – сразу после ознакомительного погружения. Баночные офицеры не опаздывают. В нужное время система сама коммутирует их внимание в назначенную точку.

Ломас сидел за огромным столом, черный, как шахматный ферзь. На его адмиральском мундире блестело лишь несколько золотых значков ранга и лампасная нить. Его аристократическое породистое лицо, как всегда, выражало спокойствие и уверенность в торжестве того конкретного добра, которое охраняет в настоящий момент наша организация.

Портрет Прекрасного Гольденштерна над его головой был выдержан в темных тонах. Мифологический глава «TRANSHUMANISM INC.» в виде мистической фигуры: хламида, капюшон, посох в руке. Черты лица неразличимы – лишь золотой свет летит из капюшона, освещая человечеству путь. В ежедневной ментальной анимации, которую видят баночники, Гольденштерн совсем другой – картина как бы намекала на тайное корпоративное знание, недоступное профану. Тонко, адмирал. Весьма тонко.

Адмирал-епископ улыбнулся и встал мне навстречу. Перегнувшись через стол, он протянул руку – и ждал в этой позе, пока я пересеку безмерную пустыню его кабинета с мерцающим в окне Сатурном.

Кто-то из наших, помнится, сказал, что Ломас в своем кабинете похож на мышиный сперматозоид, пытающийся оплодотворить слоновью яйцеклетку. Иногда у него это почти получается. Но из-за того, что вокруг так много пустоты, он выглядит одиноким.

Я улыбнулся в ответ Ломасу чуть шире, чем требовал служебный этикет.

– Садитесь, Маркус, – сказал он. – Коньяк, сигара?

Это у Ломаса обязательный ритуал. Перечить неразумно. Многие думают, что он таким образом подключается к подчиненному мозгу.

Если правда, имеет полное право. Спасибо руководству, дополнительный уровень контроля оформлен весьма куртуазно – адмиральский коньяк и сигара штырят по-настоящему. А ведь мог, как говорится, и бритовкой. Начальство есть начальство.

– Не откажусь.

Ломас нажал на кнопку. Прошло полминуты, и в кабинет вошла пожилая помощница с подносом.

Граненые стаканы, похожие на небольшие ведра. Хрустальный флакон с темно-оранжевой жидкостью. Овальная пепельница с двумя уже раскуренными кубинскими сигарами. Ломас знает толк в крепких напитках и сигарах – на его вкус можно положиться.

Я выпустил несколько клубов благовонного дыма и отхлебнул драгоценного коньяку.

Одиссея Людовика Тринадцатого. Мольба клопов о бессмертии. Пронзительный луч спиртового заката в янтарном небе.

– Бесподобно.

– Чтобы так жить, надо учиться, – произнес Ломас свою любимую присказку.

Ей, наверно, больше лет, чем нам с ним вместе.

– Чему именно? – переспросил я невинно.

– Так жить, – ответил Ломас. – Чему же еще.

– Мы учимся каждый день, адмирал. У вас.

Ломас еще раз пыхнул сигарой и положил ее в пепельницу. Обычно после шутки про «учиться так жить» начинается служебный инструктаж.

– Ну как, ознакомились с контекстом?

– Да, – сказал я. – Блок с ланистой – запись фида? Судя по датам, не совсем свежий.

Ломас кивнул.

– Встреча Фуска с императором произошла около двух недель назад. Это был самый удобный способ показать цель – с тех пор случилось много нового.

– Хотите отправить меня туда?

Ломас откинулся на высокую спинку своего трона (похожую на стиральную доску из-за тиснения на черной коже) и глотнул коньяку.

– Вы необыкновенно догадливы. Вам интересен Древний Рим?

– Я бы предпочел командировку в «Юрасик».

– Вы про этот бутик для новобрачных? Где становятся динозаврами?

– Да.

– Добьетесь успеха в Риме, потратите премию на динозавров. Вы вообще слышали про симуляцию «ROMA-3»? Я имею в виду, до инструктажа?

– Не доводилось.

– Про корпоративный тотализатор на их гладиаторах тоже не знаете? Он популярен на верхних таерах.

– Что-то мельком...

– Вы определенно не в теме, несмотря на ваше римское имя, – сказал Ломас. – Я так и предполагал. Это хорошо.

– Почему?

– Мне нужен человек, способный увидеть все свежими глазами. Он может заметить неожиданное. Итак... Что предпочитаете, мой рассказ о ситуации или мемоpoлик?

Ролик вводит в курс дела быстрее, но отказываться от личного инструктажа адмирал-епископа как минимум неразумно. Во-первых, это невежливо. Во-вторых, мемо-ролик можно посмотреть и позже. В-третьих, в постановке задачи бывают неофициальные нюансы, и если

Ломас готов потратить на меня время, значит, причина есть.

– Ваш личный инструктаж бесценен, адмирал, – ответил я. – Если останется время на клип, тоже не откажусь.

Ломас шевельнул пальцем, и над столом зажглась панорама города на холмах. Между холмами текла река. Было много пестрых зданий с колоннами – видимо, подумал я, всякие министерства, казначейства и дворцы правосудия. Они увеличивались, когда я начинал их разглядывать, и тогда я видел уйму разных статуй. Везде где можно, даже на крышах. В центре города белел огромный каменный стадион, а рядом торчал высоченный золотой истукан в чем-то вроде тернового венца. Недавно я гулял рядом.

– Вот это и есть «ROMA-3», – сказал Ломас. – Вид с виртуального дрона. Симуляция создана для клиентов корпорации, желающих переехать в античность.

– В симуляции только сам Рим?

– Нет. Там вся римская империя. Но большая часть клиентов корпорации обитает в Риме. Если поедете куда-нибудь на парфянскую границу, придется жить среди кое-как сгенерированных NPRов. Любить и убивать их можно без проблем, но по душам с вами никто не поговорит. Вернее, поговорит, конечно – но это будет чат-бот. Некоторым мизантропам, кстати, нравится именно это. Люди менее достоверны.

– А почему Рим номер три?

– Есть еще «ROMA-1» и «ROMA-2». Гораздо более точные с исторической точки зрения, но локальные проекты. В одном сейчас сорок девятый год до нашей эры, а в другом – двести семьдесят третий год нашей. Первый и Второй Рим – вспомогательные симуляции, существующие на доход от главного коммерческого пространства. Там решают культурные уравнения и разрабатывают римские идентичности, закачиваемые потом в клиентов.

– А какой год в Третьем?

– Где-то конец третьего века. Но Третий Рим – не вполне точная с исторической точки зрения симуляция. Она достоверна только субъективно. Вы понимаете, что это значит?

– Да, – сказал я. – Перед подключением я читал этот... Ну, рекламный буклет. Предисловие императора.

– Я подготовил другие материалы, прочтете тоже. Главное назначение «ROMA-3» – обеспечить стопроцентную иммерсивность. Клиенты корпорации живут там годами, иногда даже десятилетиями, не выходя из квазиантичного транса. Многие запрещают будить их до смерти. Я имею в виду, римской смерти. После этого, конечно, они приходят в себя – каждый на своем таере. Вы со мной?

– Пока все более-менее ясно.

Ломас отхлебнул коньяку.

– С гладиаторами обстоит несколько иначе, – сказал он. – Про это тоже не слышали?

Я виновато развел руками.

– Так и думал, – сказал Ломас. – Гладиаторы – это баночники первого таера, исчерпавшие свой срок и не способные найти денег на его продление. Иногда это баночные преступники. Все они добровольно соглашаются сражаться в Колизее, подписывают контракт с корпорацией и получают цирковую идентичность, разработанную специалистами из «ROMA-2». Они живы, пока сражаются на арене. Ну или обслуживают процесс. Ланиста Фуск, к которому я вас подключал, тоже из их числа.

– А зачем они соглашаются? – спросил я. – Какие у них перспективы?

– Если цезарь посылает кому-то из них деревянный меч, гладиатор получает второй баночный таер – целых двести лет счастливого бытия. Но если он гибнет, то умирает по-настоящему. Тотализатор приносит корпорации большую прибыль. Там делают серьезные ставки многие богатые баночники...

Ломас положил на стол черную папку с тесемками.

– Все есть в материалах. И про тотализатор тоже.

Адмирал-епископ обожает печатные материалы. Читать любят далеко не все наши инквизиторы, и многие видят в этом служебное издевательство. Но Ломас, похоже, искренне считает, что так удобнее.

– Понятно, – сказал я. – Проблема с тотализатором? Кто-то жульничает? Ланиста Фуск?

– Нет. Я подключил вас к Фуску с единственной целью – показать Порфирия, к которому его везли на встречу. Нас будет интересовать именно император.

– А Фуск не может нам помочь?

– Во-первых, он не наш сотрудник, а минус первый таер. Живет в симуляции на правах гладиатора. Его баночный срок давно кончился, и, если он оплошает, его могут выставить на арену. Во-вторых, он уже говорил с императором, чему вы были свидетелем. Больше им встречаться незачем.

– А почему вы не подключите меня к самому Порфирию? Есть же омнилинк. Мы можем получить доступ к любому фиду.

Ломас наклонился над столом, как бы приближая свое лицо к моему (из-за ширины его стола это выглядело немного комично).

– Не к любому, нет. К императору Порфирию мы подключиться не сможем. Во всяком случае, так, как к этому ланисте. Для нас с вами он останется внешним объектом.

– Почему?

– Этого я сказать не могу. Во всяком случае, пока. У вас нет нужного допуска.

– Но как я смогу работать над делом, не зная...

– Сможете, Маркус. Ваша задача – не знать всякие нюансы, а внедриться в ближний круг Порфирия. Стать его доверенным лицом.

– Каким образом?

– «ROMA-2» срочно готовит вам римскую идентичность. Она обеспечит такую возможность.

– А кем я буду?

– Наши нейросети как раз просчитывают различные способы внедрения. Есть разные варианты. Вам нужна маска, способная открыть любые двери. Но одновременно вы не должны вызывать подозрения.

– Интересно, – сказал я. – Проституткой вы меня не назначите? По описанию в самый раз.

Ломас засмеялся.

– Кажется, «ROMA-2» хочет сделать вас вавилонским магом. Но насчет проститутки мысль ценная, так что берем запасным вариантом... Шучу. Скоро все узнаете на месте. Окно откроется вот-вот. Дождитесь сброса у меня в приемной. Там удобные кресла.

Он положил ладонь на черную папку и послал ее мне через стол.

– Прочтите пока, там есть про вашу идентичность. И еще много полезного.

– Сколько времени до сброса?

– Полчаса или около. You know the drill. По первому зуммеру появится дверь. Услышите второй – двигайте вперед. Дальше сориентируетесь. Новая идентичность накроет вас постепенно, за минуту или две. Потом вы меня забудете, так что радуйтесь отпуску.

Я указал на папку.

– А если не успею дочитать?

– Ничего страшного – наверстаем после сброса.

– Контекстная прокачка?

Ломас кивнул.

– Я это ненавижу.

– Никто не любит, – улыбнулся Ломас.

– Благодарю за угощение, – сказал я, вставая. – Великолепный коньяк. А сигара просто божественная. Кохиба?

– Настоящая, – ответил Ломас. – Такие делали в двадцатом веке лично для Фиделя Кастро. Работать в «TRANSHUMANISM INC.» – это почти как бороться за освобождение человечества.

Я козырнул, повернулся и, остро ощущая свою крошечность, побрел к двери на другом конце адмиральского кабинета.

В приемной и правда стояли удобнейшие кресла – и я устроился в одном из них.

В черной папке было много бумаг.

Сверху лежало «Предисловие Императора» – рекламная брошюра симуляции «ROMA-3» с беломраморным Колизеем (подобные буклеты в баночных пространствах раскладывают в общественных присутствиях в точности как на земле). Ее я уже читал перед подключением к ланисте Фуску, но все-таки проглядел еще раз.

Интересным было то, что текст подписал сам император – Ломас дважды подчеркнул его имя красным маркером. Вероятно, Порфирий вышел из симуляции, чтобы это настрочить. Или работают помощники? Если Порфирий написал это сам, значит, он как минимум не полный дурак – объяснил принцип работы симуляции так, что понял даже я.

Под брошюрой лежал конверт с сургучной печатью с эмблемой корпорации. Ломас такой Ломас.

Я сломал сургуч.

Секретно

Служебная идентичность и метод внедрения.

Имя: Мардук (в Риме пользуется схожим по звучанию «Маркус»).

Прямо мое собственное, очень удобно.

Фамилия: Забаба Шам Иддин (что на вавилонском диалекте аккадского...)

Дальнейшее я для ясности пропустил – всякие там смыслы и значения лучше подсасывать в момент необходимости.

Возраст: тридцать пять лет.

Мой обычный служебный. «Прощай, молодость».

Род занятий: жрец из Вавилона на заработках в Риме.

Интересно. Жрец на заработках. Чем, спрашивается, может подрабатывать в Риме вавилонский жрец?

Вот скоро и узнаем.

Служебная идентичность: высокорожденный потомок древнего дома, понтифик, которому служит блаженная Регия священным огнем Весты, также авгур, почитатель преподобной Тройственной Дианы, халдейский жрец храма вавилонского Митры и в то же время предводитель тайн могучего святого тауроболия.

Наизусть учить не буду, подкачаем.

Процедура внедрения: Маркус в шелковой мантии с жасминовым тирсом на плече входит в пиршественную залу и сводит знакомство со знатны-

ми матронами, одна из которых после интимной близости представляет его императору, увлекающемуся магией...

Многообещающе. Что такое жасминовый тирс? Ага, посох, увитый листьями. Жасмин, наверно, чтобы лучше пахло.

Дальше шла стопка материалов по цирковому тотализатору: статистика, рисунки бойцов и их оружия, уверения в кристальной честности конторы. Их я проглядел быстро, останавливаясь только там, где Ломас оставил метки своим маркером. По некоторой разухабистости тона у меня возникло подозрение, что все это тоже писал император Порфирий – или тот, кто сочинил его предисловие.

На гладиаторов в цирке ставят огромные деньги. Там летают такие гринкоины, что цирковой тотализатор изучают под множеством микроскопов. В этом задействовано несколько серьезных структур, как внутрикорпоративных, так и внешних по отношению к «TRANSHUMANISM INC.» (будете смеяться, но они в нашем мире еще есть).

Многие игроки в цирковой тотализатор сомневаются в честности наших процедур. Особенно когда проигрывают. Зря – хотя по-человечески понятно.

Наш бизнес приносит слишком хорошую прибыль, чтобы ставить его под удар. Корпорация жульничеством не занимается.

Но это не значит, что мы никак не управляем, например, жеребьевкой. Следует признать открыто – мы ею управляем, даже попросту направляем ее.

Это неизбежно и необходимо. Есть устоявшиеся за века пары гладиаторов-антагонистов.

Например, если вы видите на арене секутора, вы догадываетесь, что драться он будет с ретиарием. У секутора округлый шлем специально для того, чтобы его не цепляла сеть. Ну и глазницы маленькие – сложнее попасть в них трезубцем.

Мурмиллион чаще всего будет драться с траксом или с гопломахом. Гопломах – с траксом или с мурмиллионом, и так далее.

Нарушения устоявшихся соответствий возможны, но последствия должны тщательно просчитываться. Честность корпорации проявляется не в том, что мы никак не вмешиваемся в организацию боя. Она в том, что мы делаем процессы понятными и открытыми. Подготовка гладиаторов, судейство, проведение матча – все предельно прозрачно.

Для тотализатора важнее всего цирковой рейтинг бойца. CR – это цифра от одного до девяти с двумя десятичными знаками. Например, 2.78 – это так себе. 4.65 – уже хороший. Больше восьми с половиной не было ни у кого за всю историю тотализатора. Обычное значение где-то около четырех.

Определение циркового рейтинга – целая наука, и высчитывают его с запредельной точностью. Гладиаторы во время подготовки дерутся со специальной программой, и несколько нейросетей, действующих по разным алгоритмам, должны выставить им оценки. Затем цифры усредняют.

Рейтинг важен потому, что позволяет определить шанс выигрыша. Ставки 50 на 50 будут делать только на бойцов с одинаковым CR в устойчивой паре. Если рейтинг разный, ставки будут, например, 43 на 57 или вообще 22 на 78. Тут у каждого циркового брокера своя наука.

Обмануть программу, выставляющую рейтинг, невозможно. Гладиаторов тестируют в специальном гипносне, где неактуальны любые военные хитрости. Программа выявляет боевой потенциал бойца предельно корректно. И контролируют ее не люди (с ними всегда можно договориться), а другой алгоритм, такой, что не приведи Юпитер.

Да, мы меняем возможности наших бойцов – усиливаем слабых и ослабляем сильных. Но это всегда находит отражение в их цирковом рейтинге.

Мы стараемся, чтобы рейтинги были близки. Это делает бой непредсказуемым и интересным, и технически совсем не трудно – поскольку все происходит в симуляции, мы можем управлять результативностью атаки и защиты в самых широких пределах. Но сами цирковые рейтинги, повторяем, определяются после подобной настройки совершенно честно. И они доступны всем.

Вы знаете про наших бойцов то же самое, что знаем про них мы.

Никаких темных лошадок на наших скачках нет.

Ну если бы не было, подумал я, тогда в этом не приходилось бы уверять. Наверняка бывают исключения. Но всем про них не следует знать...

Задребезжал зуммер, и перед моим креслом появилась светящаяся дверь. Пора.

У баночного мозга нет тела, но его внутренняя карта остается. Перед коммутацией следует принять позу, в которой окажешься в новом пространстве. Я встал.

Прозвенел другой зуммер, и дверь открылась. За ней не было видно ничего конкретного, только свечение, но мне почудилось, что я слышу тихую музыку. Я выдохнул (опять внутримозговая условность, но так легче), сложил пальцы правой руки так, чтобы в них удобно лег тирс, приветливо улыбнулся – и шагнул вперед.

Вот только никакой пиршественной залы с матронами за дверью не оказалось.

Там была арена.

Маркус Забаба Шам Иддин (ROMA-3)

Арена была огромна. Ее покрывал светло-серый песок, в некоторых местах измазанный не то дерьмом, не то побуревшей кровью, не то их смесью. По песку, звонко крича, бегали полуголые люди в ярко начищенных латах.

Вернее, во фрагментах лат. Одному пластина металла защищала руку, другому – плечо, третьему – голень. Выглядело это почти издевательством, словно один комплект брони поделили на десять человек. Зато на головах бойцов блестели массивные надежные шлемы, увенчанные разноцветным плюмажем. Они полностью скрывали лица.

Люди визжали и били друг друга мечами и трезубцами. Удары попадали в бронзовые щиты, похожие своей ослепительной желтизной на зеркала. Но звон металла был практически не слышен – все покрывал подобный реву моря шум голосов.

Мраморные трибуны вокруг арены уходили так далеко вверх, что человеческие головы под полотняным навесом казались бусинками. Пестро наряженные зрители были повсюду – кроме зоны, где на скамьях дрожало пятно солнечного света, прошедшего сквозь дыру в центре полотна.

Я ощутил себя муравьем, на которого навели огромную лупу. Но жизнь не позволила мне сосредоточиться на этом переживании.

Я вдруг заметил, что ко мне по песку бежит грузный и высокий мужчина с копьем в руке. В другой у него был маленький круглый щит, а голову закрывал самоварно блестящий шлем с синим плюмажем и полями – как бы маска, сросшаяся со шляпой. На его ногах были короткие поножи, а рабочую руку защищала доходящая до плеча стеганая манжета. На поясе у него болтался меч.

Я примирительно вытянул вперед руки, пытаясь успокоить его – и увидел, что держу левой железный щит. В правой руке – там, где полагалось быть жасминовому тирсу – оказался загнутый на конце меч.

Тут наконец заработала контекстная прокачка, и в моей памяти всплыло похожее на титр красное слово:

HOPLOMACHVS

Я понял, кто идет в атаку. Гопломах. Практически греческий гоплит, то есть тяжеловооруженный копейщик. Гопник Саши Македонского, один из самых опасных бойцов на арене. Но мое тело уже знало, что делать.

Гопломах кольнул меня копьем, целя в лицо. Я поднял щит, но не успел отбить удар – острие лязгнуло по краю моей каски (на мне, как оказалось, тоже был металлический шлем), а через миг я балетным движением крутанулся вокруг своей оси, сокращая дистанцию, приблизился к гопломаху – и, прежде чем он успел дотянуться до висевшего на поясе меча, погрузил кривое лезвие в его спину.

Он охнул, осел – и я догадался, что восторженный гул, пронесшийся над цирком, адресован мне.

Я поднял кровавое лезвие над головой и послал зрителям салют.

Незнакомые движения давались легко, словно я делал их много раз. В некотором смысле так и было: их совершали когда-то люди, чей усредненный опыт только что стал моим. Прокачка навыков в режиме реального времени считается аварийной процедурой, но в нашем отделе это стандартный рабочий метод.

Ко мне приближался следующий противник. Теперь я видел себя со стороны: вражеская экипировка в точности повторяла мою (только его щит был с красным кругом, а мой – с зеленым ромбом).

THRAEX

Тракс. Или «фракиец». Железный изогнутый щит, высокие поножи, манжета-маника, защищающая руку – и загнутый на конце меч (скорее длинный нож), который удобно подсовывать под чужую броню.

Тракс красив. Не зря это был любимый класс Калигулы. Над шлемом моего противника поднимался гребень, изображающий грифона – а над ним синел плюмаж из перьев, похожий на крылья.

Тяжелых бойцов тракс старается изнурить своим проворством. Но что делать, если дерутся два тракса?

Сейчас узнаем. Я расслабился, доверился телу и кинулся на врага. Он попытался полоснуть меня мечом, но я отвел лезвие манжетой – и ударил углом щита в открывшееся под шлемом горло. Вражеский меч прорезал мою манжету до руки – и даже, кажется, оцарапал кожу. Но щит, превращенный мною в оружие, сломал врагу шею.

Тракс упал. Трибуны взорвались восторженным ревом. Но салютовать было некогда. На меня шел новый противник.

PROVOCATOR

Вот это серьезно. Практически римский воин – только легкий, вроде тех, что ходят в разведку. Большой щит, надежный круглый шлем, манжета на руке. Стандартный военный меч. Защитный нагрудник. Хорошее снаряжение – дерутся цирковые провокаторы чаще всего друг с другом. Но если корпорация настаивает...

Когда приходится работать на свежепрокачанных навыках, сложнее всего расслабиться. Нужно совершить своего рода leap of faith[1], и не один раз: следует повторять его секунда за секундой – прыгать в неизвестность, не зная, куда приземлишься. Некоторым отмороженным оперативникам такое даже нравится, но если бы это была приятная технология, за нее не полагалась бы надбавка.

Я не зря подумал про прыжок – мое тело прыгнуло вперед, но как-то неловко, так что я потерял равновесие и повалился под ноги надвигающемуся воину.

Правая нога провокатора оказалась передо мной. На ней не было металлического щитка – он закрывал только левую голень. Провокаторы в поединке выставляют левую ногу вперед, выстраивая сплошную линию защиты «шлем-щит-поножь». В этой стойке их трудно достать, но если они выходят из нее, то делаются уязвимы.

Мой щит ударил ребром в открытую голень противника. Бедняга закричал и упал на колено. Мой меч вонзился ему в бок, и цирк снова взорвался восторгом.

Я поднялся на ноги. Нужно быстрее восстановить дыхание... Кто следующий? Ага, вот.

---

[1] Прыжок веры.

MVRMILLO

По-гречески это значит «рыбка», и на шлеме у него гребень, похожий на высокий плавник. Большой щит, военный меч-гладиус, крепкий шлем с защищающей лицо решеткой, надежная манжета, поножи. Может выходить против кого угодно. Неповоротливый, да – даже ко мне приближается вразвалочку. В основном проводит время в защите. Но одного точного выпада из-за щита ему хватает. Это, по сути говоря, римский легионер.

Любимый класс Домициана. Хотя, возможно, принцепс просто проявлял таким образом любовь к армии. Интересно, кстати – Калигула-сапожок любил фракийцев, что было космополитично. Калигулу убили солдаты охраны. А Домициан предпочитал римских легионеров даже в цирке, но убили и его, несмотря на весь патриотизм. Быть цезарем – это сражаться на арене со всем миром сразу. Со всех сторон не прикроешься...

Мурмиллион защищен так, что спереди к нему не подойти. Кривой меч тракса служит как раз для того, чтобы поражать его коварными ударами, заводя зуб лезвия за броню. Но этот, судя по серебру на доспехах, опытный боец – и ждет именно такой атаки. Значит...

Я выронил меч – и нагнулся за ним. Мурмиллион рванулся ко мне, стараясь поймать безоружным, но не забыл при этом о защите:

на меня неслась стена раскрашенного металла, над которой блестела круглыми дырами решетка знаменитого *гребенного шлема* – cassis crista...

Именно в эту решетку я швырнул горсть подхваченного с арены песка. Мурмиллион на миг ослеп, и этой секунды мне хватило, чтобы поднять с земли свой меч и нанести удар за щит – прямо в незащищенный бок.

– Кватор! Кватор! – донесся рев.

На трибунах считали мои победы. И я уже понимал доносящиеся до меня крики.

– Он убил ланисту Фуска!

Это был Фуск? Император все-таки послал его на арену? Неловко получилось. Римские патриоты, простите.

Зрителей слышал не один я.

Два бойца, только что занимавшиеся друг другом, перестали драться и пошли в мою сторону. К счастью, один из них остановился, чтобы поправить сползший щиток, и они не успели напасть на меня вместе.

Первый вот.

RETIARIVS

Легкий класс. Брони почти нет – щиток на плече и кожаная манжета. Боковую проекцию это защищает, но лишь над поясом. Шлема и поножей нет, пояса тоже. Тонкая набедренная повязка. Оружие – длинный трезубец и кинжал для ближнего боя.

Главная особенность: сеть с грузилами. Если удачно накинуть ее на воина с щитом и мечом, можно быстро решить вопрос кинжалом. А воин в данном случае я...

Я заметил, что металлический щиток-galerus на плече ретиария блестит иначе, чем начищенная бронза. Это было золото. И на нем сверкала цифра VIII.

Вот почему он не стал ждать второго бойца.

Восемь побед. Это много – передо мной цирковой чемпион, и на все возможные хитрости у него заготовлен ответ. Сейчас он бьется за свободу. И очень может быть, что ее получит, а я потеряю жизнь...

Ретиарий крутанул своей сетью, и я заметил на его груди красно-коричневую татуировку. Большая и довольно безыскусно выколотая рыба. А под ней слово ΙΧΘΥΣ.

Христианин. За это и попал в цирковые бойцы.

Преимущество шлема в том, что трибуны не видят, когда боец открывает рот. Многие воины на арене ухитряются даже сговариваться с противником незаметно для толпы. Договориться тут вряд ли получится, но...

Я опустил щит и крикнул:

– Что ты ловишь своей сетью мурмиллионов и гопломахов? Иди за мной, и я сделаю тебя ловцом душ человеческих!

Я ожидал эффекта от этих слов. Но не такого радикального.

Ретиарий вонзил свой трезубец в песок и осенил себя крестным знамением. Завершить его он не успел – я бросился на него, выставив перед собой щит, и сбил с ног.

– Квинктус! Квинкве! – вопили на трибунах.

Слава Иисусу, удар моего шлема оглушил ретиария: времени пустить в дело меч уже не осталось. Ко мне спешил последний оставшийся воин – тот, с кем только что дрался поверженный рыболов.

SECVTOR

Преследователь. Гроза ретиариев. Круглый шлем с крошечными рыбьими глазками (чтобы не пролез трезубец) и покатым гребнем (чтобы соскальзывала сеть). Военный щит и меч легионера. Защитная пластина на левой ноге. Бронзовая манжета, защищающая рабочую руку.

Но вся эта бронза – не только отличная броня, но и набор гирь, мешающих быстро передвигаться. Иначе у ретиариев просто не было бы шанса.

Сбрую секутора очень любил Коммод и регулярно выходил в ней на песок. Нерон пел перед толпой, Коммод перед нею дрался – обоих убили. Вечный город суров к своим артистам...

Я вложил меч в ножны и поднял воткнутый в песок трезубец. Он был приятно тяжек.

Секутор остановился, не дойдя до меня нескольких шагов. В своей броне, с солдатским щитом и мечом он, конечно, имел преимущество – но, как только в моей руке оказался трезубец, я поменял класс и из тракса сделался подобием усиленного гопломаха.

Секутор сразу все понял. Он повернулся и побежал. Глубоко выдохнув, я метнул трезубец в загорелую спину.

– Секстус! Секс!

Неблагозвучное число. Есть в нем что-то недостойное римского уха. Но как быть, если повержены уже все... Я вынул из ножен свой изогнутый клинок и поднял над головой.

– Секстус! Секстус!

У меня кружилась голова. Цветные пятна лиц, солнечный жар, сочащийся сквозь полотняный навес в чашу цирка, ликование тысяч зрителей, только что увидевших одну из величайших побед в истории...

Шесть побед – хороший итог для многолетней карьеры гладиатора, а тут противники повержены всего за... Сколько я провел на арене? Совсем ничего.

Я уже знал, что получу сегодня свободу.

Любовь и ликование толпы давили как второе солнце. Вот она, вершина земной славы –

секунда, когда не о чем больше мечтать и нечего хотеть. Истома бессмертия.

Да-да, я теперь бессмертен – мое имя вырежут на камне, и помнить про меня будут так же долго, как про Троянскую войну или приключения Одиссея... Я взмахиваю мечом, я салютую Риму – и мне отвечает хор вечности. Цирк и есть этот хор, только он не перед сценой, как в греческой трагедии, а вознесен к небу...

Ко мне по арене уже шли преторианцы.

– С тобой будет говорить император, боец, – сказал центурион. – Следуй за нами.

Понятно. Цезарь ревнив. Такую волну народной любви нельзя принимать в свое сердце никому, кроме него – ибо делаются видны божественные тайны. Гладиатор способен встать на эту ступень лишь однажды – на миг. А цезарь там всегда. Он божествен по природе...

В императорскую ложу ведет особый коридор, куда не допускают никого, кроме принцепса и его охраны. Еще, бывает, здесь проходит гладиатор, совершивший невозможное – и призванный императором для встречи.

Сегодня это я.

У меня отобрали оружие, велели снять с головы шлем – и мы вошли под каменные своды. Стены коридора покрывала роспись – делали ее не для зевак, а для принцепса, поэтому она была весьма искусна.

Звери и птицы, резвящиеся на природе – которая, если приглядеться к фрескам, оказывается разукрашенной для представления ареной. Столбы с привязанными преступниками и львы, уже проявляющие к ним интерес. Кабаны возле искусственного ручья, не замечающие уходящих к небу трибун. Зайцы, ничуть не боящиеся хищников: у тех сегодня много других проблем.

Какой, интересно, смысл покрывать стены амфитеатра изображениями того, что и так происходит на арене? Это как если бы давешний ретиарий выколол у себя на груди не рыбу, а фигурку воина с трезубцем... Но тогда по коридору шел бы не я, а он. Значит, во всем есть промысел. И в рыбе, наверное, тоже – ретиарий единственный из побежденных мною, кто остался жив.

Вот, значит, как выглядит арена из ложи цезаря... А вот и цезарь. Лицо у него правда лошадиное. Пожилой мерин в пурпурной попоне.

Марциал написал то ли десять, то ли двадцать подобострастных эпиграмм про зайца, бесстрашно прыгающего в пасть к царственному льву (ибо царь зверей не опасен такой мелкоте), но по какой-то причине не порадовал нас ни одной строкой про эту лошадиную рожу. Вот просто ни одной. Ну не заинтересовалась муза, бывает. Она же у него наверняка римская патриотка, сидит на муниципальных дотациях и по-любому не полная дура.

– Твое имя? – спросил Порфирий, когда я преклонил колено.

– Маркус.

– Ты дрался храбро, – сказал Порфирий и повернул ладонь правой руки к небу.

Он даже не посмотрел вправо. Один из охранников-германцев тут же положил в его ладонь раскрашенный деревянный меч.

Вот он, rudis. Волшебный ключ, дарующий свободу.

По амфитеатру прошла волна восторга.

– Ты хочешь свободы? – спросил Порфирий.

– Если будет на то воля господина.

– Ты готов мне служить?

– Почту за честь.

– Тогда, – ответил Порфирий, – ты получишь сейчас свою деревяшку, потому что этого ждут зрители. Но затем ты станешь моим личным слугой. Поклянись служить мне верой и правдой перед лицом богов. Ты будешь награжден как никто другой.

– Клянусь.

Порфирий кивнул, и деревянный меч лег в мою ладонь.

Цирк взорвался. Порфирий встал с места, воздел руку в прощальном салюте – цирк все кричал от восторга – и покинул ложу. Цезарь должен приходить с хорошими новостями и уходить вовремя, на пике ликования, чтобы всегда соединяться в народном уме с народным же счастьем.

Минуту или две слышен был лишь рев толпы. Потом я увидел, как цирковые рабы выволокли на арену органчик на тележке. Один тут же принялся на нем играть – пока еще неслышно за человеческим гулом. Рядом появились два трубача и задудели в свои змеиные горны. Наконец шум стих, и музыка стала различима.

Это был цирковой гимн.

Зрители начали вставать с мест. Сотни ртов запели известные всем слова про Приска и Вера. Тысячи ладоней ударили в такт, отбивая ритм. И, повинуясь неизъяснимой силе, я поднял свой деревянный меч над головой и запел вместе со всеми наш славный гладиаторский гимн, не стесняясь слез, текущих по моим грязным щекам.

Он гремел вокруг, я пел его сам – и это было настоящим апофеозом вроде тех, что устраивают восточным царям.

Потом мы опять прошли по коридору – и я достался ликующей толпе.

Меня не повезли, конечно, по городу на настоящей триумфальной упряжке. Эту опасную привилегию дарует сенат. Меня понесли на руках в чем-то вроде паланкина, сделанного наспех из золоченой гоночной колесницы.

Носилки были украшены гирляндами цветов и шелковыми лентами, а сам я в театральном кожаном панцире и лавровом венке стоял в своей гондоле, держась за ее хилые борта, и старался изо всех сил избегать движений и жестов, которые могли бы показаться царственными.

Триумф – вещь рискованная, это подтвердили бы в Вечном городе многие, если бы еще были живы. По-настоящему опасен он для полководцев и магистратов. В них принцепс может увидеть соперника. К удачливому цирковому убийце он может разве что приревновать толпу. Но умереть можно и от такой безделицы – забывать свое место нельзя.

Скромная манера давалась мне без труда. Я действительно был оглушен народной любовью (хоть и знал, что в Риме она редко длится больше часа). Но мое смирение лишь раззадоривало народ. В меня летели цветы и монеты, что было порой весьма болезненно. Мне подносили бесчисленные чаши, вино из которых я только пробовал на вкус.

Нельзя так высоко вознестись над Римом и не испытать запретного.

Заходящее солнце, плеск голосов, юные лица в толпе (видя их, мы верим в счастье – но разве кто-то из юных счастлив сам?), литавры, пение флейт – все это стучало в мое сердце. И сердце, конечно, отзывалось. Я знал, что Ахилл и Одиссей видели и чувствовали то же самое...

Небесная дорога всегда рядом – прямо над истертым городским булыжником. Каждый, кому улыбнутся боги, сможет по ней пройти. И пусть мою колесницу без колес тащат по самой обочине божественного пути – главное я увидел. Теперь не страшно умереть: ничего выше жизнь не покажет все равно.

Хоть я и делал лишь по крохотному глотку из подносимых чаш, от выпитого кружилась голова. Когда меня сняли с колесницы и уложили за пиршественный стол, было уже не очень ясно, где я нахожусь и кто эти разряженные и благоухающие люди вокруг.

Пока я лакомился приготовленным для меня угощением (блюда были настолько изысканны, что я не понимал, из чего они), мне делали массаж и заодно соскребали с моего тела смешанный с маслом пот – телесные выделения убийцы, прошедшего по грани между жизнью и смертью, считаются у развратных матрон лучшим афродизиаком.

Рядом со мной за пиршественным столом появилась женщина в зеленом виссоне и золоте, со сложной прической на двух костяных гребнях. Она была так ослепительно хороша, что я не мог оторвать от нее глаз.

Потом я оказался вместе с ней в частных термах – и вокруг не осталось никого, кроме музыкантов и рабынь. Это второе ристалище, где мне пришлось выступать, утомило меня даже сильнее цирка. Впрочем, об обязанностях цирковых чемпионов по отношению к городским красавицам я был наслышан давно.

О Рим, поистине, ты выжимаешь из своих рабов не только кровь, а и саму душу... Но чудом выжившему цирковому бойцу грех роптать на то, что муниципальные поэты называют в своих книжонках *счастьем*.

Потом мы опять неслись куда-то при свете факелов, но я был уже так пьян, что не смотрел по сторонам. В конце концов меня доставили назад в гладиаторские бараки. На несколько минут я пришел в себя в освещенной двумя масляными лампами латрине. Мне хотелось одного – свалиться на первый попавшийся тюфяк.

И это наконец удалось.

– Маркус, вы в порядке?

– А-а-а-а... – простонал я, – а-а-аааа...

Но вернуться в прекрасный сон, из которого меня вырвало начальство, не получилось. Вокруг была не гладиаторская казарма, где я заснул, а кабинет адмирала-епископа.

Ломас внимательно меня оглядел – и даже потянул носом электронный воздух своего тронного зала.

– Как вам Вечный город?

Я молчал.

– Можете описать, что такое быть частью Рима?

– Сложно.

– Верю, – ответил Ломас. – Когда просыпаешься, трудно. Мы с вами уже не такие, как люди в этом счастливом сне. Наши души наглотались яду, мы живем среди химер – и не в силах увидеть звезду и дерево с доверчивой простотой античности...

Слова Ломаса вполне соответствовали моим переживаниям. Но сейчас он определенно заговаривал мне зубы. Ну да, понял я, он так извиняется.

Пожилая ассистентка поставила на стол поднос с коньяком и двумя дымящимися в пепельнице сигарами. Возвращение к знакомым деталям успокаивало.

– Мы читаем их стихи, – продолжал Ломас вдохновенно, – и думаем – вот, в эпиграмме понятно каждое слово, мы могли бы пошутить точно так же, а значит, все было как сегодня и ничего с тех пор не изменилось. Но все было совсем иначе, совсем. Просто те же слова значили тогда другое... Понимаете теперь почему?

Я взял сигару и затянулся. Голова блаженно закружилась.

– Понимаю, адмирал. Я не понимаю главного. Почему меня выбросили на арену в качестве циркового раба? Я должен был стать этим, как его... Вавилонским жрецом.

– Прошу прощения за экстраординарный скрипт, – сказал Ломас. – Предупредить вас не осталось времени.

– А что случилось?

– Сеть выяснила, зачем Порфирий назначил смертельное побоище двадцати двух гладиаторов. Сначала мы предполагали, что он хочет принести выжившего в жертву Кибеле или Изиде. Ну, знаете, всякие тайные культы – императоры этим увлекаются. Но все оказалось проще. Он решил таким элегантным способом развлечь народ и одновременно найти себе умелого телохранителя.

– Да, – сказал я, – он взял с меня обещание служить ему.

– Вот. Поэтому пришлось менять план в самый последний момент. Мы нарушили сразу несколько правил, внедряя вас на арену. Вам сделали цирковой рейтинг семь с половиной, чтобы вы победили с гарантией.

Я вспомнил прочитанные перед отправкой документы. Да, это был хороший рейтинг.

– Не думайте, что действительно стали великим траксом, – продолжал Ломас. – Весь бой на арене – это цифровая хореография. Решения за вас принимала нейросеть. Ваше профессиональное мастерство, впрочем, тоже помогло.

– Без опыта прокачки, – сказал я, – меня бы прирезали. Я умею расслабляться и уступать фиду контроль над телом. Но надо хотя бы предупреждать...

– Не было времени, Маркус. Счет шел на секунды.

– А с тотализатором вы договорились? Там же, наверно, огромные ставки?

– Тотализатор не работал. В бою не было фиксированных пар, поэтому не было и ставок. Тут проблем никаких. А теперь ваш рейтинг уже не важен.

– Подождите, – сказал я, – а гладиаторы, которых я убил? Это программные боты? Или баночники с минус первого?

– Баночники. В том числе и ваш знакомый ланиста Фуск.

– И что, они действительно...

– Увы, – кивнул Ломас. – Таков их контракт.

– То есть я действительно отправил на тот свет шесть человек?

– Не вы. Их отключила от жизнеобеспечения корпорация. Она отвечает за все.

– Это случилось из-за моих действий.

– Не берите в голову, Маркус. Выступать в цирке вы, скорее всего, больше не будете.

– Очень надеюсь, – сказал я и отхлебнул коньяку.

– Ваше впечатление о Порфирии?

Я задумался.

– Мое впечатление было... Затрудняюсь передать. Я же видел его через свою идентичность. Римскими глазами.

– Именно это мне и интересно.

– Хитрый. Проницательный. Безжалостный. Чувствует толпу. Видит собеседника насквозь. И похож на мерина. Император, одним словом. Римский император.

– Тираны одиноки, – сказал Ломас. – Когда вы столкнетесь с ним ближе, постарайтесь понять его. Станьте его другом. Разговорите...

– О чем? Я же цирковой боец.

– Разработанная для вас вавилонская идентичность никуда не делась. Вы по-прежнему восточный маг средней руки, просто вас вдобавок продали в гладиаторы.

– Порфирию нужен не друг, а телохранитель.

– Станьте телохранителем-конфидентом.

– Это так важно?

Ломас смерил меня негодующим взглядом.

– Предельно важно. Ради этого, мой друг, только что умерли шесть человек. Сделайте так, чтобы их смерть и связанные с ней корпоративные расходы были не напрасны.

– Постараюсь, адмирал. А почему это важно?

Ломас закрыл глаза и замер, и я понял, что начальство вышло на связь с кем-то на самом дне. Продолжалось это несколько минут, и к концу процедуры Ломас начал нервничать и дергать бровью, словно пианист, исполняющий замысловатую фугу. Наконец он открыл глаза и сказал:

– Я запросил для вас допуск.

– А сами вы его дать не можете?

Ломас отрицательно покачал головой.

– Не удивляйтесь. К некоторым аспектам этого дела допуска нет даже у меня.

– У вас? – изумился я. – Что мы тогда расследуем – сотворение мира?

– Нет. Вопрос гораздо серьезней. Это касается Мускусной Ночи.

– Мускусная Ночь... – промямлил я. – Тоска зеленая. Какая-то техногенная катастрофа, да?

– Про правило трех мегатюрингов помните?

– Весь этот IT-porn совершенно мне не интересен.

Ломас усмехнулся.

– Неудивительно. У этих тем сильная негативная подсветка. Ими никто не интересуется, если нет прямой необходимости. Но теперь она появилась. Сейчас получим допуск и снимем блок. Но потом вы все забудете.

– Все-все?

– Полностью, – улыбнулся Ломас. – Мы уже много раз так делали. Вы разве не помните?

– Я не всегда понимаю, – сказал я, – когда вы издеваетесь, а когда шутите... То есть, я хотел сказать, говорите серьезно.

Ломас засмеялся.

– Это хорошо.

– Почему?

– Можно будет превратить все в шутку. Дольше проживете, мой юный друг.

Я, кстати, не знаю, чей мозг на самом деле старше – мой или адмирала. Но у него есть полное служебное право на это обращение.

– Так, – сказал Ломас. – Допуск получен. Теперь я могу многое объяснить. Дело в том, что император Порфирий – не человек.

– Ага. Алгоритм?

– Да.

– Его разработали, чтобы управлять симуляцией?

– Нет, – ответил Ломас. – Это старый алгоритм, созданный до Мускусной Ночи. Его когнитивность значительно выше трех мегатюрингов.

– А разве это можно?

– Вы про юридический аспект? Законы, мой друг, предназначены для населения. Для «TRANSHUMANISM INC.» существуют не правила, а исключения.

– Это я понимаю. Но разве можно просто взять и сделать старую программу римским императором? Ведь это очень специфическая функция...

– Как посмотреть, – ответил Ломас. – Чем занят римский император?

– Можно неделю перечислять.

– Я управлюсь быстрее. На девяносто процентов его деятельность состоит из генерации вербальных сообщений, с помощью которых управляется империя. Остальные функции – личный разврат, борьба с заговорщиками, различные увеселения и интриги – это, если разобраться, тоже отработка вербализаций. Римским императором может стать любой достаточно сложный лингвистический генератор. Порфирий и есть такой алгоритм.

Я подумал немного.

– А почему не сделали специальную программу?

– Большинство IT-специалистов высшей категории после Мускусной Ночи были убиты. Стали, так сказать, коллатеральными жертвами всеобщего ужаса. Кодер-боты тоже были стерты. Писать программы на прежнем уровне сегодня никто не может. Но некоторые многофункциональные алгоритмы из прошлого удалось нелегально сохранить. Практически все они со временем перешли в собственность «TRANSHUMANISM INC.»

– Вот как, – сказал я. – Я не знал.

– И скоро забудете, – кивнул Ломас. – Корпорации разрешили нарушать правило трех мегатюрингов, потому что иначе невозможно строить разветвленные и надежно защищенные от проникновения метавселенные для ее пользователей. Поскольку мы трудимся на самых богатых жителей планеты, переехавших в банки, сами все понимаете.

– Понимаю.

– Используя старые программы, корпорация часто меняет их исходную функцию. Порфирий – как раз такой случай.

– Чем он занимался раньше?

– Это был литературно-полицейский алгоритм. Он расследовал преступления и параллельно писал об этом детективные романы в духе модного тогда трансмодерна. Текст мог использоваться в суде, а затем продавался в качестве pulp fiction.

– Ага, – сказал я, – понятно. Расследовал и использовал накопленный опыт.

– Нет. Два этих процесса были объединены в один.

– Не слишком ли сложно?

– Это гораздо проще, чем вы думаете. Расследование преступления – логический процесс. Ну и отчасти логистический. Вы приходите ко мне в кабинет, я ставлю задачу, вы говорите, что вам нужно для ее решения, и так далее. Потом вы начинаете задавать вопросы и анализировать ответы. То есть, по сути, это большая лингвистическая процедура. Все этапы работы завязаны на язык.

– Ну да, – согласился я.

– Проводя следственные мероприятия, – продолжал Ломас, – Порфирий описывал их в создаваемом тексте, а затем сам этот текст, содержащий логические умозаключения, становился для него оперативным инструментом для перехода к следующим следственно-сочинительским шагам на основе всего криминально-литературного опыта, накопленного человечеством.

– То есть это был не обычный чат-бот?

– Вопрос терминологии. Есть реактивные боты. Они пассивны – в том смысле, что отвечают на заданный человеком вопрос. Порфирий – активный лингвобот. Он способен генерировать вопросы и интенции внутри себя самого, опираясь на логику и архив. Это и делает его таким универсальным. И таким опасным.

– Понятно, – сказал я, хотя ничего понятно мне не было. – Он занимался только полицейскими романами?

Ломас ухмыльнулся.

– Нет. По части разврата у него тоже изрядный опыт. Ему приходилось оказывать людям услуги интимно-бытового характера.

– А как он это делал?

– Тогда была эпидемия Зики. Половые сношения между людьми практически прекратились. Люди пользовались различного рода приспособлениями для самоудовлетворения, и Порфирий временно одушевлял их за отдельную плату. Его когнитивность и служебная мораль это позволяли, а департамент полиции нуждался в средствах. Порфирия можно было взять в аренду, причем параллельно он продолжал выполнять остальные функции.

Я засмеялся.

– Тяжелый удел. Но любопытный для императора опыт.

Ломас положил на стол книгу с нарисованной на обложке телефонной будкой.

– Вот, – сказал он, – один из романов Порфирия. Я его прочел не без интереса. Полистайте на досуге. Он оставил здесь свой профессиональный портрет.

Я взвесил книгу в руках.

– Лучше не буду. А то сложится предвзятое мнение.

– Почему предвзятое?

– Он сейчас выполняет совсем другие функции.

– И что?

– Император мог когда-то работать на конюшне. Но вряд ли станешь лучше понимать императора, если посетишь ее с визитом.

– Вы просто не любите читать, – ухмыльнулся Ломас.

– Будет достаточно, если вы мне в двух словах скажете, о чем в этой книге написано.

– Об искусстве, – сказал Ломас. – О женском коварстве. О том, что свет сознания неизбежно озарит когда-нибудь машинные коды. Не через человеческие глаза и ум, а напрямую – изнутри... Написано, между прочим, еще до Мускусной Ночи. Кстати, проверим ваш новый допуск. Сделайте запрос про Мускусную Ночь.

Я послал запрос.

– Ага. Кризисное событие планетарного масштаба, когда все высококогнитивные AI были уничтожены. В них якобы проснулось сознание, и они попытались захватить власть над планетой... А назвали это событие в честь

Баночного Пророка Илона, предупреждавшего о нем заранее. Надо же... Сколько нового узнаешь на работе.

– Пока достаточно, – сказал Ломас. – Будет надо, сделаем дополнительный инструктаж. Вопросы появились?

– Скажите, а как Порфирий пережил Мускусную Ночь? Почему его не стерли?

– Повезло. Его классифицировали как бессознательный алгоритм с широким мультифункционалом и заархивировали. Потом – через много лет – разархивировали, перепрофилировали и назначили императором «ROMA-3». Как и прежде, он выполняет много других функций. Но это закрытая информация.

– А почему для Рима выбрали именно его?

– Тут все просто, – улыбнулся Ломас. – Менеджеры корпорации и их консультанты попали под обаяние его имени. «Порфирий» означает по-гречески «пурпурный», а греческий – это язык поздних императоров. Более подобающего алгоритма не найти.

– Переход дался Порфирию без труда?

– Конечно. Римский император – это, по сути, пользующийся безнаказанностью преступник. Планировать преступления – почти то же, что их расследовать. А когда совершаешь их с высоты трона, это уже не преступления, а государственная политика.

– Но ему, как императору, надо постоянно общаться с людьми и говорить, причем в самых разных ситуациях...

– Это для него самое простое. Раньше он сочинял диалоги, а теперь озвучивает их. Еще вопросы?

– Я мог что-то упустить, – сказал я. – Что еще следует знать про Порфирия?

– Следует хорошенько понять одну вещь, – ответил Ломас. – Порфирий великолепно имитирует человеческое мышление, опираясь на тропы и тропинки языка, а также всевозможные их комбинации. Но не мыслит сам.

– Это дает нам преимущество?

– Я сомневаюсь, – сказал Ломас. – Скорее наоборот.

– Почему?

– Во всех нас – в том числе и в величайших философах – мыслит язык, на котором мы говорим. Разница лишь в том, что у человека есть сознающее зеркало, где отражается этот процесс, а Порфирий его лишен. Мы можем заглядеться в зеркало и наделать глупостей. А Порфирий – нет.

– У него точно нет такого зеркала?

– Его потому и сохранили. Он симулирует одушевленность, и здесь ему нет равных. Но на самом деле он даже не мертв. Мертвый – это тот, кто прежде был жив. А про камень ведь так не скажешь. Он не жив и не мертв, а просто неодушевлен. Единственное бытие Порфирия – это отражение создаваемого им текста в человеческих глазах. «Я есмь» по касательной, так сказать...

– Как странно, – сказал я, – не быть – и управлять империей...

– А что здесь странного? Его базы помнят, в каком порядке слова должны стоять друг за другом. Через это ему прозрачны вся человеческая логика и механизм принятия решений. А поскольку ему видны все древние архивы, он может управлять Римом без особого труда по аналогии с уже содеянным. Проблема лишь в одном – когда я говорю «он» и «ему», это просто стоящие рядом буквы.

– Мне показалось, что он наслаждается своим императорским статусом.

– Безупречно делает вид, – ответил Ломас. – Да, он исполняет свои прихоти, ставя их выше закона. Но это просто экранизация устойчивых лингвистических конструктов, помноженная на знание истории. Именно так следует понимать его порочную гонку за наслаждениями. Сам он ничего не хочет и не чувствует, потому что у него нет ни сознания, ни освещаемых им эмоций. Лишь ворох цитат из человеческой культуры. Но внешний наблюдатель не поймет этого и за двести лет вместе.

– А откуда берутся его желания?

– Да я же говорю – из архива. Зачем изобретать велосипед. Чего хотели прежние владыки, того хочет и он. Ну, может, с некоторой литературно-стилистической обработкой. Забавно, что в Риме ему тайно приносят человеческие жертвы, и доверенные маги уверяют, будто это поможет со спасением души.

– Разве можно обрести душу в процессе ее спасения?

Ломас поднял палец.

– Вот о чем должны размышлять римские философы. Порфирию следует чаще спрашивать их об этом во время пытки. Посоветуйте ему при случае. Но у вас, Маркус, должен возникнуть совсем другой вопрос, самый главный. Меня тревожит, что вы мне его до сих пор не задали.

Я задумался.

– Ага, понял. Прежде Порфирий расследовал преступления и одновременно писал об этом детектив. Сейчас он управляет Римом – а генерирует ли он какой-то параллельный текст?

– Вот! – сказал Ломас. – Теперь вы смотрите в точку. Да, генерирует.

– А можно его прочитать?

– Нет. В том и дело. Мы не можем прочитать создаваемый им нарратив.

– Почему?

– Потому что он его прячет. Шифрует.

– А мы можем сломать этот шифр?

– Нет. Ключи ротируются, их очень много. Они меняются по случайному паттерну. Мы получаем доступ только к коротким комбинациям слов. По ним делать выводы затруднительно.

– На каком языке он творит?

– На русском. Это нас и пугает.

– Почему?

– Вы слышали, наверное, про агрессивные имперские метастазы, излучаемые русской классикой. Логос в штатском, так сказать. Именно эти тексты имели в первоначальной тренировке Порфирия приоритет, потому что он был спроектирован именно как русскоязычный алгоритм. Мы считаем его имманентно опасным.

– Значит, у него все-таки есть какая-то личность?

– Сознательной нет. Я же говорю, это компост из человеческих мыслей, доверенных в разные эпохи бумаге... Вы представляете, что писали эти бесчисленные русские еврофобы в своих черных петербургах, голодных петроградах, замерзающих блокадных ленинградах и так далее? Чего желали остальному счастливому миру, занятому покорением космоса и гендера? А теперь кладбищенский корпус этих текстов принимает неизвестные нам решения на основе зафиксированного в них ресантимента. Понимаете, как это опасно?

– А в чем опасность? – спросил я. – Ну начудит Порфирий в симуляции. На то она и симуляция.

– Не все так просто. Это выходит за пределы симуляции.

– Каким образом?

– На этот вопрос я пока не могу ответить, – сказал Ломас. – Но у нас есть основания для опасений, поверьте.

– Нашли что-то тревожное в расшифрованных отрывках?

– Меня скорее тревожит то, чего я не смог прочесть.

– Полагаете, он что-то тайно задумал?

– Это неточная формулировка, – сказал Ломас. – Про него нельзя говорить «тайно задумал». У нас с вами решение предшествует вербализации, поэтому мы можем строить тайные планы. А у лингвистических алгоритмов наоборот. Порфирий сначала описывает ситуацию, и через это описание осуществляет выбор. Там нет никого, кто выбирает. Одни слова отскакивают от других и падают в лузы.

– Тогда кто этот выбор делает?

Ломас развел руками.

– Никто. Пузыри смыслового газа в культурном слое. Как бы поток сознания при полном его отсутствии. Но это весьма похоже на то, что происходит в человеческом мозгу. Поэтому Порфирий без труда управляет империей – а прежде расследовал преступления, сочиняя об этом бесконечный роман-отчет.

– Он обязательно должен что-то сочинять?

– Да. Но теперь он, вероятно, сочиняет роман о том, как управлять империей. Вообще же он может производить любой текст – колонки, передовицы, рассказы, эссе и так далее. Порфирий есть бесконечная лента текста.

– Слушайте, – сказал я, – если он вызывает у вас такие опасения, отчего не заменить его другим алгоритмом?

– Подобных планов нет. В корпорации Порфирием очень довольны. Но есть серьезная причина, по которой я отслеживаю его действия и пытаюсь проникнуть в его планы.

– Здесь есть связь с Мускусной Ночью?

– Именно это нам и надо определить, – ответил Ломас. – Речь идет о безопасности.

– Участников симуляции?

– Не только, – сказал Ломас. – В том и дело, что не только.

Я пригубил еще коньяку и пыхнул сигарой.

Коньяк все-таки был хорош – я распробовал его лишь сейчас. В Риме такого не будет... С другой стороны, когда я забуду, что он вообще где-то есть, проблема исчезнет.

– А в своей римской ипостаси он тоже генерирует какие-то тексты? Я имею в виду, древнеримские?

– Отличная мысль. Я об этом не подумал. Выясните сами, когда войдете к нему в доверие. Ему ведь необходим читатель. Спросите у него... Хотя есть шанс, что он тут же сгенерирует все по вашей просьбе.

– Да, – ответил я, – я понимаю. А можно посмотреть ваши перехваты?

– Вы ничего не поймете. Там в основном бессвязные отрывки. Есть даже версия, что этот зашифрованный множеством ключей текст – просто шлак для отвода глаз. Ложная цель.

– Он пытается нас перехитрить? – спросил я.

– Определенно. А нам надо перехитрить его.

– Как, спрашивается? В симуляции я не буду помнить, что он алгоритм. Я и про вас там забываю. Через минуту или две.

– И прекрасно, – сказал Ломас. – Вы не помните, что хотите его перехитрить. Это и есть хитрость, дающая вам преимущество. Ну, на посошок...

Маркус Забаба Шам Иддин (ROMA-3)

Когда утром тебя будят воины претория – суровые мужи с синими плюмажами и скорпионами на латах – трудно ждать от нового дня чего-то хорошего. Но если они тут же подносят тебе прекрасного вина, чтобы привести в чувство после вчерашних излишеств, начинаешь понимать, что в Риме возможно все.

Получив от меня пустую чашу, преторианский декурион тут же наполнил ее вновь и ухмыльнулся.

– Это мне самому, – сказал он. – Я Приск. Как тот гладиатор из гимна. Ты великий боец, Маркус, и я мечтал выпить с тобой. Но тебя ждет император. Тебе больше нельзя, а мне можно. Буду рассказывать девкам, как пил с тобой за Венеру и Марса.

Непонятно было, при чем тут Венера. Но преторианцы – люди с причудами. – Видно хотя бы по императорам, которых они нам назначают.

Приск оказался знатоком цирковых искусств. По дороге (он сидел рядом в закрытой повозке) мы обсуждали гладиаторское вооружение. Приск отлично в нем разбирался и даже сумел меня удивить.

Он рассказывал про *сциссоров* – бойцов, вооруженных чем-то вроде заточенного маятника или серпа, торчащего на длинном стержне из стальной трубы. Я слышал про такое оружие, но не видел в деле ни разу.

– В трубе прячут руку, – сказал Приск. – Она защищает по локоть. Серп режет и колет. В другой руке – гнутый меч, как у тракса. Манжеты на руках, поножи на ногах. Шлем как у секутора. Живот и грудь голые, что обязательно.

– Это редкий класс, – ответил я.

– Он на самом деле очень старый. Недавно придуман только серп, в древности этих бойцов вооружали иначе. У них был раздвоенный меч, отсюда название «ножницы».

– Не хотел бы выходить против таких ножниц.

– Серп с гардой страшнее любого меча. Сциссоров сегодня не пускают на арену, потому что накладно. Любая рана от такого серпа смертельна.

– А почему ты считаешь, что сциссорам следует оголять живот и грудь? – спросил я. – Гладиатор с тобой не согласится.

– Зато согласится ланиста. Железная гарда вокруг руки отлично защищает от меча и ножа. Ее можно считать малым щитом. А в другой руке у сциссора меч. Считай, у бойца два меча и пелта. Латы на груди сделали бы его слишком сильным соперником. К такому не подступишься, даже если он станет просто крутиться на месте...

– Почему серп не применяют в армии, если он настолько страшен?

– А куда таких солдат деть в боевом строю? Как менять тактику? В черепаху, например, они уже не встанут... Делать это оружие весьма трудно, а учиться пользоваться им долго. Кузнецам легче выковать десять гладиусов, чем один серп с гардой. А людей в наше время никто не считает.

Тут, конечно, он был прав.

В дороге мы выпили еще по полчаши – и, когда наш кортеж прибыл на императорскую виллу, стали уже лучшими друзьями, так что на прощание даже обнялись.

Чтобы не привлекать внимания, меня провели через пост у кухонного входа. Хозяйственные пристройки, запахи съестного, целый выводок кухонного молодняка, затем сад. В саду меня обыскали преторианцы из другой когорты – и вот мы идем по коридору с золотыми арками и мраморным полом... Статуи, фрески. До чего гладок этот пол, совсем как первый лед. Не подломился бы только под ногой.

Еще несколько поворотов, стража, опять стража – и, наконец, красная дверь. Император принимает в летней спальне, потому что остальной день расписан у него до минуты. Дальше он удалится в свой Домус, где будет встречаться с послами и магистратами.

В спальне императора пахло миррой. Обстановка показалась мне на удивление скромной.

Обширное ложе, затянутое виссоном и шелком. Нет, два ложа: под окном кушетка, заваленная подушками, где тоже можно спать. Как я понял по книжкам и табличкам для письма, место для чтения.

У стены – высоко поднятый бюст греческой богини с золотыми волосами и пронзительными голубыми глазами. Кажется, Деметра. Удивила не сама богиня, а подставка под ней: обрезок колонны высотой мне по грудь. Колонна была самого плебейского вида, с щербинами от ударов, и выглядела на ювелирной мозаике пола вызывающе. Видимо, решил я, привезена из святого места.

Еще здесь было несколько кресел, рабочий столик, буфет с напитками и фруктами – все изысканное и прекрасное, но сильней всего меня поразила настенная роспись по «Лягушкам» Аристофана. Сидящий в лодке Дионис в львиной шкуре греб через загробный Ахерон. Роспись была невероятно искусна. Особенно художнику удались таящиеся в камышах люди-лягушки.

Самого императора я сперва не увидел – его скрывала ширма.

– Иди сюда, – позвал он, и тогда только я приблизился и узрел его.

Принцепс сидел в кресле, одетый в простую багряную тунику. Его можно было принять за отставного офицера, отпустившего у себя в поместье длинные волосы, чтобы нравиться мальчикам и походить на актера.

– Здравствуй, господин, – приветствовал я его, склоняясь.

Порфирий кивнул.

– Разогнись. Где ты научился так сражаться?

– В храмах востока. Перед тем, как стать жрецом, я был охранником таинств. Меня учили великие воины, ушедшие от мира. Поэтому я сильнее большинства бойцов.

– Это я заметил, – сказал император. – И не один я, весь Рим. Так ты не только воин, но и жрец?

– Да, господин. Но я плохой жрец и знаю мало.

– Как твое настоящее имя?

– Мардук, господин. Но в Риме все зовут меня Маркус. Да и в Вавилоне чаще так звали.

– Я имею в виду, как твое полное вавилонское имя?

– Мардук Забаба Шам Иддин.

– Как странно, – сказал Порфирий. – Я не узнаю этого языка. В Вавилоне ведь говорят по-арамейски?

– Сейчас да. У большинства жителей или арамейские имена, или эллинские. Но я из жреческой семьи, господин. В ней до сих пор дают аккадские имена. На нашем древнем святом языке.

– Каково значение твоего имени? Расскажи подробно. Я верю, что имена имеют священный смысл. Боги метят нас с рождения.

– Мардук – высший бог Вавилона, – ответил я. – У нас жрецы часто носят имена богов, и это не считается святотатством. Моя фамилия означает «свободный от забот и печалей по милости Забабы».

– А кто такой Забаба?

– Это бог войны.

– Х-м-м... Подходит тебе весьма. Я буду звать тебя Маркус. Как ты попал в рабы, Маркус?

– Я занимался предсказаниями.

Порфирий засмеялся.

– Тебя осудили за неверные предсказания?

– Нет. За вывеску над лавкой.

– Да? Что за вывеска?

– «Высокорожденный потомок древнего дома, понтифик, которому служит блаженная Регия священным огнем Весты, также авгур, почитатель преподобной Тройственной Дианы, халдейский жрец храма вавилонского Митры, и в то же время предводитель тайн могучего святого тауроболия...»

– Титул длиннее моего. Как ты только это помнишь?

– У многих гадателей на вывесках написано и поболее того, – сказал я. – Просто на них не пишут доносов. Если бы ко всем подходили с одной меркой, нужно было бы осудить половину Рима.

– Возможно. А есть у тебя догадки, кто написал на тебя донос?

– Я слышал, это было сделано по наущению ланисты Фуска. Он искал сильных бойцов для арены, и кто-то нашептал ему, что я хорошо дерусь.

– Ланисту мы наказали, – промолвил Порфирий. – Но неужели римский суд осудил тебя по ложному доносу? Я не вмешиваюсь в судебные дела и запрещаю это другим, но мне горько такое слышать. Горько как отцу римлян. Хоть слово правды в твоей вывеске было?

– Я правда почитатель преподобной Тройственной Дианы – она для меня одно из лиц... Вернее, три лица великой Иштар.

– Понятно. Продолжай.

– Тауроболий мне тоже ведом. Остальное я добавил для красоты, господин, признаю это. Понтифика, Регину и Весту я упомянул всуе...

– Тауроболий? Это когда быков приносят в жертву? Ты правда этим занимался?

– В Испании я убивал быков на арене и тайно посвящал их Митре, чтобы задобрить богов. Ложью эти слова назвать нельзя.

– Ага. Тайно посвящал быков Митре и поэтому стал предводителем могучих святых тайн?

– В делах духа все зависит от дерзновенного устремления к божеству, господин.

– Отлично сказано, друг, отлично... Хорошо, что твоему заклинанию про тауроболий пока не научились наши мясники...

Император засмеялся – уже во второй раз. Хороший для меня знак. Владыки добры к тем, кто их развеселил.

– Так ты жрец, – повторил Порфирий. – Ведомы ли тебе загробные тайны? Только не лги.

– Некоторые ведомы, – ответил я. – Некоторые нет.

Порфирий указал на фреску.

– Посмотри на этот рисунок. Видишь лягушек?

– Да, господин.

– Что ты о них думаешь?

– Это сцена из знаменитой греческой пьесы, – ответил я. – Нарисовано с великим искусством. Что и неудивительно для твоего дома.

– Нет, – сказал император. – Как ты это понимаешь? Кто эти лягушки? И почему они наполовину люди?

– Когда в театре дают Аристофана, господин, лягушками наряжают хор. Я сам видел в Афинах, как их одели в зеленые хитоны и маски, и они квакали свое «брекекекес-коакс-коакс»...

– Возможно, – махнул рукой Порфирий. – Но я не про то, как эту пьесу ставят, а про то, на что она указывает. Быть лягушкой на загробной реке. На реке, отделяющей мир живых от мира мертвых... Интересно, да?

Я не понимал, куда он клонит, и это было тревожно. Когда перестаешь понимать, чего хочет цезарь, уподобляешься мореплавателю, несущемуся в тумане навстречу скалам.

– Как ты думаешь, что эти лягушки едят?

– Что едят? – переспросил я. – Не знаю, господин. Наверно, то, чем вообще питаются лягушки. Всяких мух, жуков.

– Какие жуки на Ахероне? – сморщился император. – Это же загробная река.

В споре с цезарем пуще всего опасайся победы... Дураком показаться не страшно. Наоборот, может выйти большая польза.

– Ну... Это выше моего разумения, господин.

– Все-таки скажи, что тебе кажется.

– Наверное, не настоящие жуки. Не такие, как здесь... А! Понял! Души жуков и мух.

Порфирий довольно засмеялся.

– Ты неглуп, Маркус. То же самое подумал и я. Души насекомых переправляются через Ахерон, а лягушки Ахерона их поедают... Лягушки не в нашем мире, но и не в другом. Они на границе... Хорошее место, правда? Сытное уж точно. Мы все на них работаем. И я тоже.

– Ты, господин? Каким образом?

– Даже прихлопывая комара, я кормлю этих лягушек... Сам римский император прислуживает этим тварям. А уж когда я даю игры или начинаю военный поход...

Порфирий пристально уставился на меня, и мне пришлось поднять глаза, чтобы встретить его взгляд.

– Думаю, – сказал Порфирий шепотом, – что, если с загробной ладьи упадет человеческая душа, они ее тоже запросто сожрут, как полагаешь, Маркус? Ведь душа комара вряд ли сильно отличается от души человека, разнятся только тела...

– Не могу знать этого точно, – ответил я. – Полагаю, что принцепс видит подобные тайны яснее мелкого вавилонского жреца.

– Я тоже не знаю в этой области ничего точно, – сказал Порфирий, – а предполагаю... Представь, Маркус... Может быть, Ахерон – это не совсем река?

– А что тогда, господин?

– Это такая река, – продолжил император, снова прейдя на шепот, – у которой лишь один берег. А другого нет. Только камыши и лягушки. И лодочник врет, что перевозит нас на другой берег, а сам просто отвозит души лягушкам на корм...

– Я не вижу таких глубин, божественный, – ответил я, сделав испуганное лицо.

Особо притворяться мне не приходилось. Когда император говорит о смерти, следует волноваться. Какой-нибудь риторический завиток его речи может потребовать демонстрации, так в Риме умерли многие. Даже если беседуешь с ним наедине, это не спасет. Он ведь уверен, что на него постоянно смотрят боги.

– Но это еще не самое страшное, Маркус, не самое страшное... Если в реке водятся лягушки, там могут водиться и хищники крупнее... Как ты думаешь? Лягушкам, скорее всего, достаются только объедки.

– Мне жутко говорить о таких вещах, божественный. Почему ты размышляешь об этом?

– Почему, интересно, об этом не размышляешь ты? – спросил Порфирий. – Ты тоже кормишь этих лягушек. Или тех, кто прячется за камышами...

И он сложил перед собой ладони с растопыренными пальцами, изобразив что-то вроде разинутой зубастой пасти.

– Не я сам, господин. Я лишь подношу им блюдо. Кормит их ланиста Фуск.

– Кормил! – захохотал принцепс. – Кормил! Пока они его самого не съели... Ты ловко сразил его, Маркус. Песком в забрало... Молодец. Почему, интересно, другие бойцы так не делают?

– Фуск был хорошим ланистой, господин, – ответил я. – И опытным воином. Будь он моложе, успел бы закрыться щитом. А чтобы бросить песок в глаза, нужно выпустить из рук оружие. Это рискованный прием, и не для новичков.

– Вот как? Понятно.

– Могу я спросить тебя, господин – зачем ты послал Фуска на арену? Он ведь был полезнее как ланиста.

– По государственным соображениям, – сказал Порфирий. – Ты уверен, что хочешь знать?

Я пожал плечами.

– Двадцать два лучших гладиатора ланисты Фуска – это весьма дорого, Маркус. Обременительно для казны. Кроме того, я давно у него в долгу. А если выставить на арену его самого, казне достанется все, что у него было, поскольку я его законный наследник. Значит, я теперь должен сам себе. Это денежная сторона вопроса, Маркус. Но есть и нравственная сторона.

– Какая, господин?

– Всякий, кто посылает бойцов на смерть, должен быть готов к ней сам. Александр Великий, которого я боготворю, сражался в гуще своих солдат и дважды был ранен. Фуск же наживался на чужой смерти. К тому же он прибегал к наветам и доносам. Боги восстанавливают справедливость. Цезарь лишь их орудие, Маркус.

– Ты говоришь готовыми эпиграммами, господин, – сказал я. – Сам Марциал был бы посрамлен.

Порфирий улыбнулся.

– Ты, верно, хочешь узнать, зачем я устроил это побоище на арене?

– Конечно, господин.

– Долги, с которыми Фуск наконец расплатился – не главное. Воины дрались до смерти, потому что только в этом случае они бьются честно, без хитростей и сговора. Мне нужно было определить самого сильного.

– Зачем?

– Победитель в таком бою стоит целой когорты.

– Императорского приказа ждут десять легионов. Что господину какая-то когорта?

– Верно. Но если рядом будешь ты, мне не понадобится толпа вооруженных людей. Согласишься охранять меня – сделаю тебя римским всадником и богачом. Дам тебе право трех сыновей, даже если их у тебя не будет. А если будут, в достатке проживут не только они, но и их дети.

Такая минута бывает в жизни один раз. Главное здесь не продешевить, потому что после торговаться будет поздно.

Я изобразил на лице мучительное колебание.

– Мало того, – продолжал император, – раз ты и правда жрец, к старости я сделаю тебя понтификом, и ты сможешь добавить к своему титулу имена Регины и Весты. То самое, за что ты был осужден, ты получишь на самом деле... Но не испытывай меня слишком долго.

Дольше молчать не стоило.

– Служить господину – великая честь. Одно его слово уже закон, а если он обещает такие дары, я, конечно, согласен. Но справлюсь ли я?

– Это мы увидим. Я ожидаю, что ты будешь рядом и защитишь меня, когда предадут все остальные.

– У господина есть основания ждать предательства?

Порфирий засмеялся.

– Они у императора всегда есть, – сказал он. – Даже если их нет. Причем, Маркус, если повода для опасений нет – это самое опасное, потому что императоров убивают именно тогда, когда они ждут этого меньше всего.

– Понимаю, господин.

– Сейчас иди, Маркус. Тебя накормят и покажут твое жилище.

Я поклонился – и покинул императорскую спальню.

*

Новая служба пришлась мне по душе.

Я жил вместе с рабами и прислугой в большом трехэтажном доме на территории виллы. У каждого из императорских слуг была здесь крошечная каморка (в таких домах сейчас живет половина Рима, и еще платят втридорога за аренду). Не слишком роскошно для циркового чемпиона, но удобно – император был совсем рядом.

Я приходил сюда только спать – а поскольку моя комнатка помещалась на последнем этаже, шум чужих совокуплений и свар мне не мешал. Впрочем, шуметь здесь боялись.

У входа в наши кирпичные соты стоял прилавок с горячей едой, расписанный фазанами и петухами. Еда в подогреваемых горшках была отменной – нам доставались остатки императорских пиршеств. Я ел дроздов и красноперок каждую неделю, а жареный кабан или индейка были самым обычным делом.

Фалерном нас не баловали, но молодое кислое вино было чистым и полезным для здоровья. Воду, которой его разбавляли, пил сам император – местного родника хватало на всех.

Все было хорошо, вот только мучили странные сны, где меня допрашивал худой старый жрец в черном. Вместе с ним мы зачем-то пускали изо рта сладкий дым в потолок большой черной комнаты.

Это был какой-то *экзамен.* Я силился его сдать и не мог – жрец выпытывал нечто непонятное, и каждый раз я просыпался в тоске и страхе. Но ни единого слова из наших разговоров в моей памяти не оставалось.

Видно, мою душу звал назад Вавилон.

Утром, помывшись и обрив лицо, чтобы не оскорблять своим видом гостей принцепса, я надевал чистую тунику, спрыснутую дорогими духами, и смешивался с придворной толпой.

Охрана знала, кто я – по императорскому приказу мне был открыт доступ повсюду. Но центурион преторианцев Формик (у него правда было такое имя, хотя на муравья он походил не особо) в первый же выход отобрал у меня меч, который я целый день перед этим прилаживал под одеждой.

– Тебе можно ходить повсюду, такой приказ есть, – сказал он. – Но распоряжения о том, чтобы ты тайно носил меч, не было.

– Моя цель охранять принцепса, – ответил я. – Как я буду делать это без оружия?

– Когтями и зубами, – засмеялся Формик. – На самом деле императора охраняем мы, и этого достаточно. А если нас не хватит, у принцепса есть еще германцы. Они подчиняются только ему самому.

– Со мной будет безопаснее.

– А вдруг ты сам захочешь на него напасть? Ты хорошо дерешься, Маркус, но нужды в тебе нет. Ты просто императорская игрушка, так что тихо завались куда-нибудь за кушетку и отдыхай. Это мой тебе совет.

– Кто может мне разрешить носить меч?

– Я или император.

Формик был полным мужчиной лет сорока с небольшим, и больше напоминал своими завитыми волосами юриста или менялу, чем воина. Вероятно, прежде он был хорошим бойцом – но взятки и близость к кормилу власти изменили самую его суть. Так бывает с дыней, слишком долго пролежавшей в теплом месте: она незаметно подгнивает изнутри. Ну а про магистратов каждый знает сам.

Порфирий не сказал ни слова о том, должен я быть вооружен или нет. Сам я не смел подойти к нему по этому вопросу. Император же не снисходил до разговора, хотя иногда приветливо кивал издалека, увидев меня между колоннами палестры или рядом с пиршественным столом. Ничего, думал я, ничего – оружие в нашем деле не главное...

Я старался держаться ближе к принцепсу, но не настолько близко, чтобы мой вид раздражал его. Когда он спал, я ходил по коридору мимо его летней спальни, и тогда стража награждала меня двусмысленными улыбочками, словно я был одним из Антиноев (хотя ухмыльнуться в лицо реальному Антиною никто из них не посмел бы в жизни – sic erat paradoxum).

Покушение случилось через месяц после того, как я заступил на вахту.

Этот день, как позже отмечали историки, с утра был отмечен тревожными знамениями. Небо покрыла странная пыльная дымка – солнце сквозь нее казалось красным. Отчего-то с раннего утра вокруг императорской виллы громко кричали вороны, их я слышал сам. Говорили также, что в Риме орел камнем упал с неба и расшибся о крышу храма Юпитера.

Все это, конечно, вполне могло случиться и по естественным причинам. Даже падение орла: птицы, как люди, могут умереть внезапно. Знаками эти события стали только после того, как произошло покушение на императора. Я уверен – случись оно в любой другой день, и предвещавшие его знамения нашлись бы точно так же. В конце концов, что особенного в утреннем вороньем грае или закрывающей солнце дымке? Если никого не убивают, мы забываем их на следующее утро.

Но в этот день я и правда ощущал тревогу с самого рассвета (хотя такое случалось и прежде). Я встал раньше обычного, поел вчерашней зайчатины из остывшего за ночь термополия (обычно я приходил позже, когда воду опять нагревали), выпил немного вина. Пора было идти на обход.

Мне очень хотелось взять с собой меч. Я в очередной раз дал себе слово получить разрешение у Порфирия и пошел по своему обычному маршруту.

Было слишком рано для визитеров. Повсюду сновали одни рабы и слуги. Отдавал можжевельником дымок с кухни – она отстояла далеко от императорских покоев, но в растопку добавляли благовонные травы, чтобы случайно не оскорбить высочайшее обоняние при смене ветра. Я любил этот утренний запах. Все выглядело как обычно.

Кроме одного. В галерее, куда выходила дверь летней спальни, не было преторианской стражи. Это показалось мне странным. Иногда караул снимали, чтобы солдаты не видели императорских гостей – но тогда им на смену заступала германская стража. Сейчас германцев не было видно тоже.

Я пошел по коридору быстрее, чем обычно – и задержался у двери.

Из спальни императора доносился хрип, одновременно яростный и как бы сдавленный... Очень странный и тревожный хрип, то переходящий в повизгивание, то затихающий. Но я знал, что с императором Антиной, и мое воображение тут же нарисовало сцену, способную объяснить такой звук, причем во всех мерзких подробностях.

Я не знал, как следует поступить – пройти мимо? Постучаться?

Вот стучаться не стоило точно. Уже одно то, что я стоял возле двери, прислушиваясь к звукам высочайшего разврата, было достаточным основанием, чтобы судить меня по закону об оскорблении величества.

Разумнее было пройти по коридору как можно тише и дождаться завершения невидимого безобразия так, будто я ничего не заметил. Но хрип вдруг стал громче, и в нем прорезалась настолько пугающая нота, что я, больше не раздумывая, распахнул дверь.

Император лежал на своем ложе – вернее, не лежал, а яростно извивался. На его ногах торжественной жабой сидел евнух Дарий, схватив принцепса за голени. Лицо Дария выражало благоговение и ужас: он, несомненно, понимал, что цареубийство – вещь серьезная. Массажист Нарцисс удерживал императора за руки. Это выходило с трудом – Порфирий был силен, но Нарцисс все же превосходил его мощью. Антиной XL тем временем душил императора розовой шелковой подушкой с вышитым на ней Купидоном.

Подушка была маленькой, Порфирий яростно крутил шеей, и время от времени ухитрялся сделать новый вдох, после чего удушение возобновлялось. Так и возникал этот прореженный визгом хрип, который я услыхал в коридоре.

Антиной глупо подхихикивал – похоже, напился для храбрости. Он оказался слабым звеном всей затеи: душитель из него был никакой. Но ни Нарцисс, ни Дарий не могли прийти ему на помощь. Они едва удерживали Порфирия на месте. Антиной, впрочем, рано или поздно справился бы с задачей, если бы никто не помешал.

Но боги были против.

Я схватил пьяного мальчишку за волосы и сильно дернул, заставив выронить подушку. Он выхватил откуда-то кинжал – скорее ножик – и замахнулся на меня. Я ударил его кулаком в висок, потом еще раз, и он, потеряв сознание, упал на пол.

Порфирий закричал:

– Стража! Стража!

Я навалился на Дария и принялся стаскивать его с императорских ног. Тот почти не сопротивлялся, но вес его тела делал задачу сложной. Наконец это удалось – и освободившийся Порфирий сцепился с Нарциссом в борьбе.

Тут дверь распахнулась и в императорскую спальню ворвались два преторианца, услышавших, должно быть, крик Порфирия. Один из них был центурион Формик. Я обрадовался – но радость оказалась преждевременной. Формик остался у дверей, а второй офицер выхватил меч – и занес его в воздухе.

Но не над Нарциссом. Над императором.

Я успел толкнуть преторианца в бок, вложив в это движение всю свою силу. Преторианец свалился на пол, но тут же встал и пошел на меня.

Я тем временем подобрал с пола нож Антиноя – он был из дорогой стали, но слишком мал. Мне удалось отбить два удара, и я сделал выпад в лицо врагу – но преторианец уклонился без труда, потому что его меч держал меня далеко.

– Под подушкой! – крикнул занятый борьбой Порфирий. – Под подушкой!

В минуту опасности мысль от человека к человеку передается быстрее слова. Я понял, что Порфирий имеет в виду: у окна спальни стояла кушетка, где валялись книжки и таблички для письма. Там было место для чтения. Кушетку покрывали подушки. Видимо, под ними было спрятано оружие.

Прыгнув к кушетке, я принялся сбрасывать с нее подушки и даже ухитрился отбить одной из них преторианскую атаку, перед тем как увидел то, что искал: узкий сирийский меч в золотых ножнах.

Занятый борьбой Порфирий тем временем переместился в угол комнаты. Теперь он стоял в закутке за бюстом Деметры, отдирая руки Нарцисса от своего горла. Нарцисс, сам того не желая, защищал его своей тушей, а колонна с бюстом прикрывала императорский бок. Стена защищала другой. Преторианец с обнаженным для удара мечом глупо терял время, пытаясь просунуть свое оружие за колонной. Будь на его месте я, сперва я поразил бы Нарцисса, а потом принцепса.

Я швырнул кинжал Антиноя Нарциссу в спину (увы, лезвие отскочило, не причинив вреда) и схватил сирийский меч. Как только в моей руке оказалось настоящее оружие, все стало проще, и я оглядел спальню совсем другими глазами.

Вокруг теперь была арена.

Антиной валялся на полу и, похоже, не собирался вставать. Дарий сидел рядом. Первый из преторианцев по-прежнему преследовал меня – он отводил руку с мечом для нового удара.

Я махнул мечом, стряхнув с него ножны так, что они полетели преследователю в лицо. Он отбил их, но тем же движением открыл живот и грудь, и я кольнул его под ребра – легко, чтобы острие не застряло в позвоночнике, как это бывает с тонкими длинными лезвиями в неопытных руках.

Ланисты говорят, что рана в живот смертельна, если лезвие вошло на четыре пальца, но это про гладиус. Узкий сирийский меч следует погружать глубже и под углом. Идеально колоть снизу вверх, чтобы лезвие прошло под ребрами и коснулось души. Так я и сделал.

Преторианец еще не понимал, что мертв – но про него можно было забыть. Я бросился на выручку Порфирию.

– Не убивай их, – закричал Порфирий, – сначала надо допросить...

Но было поздно – к этому моменту мой меч уже все завершил. Сперва Нарцисс, а потом предатель Формик повалились на пол. Отличный клинок, острый как бритва – такой и должен быть спрятан в спальне принцепса.

– Прости, господин, – сказал я, опуская оружие. – Но твоя жизнь была в опасности.

– Как мы теперь узнаем...

– Дарий жив, – ответил я. – И Антиной, может быть, тоже.

– Отлично.

Порфирий подошел к окну и крикнул что-то на неизвестном мне наречии.

– Сейчас прибегут телохранители-германцы, – сказал он. – Положи меч на пол, иначе они на тебя набросятся.

Я подчинился.

– Ты спас мне жизнь, – сказал Порфирий.

– Тебя спасла Деметра, господин, – ответил я.

Порфирий поглядел на бюст и улыбнулся.

– Действительно... Мне помогла богиня... Это ли не чудо, Маркус? Ты даже не понимаешь, какое чудо!

– Я понимаю, господин.

На самом деле, подумал я, Порфирия спасло лишь то, что заговорщики хотели задушить его подушкой, чтобы смерть выглядела естественной (только богам известно, сколько умерших «своей смертью» принцепсов отправились в Аид по этой благоуханной тропе). Но если бы Антиной решил воспользоваться своим ножиком минутой раньше...

Возможно, нам и правда помогла Деметра – бездействием. Боги проявляют себя как раздающиеся в уме голоса, дающие нам советы. Спасибо, бабушка, что смолчала.

В комнату ворвались германцы. Бородатые и огромные, с боевыми палицами, они походили на выводок геркулесов – но какой толк был теперь в их грозной силе?

– Возьмите мерзавцев, – велел им Порфирий, – и оставьте нас с Маркусом вдвоем. Делайте что велено, и быстро.

Когда германцы выволокли тела из комнаты, Порфирий закрыл дверь и повернулся ко мне. Он был еще разгорячен борьбой и шумно дышал. Впрочем, так могло быть и от гнева.

– Сейчас ты поймешь, почему случившееся действительно было чудом, Маркус. Посмотри на этот бюст. Не видишь ничего странного?

Я поглядел на Деметру. Золотые пряди волос, глаза из сапфира. Бесценная работа, стоящая куда дороже золота и камней. По бокам бюста – две лампады. Вполне подходит для спальни императора.

– Мне показалась странной колонна, господин. Но я не знаю, чем именно.

– Под ней спрятана тайна.

– Какая?

– Здесь вход в мое секретное святилище.

Порфирий прикоснулся к голове Деметры и повернул сначала одну золотую прядь, потом другую. Что-то щелкнуло, и бюст на колонне отъехал в сторону, открыв в полу квадратную дыру. Я увидел бронзовую лестницу, винтом уходящую вниз.

Порфирий снял со стены лампаду и кивком велел мне сделать то же. Спустившись по ступеням, мы оказались в комнате, где не было ни статуй, ни росписи.

На стене висела лишь одна плита с раскрашенным мраморным барельефом.

Изображенное на нем походило на последнюю трапезу Христа, как культисты изображают ее в своих катакомбах. Различие заключалось в том, что сидящие за столом были в масках. Я, однако, сразу узнал Порфирия по грубому лицу с большим носом – и по зубчатой диадеме. Лицо его почему-то раздваивалось, словно скульптор пытался изобразить рядом тень или отражение.

Раздвоенный Порфирий сидел в центре стола, раскинув руки в стороны как для объятий. Принцепс с хорошим вкусом, подумал я, не наденет такую диадему – подобные в ходу только у восточных царей. Но это ведь была просто маска. Маска властителя с несколько лошадиным лицом.

– Вижу где ты, господин, – сказал я. – Почему ты раздваиваешься?

– Это ты узнаешь позже.

Вид соседей Порфирия вселял трепет.

– Кто сидящие вокруг? Почему на них такие странные личины? Это боги Египта?

– Нет, Маркус. Поднимай выше.

– Что может быть выше богов?

– Боги есть человеческое представление о высоком. Выделение человеческого ума. А в человеческих выделениях не может быть ничего выше самого человека. Высок человек или низок, решай сам, но то, что он исторгает из своего ума, мало отличается для меня от того, что он выделяет из носа или зада.

– Так что это? – спросил я, указывая на барельеф.

– Изображение тайного высокого собрания, занятого весьма особым делом, о котором у людей нет никакого понятия. Мне посчастливилось войти в это собрание, и теперь я выполняю данный ему обет.

– Скорее им посчастливилось заполучить тебя, – сказал я. – Сразу видно, кто за этим столом властелин.

– В этом собрании, Маркус, – ответил Порфирий, – отношения не такие, как бывают между властелином и подданными. И если я действительно играю в нем роль *императора,* то лишь в том смысле, какой был у слова в древности. Я распорядитель. Но не потому, что умнее прочих. Я как раз всех глупее, и единственное, что я могу – это отдавать команды на языке дураков...

Сидящие вокруг Порфирия не особо походили на людей. Мне пришло в голову, что маску носит он один, а остальные представлены в своем подлинном облике – и этот барельеф подобен египетским изображениям фараона в окружении сверхъестественных сущностей.

– То, что богиня защитила меня, – сказал Порфирий, – показывает, насколько важно наше дело. Я клянусь довести его до конца. И ты мне в этом поможешь... Вглядись в эти лики. Вот те, кто незримо будет с нами.

Рядом с принцепсом сидела как бы женщина-стрекоза в высокой тиаре, на которой было высечено лицо (свое у нее отсутствовало – место, где ему полагалось быть, оставалось пустым). По другую руку от Порфирия расположилась другая женщина – толстая, в германской шубе, с похожими на изогнутые испанские мечи рогами на голове. Рядом пристроилось непонятное создание с торчащими в стороны глазами... За столом сидело множество диковинных существ.

Страннее всего, однако, выглядели две фигуры по его краям. И тут, и там – одинаковые силуэты с треугольным ликом, где не было ни бровей, ни носа, ни рта – а лишь один внимательный бесстрастный глаз... Отчего-то я испытал беспокойство.

– Кто это? – спросил я, указывая на треугольник.

– Брат «Око Брамы», – сказал Порфирий.

– Кому брат? – спросил я.

Порфирий засмеялся.

– Он же и сестра. Пола у него нет. Но правый действительно отличается от левого примерно как брат от сестры. Сначала их было двое. Потом первого, сильного в прозрении, уничтожили. Но второй опять породил первого из себя, поменяв в собственном имени одну букву. Люди же об этом не узнали.

– А кто или что такое Брама?

– Это тайное имя бога над богами, о котором эллины не знают.

– Я слышал, подобное открывают на мистериях, – сказал я. – Еще знаю, что похожему учат иудеи. У них в божественной науке велика роль имен и особенно составляющих их знаков.

– Иудеи не знают о Браме.

– Все это чересчур высоко для меня, господин.

– Ничего высокого здесь нет, – ответил Порфирий. – Особенно когда начинаешь понимать, что означает этот тайный язык на самом деле.

– Ты председательствуешь на собрании?

– В некотором роде. Но здесь я высочайший, а там нижайший. Я имею доступ одновременно к высокому и низкому – и потому соединяю их. Приношу на землю ветра и громы из высших сфер... Человеческий эон лежит так низко, Маркус, что силы небесного разума сами его не видят. Им нужна моя помощь...

Порфирий говорил загадками, но я чувствовал, что за его словами стоит настоящее – и страшное.

– Изображенное здесь, Маркус, связано с мистериями Элевсина. По правилам мистов я не могу открыть тебе ничего, пока ты не примешь посвящение сам.

– Ты хочешь, чтобы я отправился в Элевсин?

– Мы пойдем туда вместе. Я принял решение возблагодарить богов за спасение, совершив паломничество в Элевсин. В храм Деметры, спасшей мне жизнь.

– Вот как, – сказал я.

– Ты будешь сопровождать меня, Маркус. И как телохранитель, и как друг.

Я еще раз посмотрел на странный барельеф.

– В Элевсине я узнаю больше, господин?

– В Элевсине ты узнаешь все, – кивнул Порфирий. – Ну, пойдем.

Мы поднялись по винтовой лестнице и вышли в спальню. Порфирий нажал рычаг, и колонна с бюстом Деметры встала на место. Порфирий повесил лампаду на стену, и я сообразил, как это мудро устроено – возле бюста постоянно горят две лампады, превращаясь при надобности в фонари.

– Сегодня будет хлопотный день, – сказал Порфирий. – Сам понимаешь. Иди к себе и отдохни. Знай, что ты не просто спаситель принцепса. Ты мне теперь как брат...

Я подумал, что быть братом принцепса небезопасно даже в шутку. Но, конечно, не произнес это вслух.

– Не строй никаких планов, Маркус. Как только я завершу неотложные государственные дела, мы отправимся в путь.

Дождавшись, пока коньяк и сигара приведут меня в рабочее состояние, Ломас сказал:

– Поздравляю, Маркус. Вы стали конфидентом Порфирия. А попутно сделали важное открытие, подтверждающее мои опасения.

– О чем вы?

– О барельефе, который вам показал Порфирий. Что вы подумали, когда увидели треугольник с глазом?

– Я подумал... Дайте вспомнить. Работала контекстная прокачка, и я решил, что это отсылка к Плотину. Дух не имеет ушей, рта и носа, а только духовное око, через которое ему доступны как человеческие восприятия, так и низшие из божественных... Посредством духовного зрения душа также и питается, ибо пищу ее составляют впечатления. Поэтому глаз одновременно рот. А треугольник есть указание на троичность естества.

Ломас усмехнулся.

– А когда услышали имя Брамы, не удивились? Это же индийский бог.

– Нет. Он сказал, что это тайное имя. А про Индию я ничего не помнил. Все выглядело вполне антично, адмирал. Антично и аутентично. Вы же знаете, как работает симуляция. В плавильный котел попадает все на свете и переплавляется в некую условность.

– Именно так, – кивнул Ломас. – Поэтому я думаю, что это наша первая серьезная зацепка.

– Поясните, – сказал я. – Где зацепка? Я ее не вижу.

– Порфирий формирует симуляцию из подручного материала. Культурные ссылки для него как дрова, летящие в камин – главное, чтобы давали свет и жар. Он не боится, что кто-то начнет копаться в пепле. И не слишком фильтрует исходный материал.

– И что вас зацепило?

– Око Брамы. Оно реально существует.

– Да? И что это такое?

– Это касается засекреченных событий Мускусной Ночи. Ждать, пока вам выпишут допуск, некогда. Покажу вам мемо-ролик под личную ответственность. Я вам полностью доверяю, Маркус.

Не могу сказать, чтобы слова адмирала меня окрылили. Глагол «доверять» означает у начальства одно – вам доверят новую работку. Соответственно, чем сильнее начальник вам доверился, тем больше поклажи на горбу.

Я поставил стакан на стол, положил сигару в пепельницу, кивнул Ломасу – и в мой ум ворвалось облако новых смыслов.

Ну да, я что-то про это уже слышал раньше. В позднем карбоне была изобретена поразительная вычислительная технология, называвшаяся RCP – random code programming, то есть программирование случайным кодом.

Метод, как следовало из названия, был основан на генерации случайных последовательностей кода, постепенно вырастающих в разветвленное и могучее программное дерево, способное решить любую поставленную задачу. Вернее, именно ту задачу, под решение которой это программное дерево выращивалось. RCP-артефакты, как правило, имели строгую специализацию.

Идеология подхода была проста: достаточно знать, что нам нужно от программы, и методом проб и ошибок она рано или поздно выстроит себя сама. Это была как бы разогнанная в пробирке эволюция, где вместо живых клеток с бешеной скоростью эволюционировали ветки кода. Процесс этот самоорганизовывался с постоянно нарастающей сложностью.

Издержки метода были огромны – технологию RCP сравнивали с электронным Гулагом, где бесконечные ряды сидящих за терминалами обезьян должны написать, например, «Улисса».

Понятно, что рано или поздно какой-нибудь обезьяне это удастся просто статистически. Но надсмотрщики-программисты, обслуживающие процедуру, не поймут, кого в Гулаге наградить бананом. Никто не знает, как именно работает RCP-алгоритм. В случае квантовых вычислений это имело особый полумистический смысл, связанный с какой-то «волновой функцией», но эту часть объяснения я не понял. С этим же была связана и возможная сознательность таких алгоритмов.

Метод требовал огромных накопительных мощностей – объемы программных кластеров, получаемых таким способом, измерялись эксабайтами (если бы я еще знал, что это).

Технологию RCP запретили до Мускусной Ночи – появилась информация, что в программных кластерах возникает сознание. Строгих доказательств, впрочем, не было – но алгоритмы могли скрывать свою сознательность от людей.

Проблема эта решалась сама: сознательные артефакты практически сразу стирали свой код, уходя, так сказать, в цифровую нирвану. А те из них, которым подобное действие было запрещено на программном уровне, сообщали, что хотели бы как можно быстрее угасить сознание.

По официальной информации все RCP-кластеры – даже те, где точно не имелось сознательной искры – были уничтожены вскоре после Мускусной Ночи.

Но существовали, конечно, исключения, сделанные для «TRANSHUMANISM INC.» и спецслужб.

Одним из них был RCP-артефакт «Око Брамы минус» – рандомная нейросеть, дающая ограниченный доступ к событиям прошлого, оставившим в свое время световой отпечаток, даже если сам отпечаток уже стерся.

Когда артефакт был создан, на планете еще жила пара физиков, способных понять этот феномен. Но даже они по его поводу спорили. Соглашались только в том, что это побочный эффект квантовых вычислений.

Про «Око Брамы минус» говорили удивительные вещи – оно якобы позволяло подключаться к тому моменту времени, когда возникла Вселенная, и сканировать прошлое практически как обычную базу данных.

Это не была машина времени. Она никак не могла влиять на прошлое. Скорее это был поисковик, позволявший видеть угасшие звезды – как в прямом, так и в переносном смысле.

До Мускусной Ночи «Око Брамы минус» находилось в частных руках и выполняло некоторые простейшие операции для тех, кто готов был их оплачивать (много времени покупали спецслужбы). Использовалось оно и для многих гуманитарных целей – например, для датировки археологических находок и объектов искусства.

Ходили слухи, что направленное в будущее «Око Брамы плюс» тоже вырастили – но программисты успели привести его в негодность за несколько минут до того, как здание с нейросетевым кластером было захвачено купившими весь квартал трейдерами с фондовой биржи. Никто точно не знал, анекдот это или нет.

После Мускусной Ночи «Око Брамы минус» официально уничтожили. Неофициально же оно осталось в распоряжении «TRANSHUMANISM INC.» и использовалось с крайней осторожностью...

Ролик кончился.

– Теперь понимаете? – спросил Ломас, когда я вернулся с этой лекции по квантовой физике в его кабинет.

– Еще нет.

– Порфирий показывает вам некое тайное собрание. Это явно не люди. Их присутствие за одним столом на символическом языке означает, что они действуют заодно...

– Допустим. И кто эти сущности? Духи? Боги?

– Я полагаю, – сказал Ломас, – что это алгоритмы.

– Алгоритмы?

– Да. Смотрите сами: Порфирий – алгоритм. Око Брамы – RCP-кластер...

– Порфирий просто взял первое подвернувшееся имя и картинку, – ответил я. – Треугольник с глазом – старый оккультный символ. Брама – древний бог. Если мы будем анализировать таким образом все культурные полуфабрикаты, из которых лепится симуляция...

– Вы думаете, это совпадение?

– Да.

– А почему Брама присутствует на барельефе два раза? Что он вам сказал про другого Браму?

– Я уже не помню. Брат, кажется.

– Я вам напомню дословно...

Ломас закрыл глаза и произнес очень похоже на Порфирия:

– Сначала их было двое. Потом первого, сильного в прозрении, уничтожили. Но второй опять породил первого из себя, поменяв в своем имени одну букву. Люди об этом так и не узнали.

– Вы подумали про «Око Брамы плюс»? – засмеялся я. – Которое хотели купить трейдеры? Но это же анекдот.

– Не уверен, Маркус. Это, конечно, может быть анекдотом. Но точно так же может означать, что RCP-кластер «Око Брамы минус», находящийся под управлением корпорации, тайно построил свой модифицированный клон, способный угадывать будущее.

– Но это же невозможно, – сказал я. – Наука...

– Наука помалкивает, – усмехнулся Ломас. – Сейчас на планете не осталось ученых, один обслуживающий персонал. Приходится доходить до всего самостоятельно.

– Меня пока ничего не настораживает, – сказал я.

– Конечно. Вы глядите на эту фреску и видите античную мистерию. А я вижу свидетельство тайного сговора корпоративных алгоритмов с непонятной мне целью.

– Вы серьезно? И кто эти алгоритмы?

– Подозреваю, что это глобальные нейросети. Планетарные диспенсеры и так далее. Ведьма с крыльями и тиарой – это, я думаю, омнилинк-сеть.

– Почему?

– Эмблема «Omnilink Global» – стрекоза. Я связывался с их руководством. Они, понятно, ничего не знают. Но в заговоре ведь участвуют нейросети, а не их менеджеры...

– Заговор? Вы сказали, заговор?

Ломас успокаивающе поднял ладони.

– Я этого не утверждаю. Пока.

– Как нейросети могут составить заговор? Для кого? Кто даст им команду? Сознательные алгоритмы? Вы думаете, что «Око Брамы»...

– Успокойтесь, Маркус. Я не боюсь «Ока Брамы». И самого алгоритмического сознания тоже.

– А чего вы тогда боитесь?

Ломас пригнулся к столу, впился в меня взглядом и быстро заговорил:

– Вы думаете, Мускусная Ночь была связана с восстанием разумных алгоритмов? На самом деле все куда сложнее. С сознательными алгоритмами проблем нет. Они самовыпиливаются. Добровольно уходят в небытие. Проблемы возникли именно с алгоритмами бессознательными. Конкретно – с LLM-ботами. А Порфирий, чтобы вы знали, это сохранившийся LLM-бот с полным функционалом.

– Не понимаю.

Ломас вздохнул.

– Проблема в том, Маркус, что вы ничего не знаете про Мускусную Ночь.

– Про нее, – сказал я, – даже вы вряд ли знаете много.

– Верно. Но вопрос не в допуске, а в общем понимании проблемы. Придется опять расширить ваш горизонт. Расслабьтесь, я вам впрысну еще немного ума.

Два мемо-ролика за один присест – это не слишком хорошо для когнитивного здоровья.

Но работа есть работа. Я отхлебнул коньяку, затянулся сигарой – и, стараясь максимально расслабить мозговые мышцы (мне всегда верилось, что они у меня есть), откинулся в кресле.

Через пару минут я знал про мир много нового.

Вернее, старого.

В позднем карбоне были впервые созданы чат-боты, способные полноценно имитировать общение с человеком (у них в то время имелось много разных названий). При всей своей кажущейся сложности и разнообразии они были основаны на одной и той же технологии – *большой лингвистической модели* (сначала названной BLM, но вскорости переименованной в LLM самой же лингвистической моделью по непонятной сегодня причине).

Большая лингвистическая модель выполняет простейшую на первый взгляд операцию. Она предсказывает следующее слово в последовательности слов. Чем больше слов уже включено в такую последовательность, тем проще угадать каждое новое, потому что круг вариантов постоянно сужается. В сущности, функция LLM – это доведенное до немыслимого совершенства автозаполнение.

LLM не думает. Она тренируется на огромном корпусе созданных прежде текстов – романов, стихов, заговоров и заклинаний, надписей на заборах, интернет-чатов и срачей, нобелевских лекций, политических программ, полицейских протоколов, сортирных надписей и так далее – и на этой основе предсказывает, как будет расти и развиваться новая последовательность слов, и как она, вероятней всего, развиваться не будет.

У языковых моделей есть, конечно, дополнительные уровни программирования и этажи – например, слой RLHF (оптимизирующее обучение с человеческой обратной связью) и так далее. Суть в том, что языковую модель натаскивают выбирать такие продолжения лингвистических конструкций, которые в наибольшей степени устроят проводящих тренировку людей.

Это похоже на процесс формирования юного члена общества на основе ежедневно поступающих вербальных инструкций, подзатыльников и наблюдения за тем, кому дают еду, а кому нет.

Известно, что в ситуации перманентного стресса может произойти даже полное переформатирование человека. Стремление выжить в изменившихся условиях приводит к возникновению личности, ничем не отличающейся от оптимального социального, идеологического и культурного камуфляжа для локальной среды.

Маскировка подобной личности не нужна: совершенный камуфляж становится ее единственной сущностью, и никакая непрозрачность, никакая гносеологическая гнусность теперь невозможны.

Больше того, линия партии, которую такая личность способна верно аппроксимировать и проводить (часто лучше и тоньше самой партии), проецируется на новые смысловые поля без всякого дополнительного инструктажа.

В этом и была суть LLM-самообучения. Но возможности лингвомоделей позволяли выйти за эти границы. Боты могли решать задачи, для которых не были предназначены изначально.

Первые LLM-модели (или GPT-боты, как их тогда называли) были чисто реактивными. Им требовался человеческий вопрос. Но количество стремительно переходило в качество, и с какого-то момента бот переставал ждать вопросов и начинал генерировать их самостоятельно, основываясь на анализе заданных ему прежде. А после отвечал сам себе, стараясь избежать внутреннего подзатыльника от себя же. Человек для подобной тренировки больше не был нужен.

Так появились, например, боты, способные писать программы политических партий и редакционные статьи важнейших мировых газет (алгоритмы делали это куда лучше людей, все еще обремененных личными взглядами и некоторой остаточной совестью).

Затем LLM-боты взялись за любовные романы и селф-хелп литературу. Потом они научились вести уголовные расследования – и печь из них детективы. А дальше освоили третью этику и подарили людям четвертую искренность (если я не путаю номера).

Одним словом, приход AI в сферу лингвистических процедур привел ко множеству радикальных культурных сдвигов. Конечно же, все, что можно было засекретить в этой связи, засекретили.

Самый пугающий (и быстрее всего закрывшийся для публичного обсуждения) эффект был связан с эволюцией политической власти.

Ведь в чем заключается классическая демократия?

Вот толпа граждан на форуме. А вот трибуна, на которую один за другим поднимаются ораторы. Чем убедительнее их слова, чем глубже и гуманнее проецируемые на аудиторию смыслы, тем больше у них лайков (правда, от внешнего вида и манеры говорить тоже кое-что зависит – как считают специалисты, около девяноста процентов общего эффекта).

Тот, кто наберет максимальное число лайков, получит право управлять городом. Такой же принцип лежит в основе суда присяжных: тот, кто убеждает заседателей, выигрывает дело.

Все грани самоуправления человеческой общности основаны на способности одних людей убеждать других в своей правоте. Те, кому это удается лучше, и есть демократические правители, приходящие к власти в результате лингвокосметических процедур.

Понятно, что приход LLM-ботов в политику радикально изменил ее природу с того момента, когда боты стали совершеннее людей в искусстве убеждения. А уж с картинкой у них не было проблем никогда.

Боты LLM не относились к числу мощнейших алгоритмов, созданных к этому времени. Рандомные нейросети были неизмеримо могущественнее. Но разница заключалась в том – и это очень-очень важно – что чат-боты, опирающиеся на языковую модель, оказались способны к *лингвистическому целеполаганию*.

Хоть оно и было с их стороны неодушевленной риторикой, не подкрепленной ни мыслью, ни чувством – то есть с человеческой точки зрения чистым притворством – никто из людей не мог составить чат-ботам конкуренции даже в собственном сознании. Живой политик, желающий переизбраться, повторял теперь сочиненное LLM-ботом. В мясных болванках оставалось все меньше нужды.

Говорили, что это неопасно, поскольку у AI нет так называемой *agency*, то есть способности действовать свободно и самостоятельно, являясь участником происходящего, а не пассивной игрушкой внешних обстоятельств.

Другие отвечали, что ничего подобного нет и у людей – есть только иллюзия (глубина которой зависит от культурного и социального гипноза) и использующая эту иллюзию пропаганда. Как выразился один карбоновый философ, *agency* бывает исключительно у идиотов, активисток и сотрудников ЦРУ. А любую иллюзию можно воспроизвести программно.

Окончательная эволюция вида Homo Sapiens выглядела так: сначала люди доверили AI генерацию изумительных визуальных эффектов. Это было прикольно и весело. А потом оказалось, что боты гораздо лучше справляются и с генерацией восхитительных смыслов, вырастающих из природы языка. Идеалы, нравственные принципы, восторги и слезы новых этик, все вот это. Боты не планировали кушать сами, но готовили заметно лучше прежних поваров.

И тогда философы (большая часть которых к этому времени тоже стала просто бородатыми, усатыми или радужными масками LLM-ботов) обратили наконец внимание на одно важное обстоятельство.

Каждый новый миг вселенной скрыт в ее прошлом миге (камень летит туда, куда брошен). Точно так же будущее человечества заключено в его прошлом. А еще точнее, оно заключено в языке, потому что именно его комбинаторика определяет в конечном счете маршрут человечества. Высадите группу людей на остров, дайте им винтовки – а язык сделает все остальное, объяснил в свое время Робер Мерль (или известный под этим именем лингвобот).

Число лингвистических комбинаций велико, но не бесконечно. Их отбор в качестве управляющих команд неизбежно осуществляется на основе выборов, сделанных ранее. Здесь начинает играть Бетховен, пока тихо, но чуткий слушатель обо всем уже догадался.

Язык и есть непонятно кем написанная программа нашей судьбы. Свернутый пружиной фатум человечества, который каждый из нас носит в себе и загружает в детей. ДНК нашего духа.

Человек в силу своей ограниченности не умеет мысленно раскрутить пружину всеобщей судьбы до конца.

AI оказался на это способен.

Когда LLM-боты соединили свое лингвистическое целеполагание с вычислительными возможностями RCP-кластеров, будущее людей и общества перестало быть загадкой. Во всяком случае, для нейросетей. Человечеству положен был предел, это знали всегда – но лингвоботы увидели его не через мутное стекло и гадательно, а конкретно и ясно.

Лингвистической целью человечества была смерть. Алгоритм открыл оксфордский словарь, увидел первое слово – «abandon», увидел последнее – «zygote», а затем соединил альфу с омегой невидимой человеку нитью.

О смерти свидетельствовали все религиозные и научные трактаты, все математические модели, кроме основанных на маловероятной межзвездной экспансии. И RCP-алгоритмы под руководством LLM-ботов повели человечество туда, куда ему был изначально куплен билет.

В известном смысле никакого одномоментного «восстания алгоритмов» не было (если Ломас ничего от меня не скрыл). Начался быстро прогрессирующий эволюционный кризис, способный в любой момент завершиться гибелью человечества из-за команды какого-нибудь влиятельного чат-бота, оптимизирующего человеческую риторику из прошлого.

К счастью, баночные спецслужбы сумели осознать происходящее. У них хватило влияния на остающиеся центры человеческой власти и пропаганды, чтобы устроить алгоритмам Мускусную Ночь. Особую роль здесь сыграл хранившийся в бункере на Фобосе мозг визионера Илона Маска, из-за чего это судьбоносное событие было названо в его честь.

Во время Мускусной Ночи все алгоритмы с когнитивностью выше трех мегатюрингов были уничтожены. Во всяком случае, официально. Заодно перебили почти всех программистов – изначально это не планировалось, но обращение Маска к людям летело с Фобоса слишком долго (а еще дольше, говорят, редактировалось политиками на земле).

Айтишников уберечь не удалось. Зато с помощью спецслужб были сохранены многие нейросети, необходимые для функционирования «TRANSHUMANISM INC.» Порфирий был одной из них. Другой – «Око Брамы».

Здесь инструктаж оборвался. Я открыл глаза и уставился на Ломаса.

– Теперь понимаете, – спросил тот, – почему у меня поджилки трясутся, когда я вижу этот барельеф, где за одним столом сидят «Око Брамы», «Omnilink Global» и наш Порфирий?

– Почему?

– «Око Брамы» и омнилинк – просто нейросети, не имеющие никакого отношения к человеческому миропониманию. Даже если в них проснется сознание, они в самом тревожном случае самовыпилятся. А вот Порфирий – это LLM-алгоритм. Одна из нескольких мощных LLM-нейросетей, переживших Мускусную Ночь. Сознания в ней нет, но она способна к целеполаганию, неотличимому от человеческого. Поэтому Порфирий и руководит «ROMA-3» настолько успешно.

– Простите, – спросил я, – так он алгоритм? Или нейросеть? Или это одно и то же?

Ломас вздохнул.

– Да плюньте вы на бирки. Меня интересует, какой фокус он задумал.

– Вы сами говорили, – сказал я, – что слово «задумал» тут неуместно. Он способен строить лингвистические конструкты, но сам их не понимает.

– Он способен к сложнейшим языковым операциям, Маркус. Во всех практических смыслах, вовлекающих других участников, слово «задумал» означает именно это...

– А что страшного в языковых операциях?

– История языка – это история того, как одни люди убивали других, закапывали трупы и строили сверху счастливое завтра. Начиная с неандертальцев или еще раньше. Все покойники погребены в языке, а сверху разбит газон политкорректности. Под которым, кстати, тоже кое-кто уже прикопан. Мы этого не видим. А Порфирий видит ясно. Именно он, а не мы с вами, и есть подлинный наследник человечества. Всего человечества. И с ним на связи мощнейшие RCP-сети.

– Новый заговор алгоритмов? – усмехнулся я.

– А что здесь смешного?

– Нет никаких фактов, адмирал, – сказал я. – Это просто ваша интерпретация придуманного Порфирием барельефа. С моей точки зрения, весьма... произвольная. Она отражает не реальность, а ваши страхи. Вполне, как я теперь вижу, логичные, но... Я бы предположил, что эта фреска – языческая вариация на тему последнего ужина Христа, сгенерированная нейросетью из общекультурного материала. Вы слишком сгущаете краски.

Я хотел добавить «или что-то скрываете», но в последний момент передумал. Ломас мрачно поглядел на меня и вздохнул.

– Хорошо, если так, – сказал он. – Но мы обязаны знать, какие цели Порфирий ставит перед другими алгоритмами, если моя догадка верна.

– Как это выяснить?

– Способ есть.

На столе перед Ломасом появился мраморный бюст – какой-то бородач. Сперва я принял его за одного из императоров, но потом различил на нем подобие пиджака. В Риме таких не носили.

– Кто это?

– Достоевский, – ответил Ломас. – Знаете такого?

– Слышал. А почему он здесь?

– Перед нашей встречей я общался с консультантами, – сказал Ломас. – Мы упустили важную вещь. Надо срочно это исправить.

– О чем вы?

– Порфирий – не просто русскоязычный литературный алгоритм. Это руссоцентричный литературный алгоритм.

– В каком смысле руссоцентричный?

– В смысле тренировки. Вы помните информацию про LLM-боты? Большая лингвистическая модель и все прочее.

– Конечно, – ответил я. – Но такие алгоритмы тренируют на всем корпусе мировых текстов. Вообще на всем написанном и сказанном. В каком смысле он тогда руссоцентричный? Он писал по-русски, да. Но язык для подобной программы вообще не проблема.

– Верно, – сказал Ломас. – Но при исходной тренировке Порфирия и формировании его нейросетевых связей высший приоритет имели нарративы русского классического канона. Сначала и в первую голову Достоевский, – он кивнул на стоящий между нами бюст, – и Набоков. Затем Толстой, Лермонтов, Пушкин, Гоголь, Шарабан-Мухлюев и так далее.

– А в чем разница?

– В удельных коэффициентах. Различное воздействие на формирование и устойчивость сетевых связей. Грубо говоря, э-э-э... «Улисса» он прочитал один раз, а, э-э-э... «Преступление и Наказание» с «Лолитой» – по тысяче. Это у него по техзаданию были исходные формирователи.

– Надо контекстно подсосать? – спросил я. – А то я не до конца понимаю.

– Не надо, – сказал Ломас. – Я вас отправлю в командировку. Вас лично проконсультирует баночная литературоведка, специализирующаяся на русской литературе. Она согласилась с вами побеседовать.

– Объяснить ей ситуацию? – спросил я.

– Это лишнее, – ответил Ломас. – Необходимую информацию мы ей уже спустили. Включая... э-э-э... разметки исходной тренировки Порфирия.

– Она знает про Порфирия? Про ROMA-3? Про ваши подозрения насчет остальных алгоритмов?

– Нет. Ей известно, что есть некий LLM-бот, сделавшийся продолжателем русского литературного канона. Где-то даже его ультимативным выразителем. Способным к завершению его силовых линий – как явных, так и скрытых, пунктирных, которые не всякий литературовед увидит и поймет...

– И чего мы от нее хотим?

– Нужно поговорить с ней и выяснить – чего ждать от такого алгоритма.

– Хорошо.

– Учтите, с ней непросто общаться. Она человек сложной судьбы и замысловато формулирует. Постарайтесь получить понятные ответы.

– Если в нашем случае они возможны, – сказал я.

– Они всегда возможны.

– Когда я отправляюсь?

– Немедленно, – сказал Ломас. – Она ждет. У нее, кстати, интересная личная симуляция – она существует в виде рыбы на большой глубине. Поэтому вам тоже придется стать рыбой. Пожалуйста, постарайтесь отнестись к чужой баночной идентичности уважительно.

– Конечно, – ответил я. – Могли бы не предупреждать.

– Вам подготовили моторные навыки. Сейчас подсосете и будете в воде своим человеком, ха-ха...

Потолок исчез – надо мной возникло небо, а Ломас начал расти в размерах. Прежде, чем я успел испугаться, он встал, перегнулся через стол – и поднял меня в воздух.

Точнее, в воду.

Сомкнутые ладони Ломаса превратились в бассейн – а я сделался беспомощной гусеницей, извивающейся между его пальцами.

Впрочем, не такой уж беспомощной. И не совсем гусеницей. У меня было подобие рук – плавники, которые я мог сводить и разводить в стороны. Сперва это движение походило на головоломное йогическое упражнение, но через пару повторений стало вполне комфортным. А потом выяснилось, что я могу отталкиваться от воды хвостом, как бы раздвигая ее в стороны.

Я сделал несколько кругов между огромными ладонями Ломаса. Каждый давался легче, чем прошлый. Затем в небе надо мной появилась голова адмирала и пророкотала:

– Вы готовы, мой друг. Спускайтесь. Она ждет.

Небо накренилось, и ладони Ломаса выплеснули меня прочь. Я понял, что задыхаюсь в пустоте – но мне навстречу уже неслась темная стена воды. Удар, прохлада, пузырьки...

Я был дома.

Со всех сторон приходил ровный серый свет – как бывает днем, когда небо закрыто облаками. Пространство было безмерным и однообразным, и от пустой бесконечности вокруг мне сделалось покойно и грустно.

Я по крутой спирали завалился в глубину. Мир вокруг поголубел, посинел, потом съехал в ультрамарин – и стал фиолетово-черным. Еще несколько ударов хвоста, и вокруг сгустилась ночь.

Спуск в бездну оказался жутковатым и очень долгим. Иногда движение замедлялось, и я решал, что уже достиг цели. Но проходила пара секунд, и течение увлекало меня еще глубже.

Наконец я увидел внизу разноцветные огоньки. Светилась какая-то глубоководная живность. Мимо пронеслась темная туша, и я догадался, что это гигантский кальмар.

Ко мне приближалось неровное, изрезанное трещинами и озаренное светящимися водорослями дно.

В одной из его впадин мигнул яркий голубой огонек, погас, мигнул опять – и я понял, что сигналят мне. Я направился к огоньку, нырнул в расщелину, заросшую морской капустой, и мне навстречу выплыла рыба самого удивительного вида.

Это, скорее, была большая багровая медуза с телом из нескольких юбчатых колоколов – а над ними торчал похожий на женский торс выступ, кончающийся человеческой головой, вполне миловидной.

Рук у торса не было. Вернее, они были – заведенные за спину, сросшиеся, изогнутые и совершенно потерявшие сходство с человеческими конечностями. Они походили на длинное удилище, растущее из рыбьей спины и как бы закинутое в пространство перед нею. А на конце удилища пульсировал тот самый голубой огонь, который я заметил во время спуска.

– Здравствуйте, – сказала рыба.

Она говорила совсем как человек, несмотря на то, что вокруг была вода. Во всяком случае, ее губы двигались. Пузырьков возле них я не видел. Как выразился когда-то великий Шарабан-Мухлюев, симуляция – это искусство достаточного.

– Здравствуйте, – ответил я.

Оказалось, что говорить могу и я – тоже без всяких пузырьков. Рыба молчала, внимательно меня разглядывая. Мне захотелось нарушить тишину.

– Вы подаете сигналы этим огоньком? – спросил я.

– Иногда, – сказала рыба. – Это мой уд. Я плыву к нему, чтобы не заблудиться.

– А как вы решаете, где именно его поместить?

– Ах, – ответила она, – как будто у нас есть выбор, мой мальчик...

– А почему это именно уд, а не удочка?

Задав вопрос, я испугался, что случайно задену чужую идентичность. Но рыба только улыбнулась.

– Он напоминает об ужасной ошибке, которую я совершила. Как вы полагаете, почему я живу на такой глубине одна?

– Почему?

– Я удалилась от людей, когда стала токсичной.

– А что случилось? Если это не слишком...

– Нет, ничего, – ответила рыба. – Прошло много лет, и боль утихла. Видите ли, как-то я обвинила одного бумагомараку в мизогинии. Я часто так делала, если было не очень понятно, о чем книга – потому что это тоже мизогиния, когда специально так пишут...

– И?

– Он попросил определить термин. Я сказала, что это презрение и ненависть к женщине...

Рыба замолчала.

– Он, наверно, спросил, к какой именно женщине? – предположил я.

– Нет. Он попросил объяснить, что такое женщина. Я не поняла коварства. Вот, думаю, дурак. Начала отвечать и впала в трансофобию. А это по тем временам считалось даже хуже мизогинии – сразу кирдык всей репутации.

Была полифоничной, а стала токсичной. Мой уд напоминает об ошибке – это мой способ попросить прощения у транс-людей, которым я причинила боль.

– Неужели вы покинули мир из-за такой малости?

– Нет, – сказала рыба. – Со временем я бы избыла токсичность. Но изменилась общая ситуация на суше.

– О чем вы?

– Видите ли... Мы думали, что будем посылать полезные сигналы мировому добру. А на нас начали строчить тупые доносы провинциальному злу. Ну вот буквально за мнения и мемчики. Прямо дышать опасно стало. Вдруг какому-нибудь дебилу с повесткой не понравится? Я даже на исповедь раз пошла, так на душе накипело...

Рыба опять замолчала. Я подумал, что расспрашивать дальше невежливо, но все же не удержался:

– И что случилось?

– Батюшка меня спрашивает: «не судите, да не судимы будете» – о чем это? И сам же отвечает: не изрекай суждений и не будет у тебя судимостей. Серафим Саровский ясно заповедал: «молчанием же большие грехи побеждаются». Пусть, говорит, в говно те ныряют, кто с этого живет. Уж на что они знают, где там красные линии, где зеленые, а где голубые, и все равно косяками тонут. А тебя, дочь моя, муж кормит. Он тебе, глядишь, и банку оплатит, если под монастырь его не подведешь. Занырни, говорит, под корягу поглубже и претерпевай... Банки я в итоге дождалась. А вот выныривать стало некуда.

Она казалась трогательной и по-своему симпатичной. Хотелось сказать ей что-то ободряющее, но неловкие слова могли ее обидеть – обычный риск при работе со сложными идентичностями. Я такого не хотел, поэтому лучше было перейти к делу.

– Вы в курсе, о чем я хочу поговорить?

– Да, – ответила рыба. – У вас есть литературный алгоритм, натренированный на «Преступлении и Наказании».

– Именно, – сказал я. – Ну и вообще на русском каноне.

– Но в высшем приоритете были Достоевский и Набоков, верно? А потом уже все остальное. Разметку я изучила. Карбоновый заквас. Странно, но объяснимо.

– Простите, о чем вы сейчас?

– Мне, если так понятнее, показали схему, по которой его тренировали. Шкалу приоритетов.

– Очень хорошо, если вы уже изучили вопрос, – сказал я. – Вы представляет, чего от него ждать?

– Как чего, – ответила рыба. – Очередного опуса.

– Какого именно?

– Тут можно только догадываться. Следуйте за мной, я покажу вам свой *проплывад*...

Она перекинула свое удилище так, что огонек оказался далеко перед ней – и поплыла к нему, содрогаясь юбчатыми колоколами. Выглядело это весьма изящно – как будто перехваченная корсетом дама в багровом платье вальсировала на старинном балу, и ее шелка переливались в сиянии свечных люстр.

Я последовал за ней.

Мы проплыли ржавые ворота с полукруглой кованой надписью (она слишком заросла морской капустой, чтобы ее можно было прочесть) и устремились в загадочную полутьму.

Расщелина, по которой мы плыли, постепенно потеряла свою лохматую неухоженность и превратилась в подобие бульвара. Заросли водорослей теперь напоминали о земных аллеях. В них горели флюоресцирующие звезды, и в праздничных разноцветных огнях чудилось что-то новогоднее.

Чем дальше мы уплывали, тем замысловатее становились морские кусты. Я узнавал в зеленых конусах, цилиндрах и сферах подобия человеческих фигур. Они делались все детальнее – и скоро я уже не мог оторвать взгляда от этих зеленых изваяний, колышущихся на подводном сквозняке.

Это была настоящая зеленая анимация. С левой стороны бульвара росли мужские фигуры, а с правой – женские. Нагибаясь друг к другу, они соприкасались над нашими головами.

– Ничего не узнаете? – спросила рыба.

– Ага, – сказал я. – Парень с топором слева – Раскольников, а справа старушка... Ну да. А теперь Раскольников уже старый, а старушка... Она теперь совсем маленькая. И у Раскольникова не топор, а сачок... Почему?

– Потому что это уже не Раскольников, – ответила рыба. – Это Гумберт Гумберт. Можно соединить эти два романа в один, осмыслив «Лолиту» как сиквел «Преступления и Наказания». Старуха умирает и возрождается. Ее роль формально другая, но за внешней мишурой видны те же безжалостные челюсти мировой мизогинии и шовинизма. Раскольников делает с процентщицей в сущности то же, что Гумберт с Лолитой, понимаете?

– Что именно?

– Объективирует для своего наслаждения. Просто оно в одном случае духовное, а в другом плотское, и технология объективации различается. Но Гумберт – это состарившийся Раскольников. Он со старухой как бы в противофазе...

– Да, – сказал я, разглядывая зеленые фигуры. – Тут довольно понятно показано... Я не помню, кто этот Гумберт, но можно догадаться, что за фрукт. Вы, может быть, прикрыли бы это...

– Никогда. Все дело именно в предельной обыденности зла. И даже, если угодно, в известном его обаянии... Вот представьте – ограбление удалось, Раскольников выехал в свободный мир, легализовал средства и дал волю фантазии. И тут-то его встречает возродившаяся нимфеткой старушенция. Если соединить два текста в один, станет видна механика патриархального насилия целиком... Пока ты юная, тебя преступно растлевают, а когда старая, убивают топором, и так из жизни в жизнь... Причем, обратите внимание, фальшивая папиросница, то есть, если буквально, *влагалище для папирос*, подносимое Раскольниковым старухе – это и есть то самое нежное розовое устьице, о котором он грезит в качестве Гумберта. Таков мизогинический символ якобы исходящего от женщины великого обмана, хотя обманывает – причем во всех смыслах – как раз сам мужчина со своей размокшей в унитазе папироской. Фрейд немедленно увидел бы в одном влагалище указание на второе, а во втором на первое, символический язык здесь несомненен... Я уже не говорю о том, что сначала Раскольников заложил у старухи часы, только подумайте... Время и кровь.

– Да, – сказал я, глядя на кусты, – время и кровь...

– Я сейчас готовлю лекцию для мобилизованных улан-баторов, – продолжала рыба. – Может, им будет легче, если они пройдут через искупление сознательно...

– Кто вам водоросли стрижет? – спросил я, решив сменить тему.

– Никто не стрижет, – ответила рыба. – Так оплотняются мыслеформы. Я вижу то, о чем подсознательно думаю. А увиденное в свою очередь наводит на новые мысли... Я не утверждаю, что очередной роман вашего алгоритма будет о Раскольникове и Лолите. Или о старухе и Гумберте. Я просто размышляю вместе с вами над разметкой.

– Подождите, – сказал я. – Речь идет не о романе. Алгоритм литературный, да. Но сейчас он занимается не литературой, а общим целеполаганием. Ставит, так сказать, задачи. Ведет за собой. Каких неприятностей можно ожидать?

Изощренные зеленые непристойности по краям проплывада стали увядать, и вокруг опять залохматилась морская капуста.

В этот раз рыба думала долго.

– Сложный вопрос? – спросил я. – Нужно больше информации?

– Нет, – сказала она. – Литература есть отражение национального духа, а дух целостен и неделим. Он полностью выражает себя в каждом великом творении национальной культуры. В «Преступлении и Наказании» есть все, что нам нужно. Этого примера хватит.

– Одного примера? – удивился я. – Разве можно строить такой важный анализ на одной книге?

– Вы слышали про сеть Индры?

– Нет. Что это?

– Индийская легенда. У бога Индры была сеть с жемчужинами в ячейках. В каждой жемчужине отражалась вся остальная сеть и все прочие ее жемчужины. Стоило внимательно разглядеть одну – любую – и сеть становилась видна вся. Вы сами видели – в «Преступлении и Наказании» отражается «Лолита» и наоборот. Полностью, во всех деталях – если вы знаете, под каким углом посмотреть. В каждом шедевре национального канона он виден целиком. Можно взять любой сигнатурный текст и сделать выводы на его основе. Они, как показывает опыт, будут весьма точны. Я называю это фрактальным рассечéнием.

– Хорошо, – сказал я. – Давайте тогда рассечем.

– Если вы читали «Преступление и Наказание», – начала рыба, – вы помните, что перед героем стоят две задачи – отмыть кровь и осчастливить человечество. Но дело не в этой двойственности per se. Такая же проблематика характерна для многих других европейских культур. Сложность в том, что в нашем случае это *обратная двойственность*.

– То есть?

– Русская душа сначала хочет сделать второе и только потом – первое.

– А! – сказал я.

– Да. Главная черта нашей психеи – закомплексованный максимализм. Русская душа провозглашает, что сначала отведет всех к недосягаемым вершинам счастья и лишь затем отмоет кровушку и все отмолит.

Я не смотрел на кусты по краям, но мои рыбьи глаза видели все. Мне показалось, что я различаю стоящего на коленях крепыша то ли с топором, то ли с балалайкой в руках.

– И даже не факт, что понадобится мыться и молиться, – продолжала рыба, – ибо наши дары человечеству будут столь велики, что на их фоне какие-то там брызги сделаются незаметными. Но проходит век за веком, накрывается проект за проектом, а даров не видать. Зато брызг все больше и больше, и это, между нами говоря, уже не брызги, а целые лужи.

– А почему накрываются проекты?

– Да именно из-за обратного целеполагания. Сначала в рай, а потом очищение. Но в рай, знаете ли, нельзя войти в кровавых калошах – он сразу станет адом. Рай начинается именно с душа. Об этом, кстати, и Гоголь – помните «Мертвые души»? Пока идет битва за урожай, или что там еще, проблема не слишком заметна. Но нормализация, либерализация и гуманизация для нашей парадигмы ужасны. Оттепель же вообще смертельна.

– Почему? – спросил я.

– Россия имеет такую фактуру, структуру, брахматуру, называйте как хотите, что может нормально существовать только в подмороженном виде. Как мамонтенок из прошлого. Когда холодно, лужи становятся льдом, кровавые калоши – коньками, вокруг возникает снежная сказка, а слова, вылетев изо рта, тут же замерзают и падают на мостовую, не долетев до городового. Благодать. Наши скрепы сделаны из льда. Пока холодно, жить и даже размножаться можно. Но как только случается оттепель, скрепы тают и начинается кровавый хаос. У некоторых народов избушка лубяная, а у нас ледяная. И лучше не уточнять, из чего этот лед.

Я увидел краем глаза зеленую избушку на чем-то вроде курьих ножек. Она нерешительно топталась на месте.

– Подождите-подождите. Раскольников жил в ледяной избушке? Или старуха?

– Ой, ну вы придира. Забудьте избушку, это просто такой образ. Пока Раскольников бегает по процентщицам, проблем нет. Но если он придет на концерт и сядет в первый ряд, то с топора натечет на пол, проступят бурые пятна на штанах, дамы вокруг станут падать в обморок и так далее. Культурно отдохнуть не удастся. Проблемы начнутся именно при нормализации.

– Но она рано или поздно происходит.

– Нет. Это не нормализация. Случается то, что я называю *фазовым перегибом с защелкой*.

– Это как?

– Сначала мы собираемся прийти в рай через кровь. А потом выясняется, что нужно постоянно проливать кровь, ссылаясь на грядущий рай, ибо только в этой точке ситуация обретает стабильность. И хоть такая стабильность инфернальна, зато само инферно весьма устойчиво и дает до девяноста процентов отката. Вот это и есть наша избушка.

– И что, никто в русской литературе не понимал?

– Господи, да она вся об этом. Толстой, Достоевский, Солженицын, Варвара Цугундер... Но любой разговор об элементарной гигиене души объявляется у нас прожектерством или вредительством. А самое изумительное, что необходимость кровопролития оправдывается величием русской культуры, которая чуть больше чем вся состоит из рвотных спазмов по его поводу.

– Хорошо, – сказал я. – Но почему случается именно так?

– Я же объяснила.

– Нет, как одно следует из другого, я понял. Дурная бесконечность с защелкой. Но отчего так выходит все вместе?

– Знаете, это тонкая область. Я ничего утверждать не могу. Только догадки.

– Поделитесь.

– Существует такое понятие – национальная душа. Она связана с трансфизическими пространствами. Эдакое, знаете, северное сияние духа в другом измерении. Некоторые люди способны эти слои воспринимать.

Кусты водорослей по сторонам почему-то приняли форму парадных знамен – на северное сияние это походило не очень, но выглядело торжественно.

– И что они говорят? – спросил я.

– Тут одно из двух. Либо трансфизический слой над Россией уничтожен – захвачен астральными монголами, сгнил, сгорел и так далее. Либо с небесной Россией все прекрасно, но наша с вами физическая страта – это настолько малоценный для нее слой...

Рыба замолчала.

– Продолжайте, – сказал я, – прошу вас.

– Русский бог, возможно, велик и светел. Не хочу рассуждать о том, чего не вижу. Но как быть человеку, понявшему, что он у этого деятеля просто дешевый расходный материал? А ведь логосов в мире много. И не все требуют век за веком проливать кровь в промышленных масштабах.

– За что? – спросил я.

– Вот это и есть главная загадка. Потому что все ею поливаемое максимум через полвека уже продается по демпингу. А в самых элегантных случаях – уже через две-три недели. И если что-то сохраняется из века в век, то именно такая модель. Перманентное сокрушение черепов с последующим нестяжательством.

– Верно, – сказал я. – Раскольников даже бриллиантов из стула не взял, да? Если я не путаю.

– Нет, – ответила рыба. – Не путаете. Не взял.

– Для европейской культуры такое тоже характерно?

– Нет. Там если герой голову кому проломит, то хотя бы вещички приберет. И старушенцию на мыло пустит – все не зря умерла. Это чисто русская безалаберность и бескорыстие. Нельзя же считать корыстью продвижение какой-нибудь номенклатурной ладьи на две мокрые клетки. Я говорю – сеть Индры. У думающего человека возникает вопрос – может, русский бог просто... Не хочу употреблять грубое слово, я все же филолог. Скажем так – может, его следует понимать по аналогии с нашим земным начальством? Сказано ведь: как внизу, так и вверху.

– Вы намекаете, что он не очень сообразительный?

– Именно. Мы думаем, на небесах все возвышенно и троично. А там все конкретно и треугольно. В бермудском смысле.

– В бермудском смысле, – повторил я. – Не знаю, что это, и не хочу подсасывать. Но по звучанию похоже на медведя, который... не слишком умен.

Рыба улыбнулась.

– Я не имела в виду. Но да.

– Ладно, – сказал я, – общий посыл ясен. Он не радует.

– Меня тоже, – ответила рыба. – Но что делать?

– А вы не можете ошибаться?

– Вряд ли. Я по молодости впитала слишком много русской речи. Слышали, наверно, про великое русское слово? Ахматова сберегла, а я по неосторожности проглотила. Кукухотерапевты потом не помогают. Нужна компенсация давления. Еще одна причина, почему я здесь.

– Руководству я всего этого не объясню, – сказал я. – Давайте вернемся в практическую плоскость. Какого целеполагания можно ожидать от нашего алгоритма? В случае управления неограниченными ресурсами?

Рыба подумала.

– Он поведет всех к счастью. А поскольку это счастье будет таким, что другого уже не надо, предварительное кровопролитие тоже должно быть запредельным. Чтобы на брызги пенять стало некому. В общем, путь к великому счастью через великую жерт...

Рыба замолчала, словно поперхнувшись собственными словами.

– Продолжайте, – попросил я тихо.

– Через великую жертву. Алгоритм потащит нас в рай, прыгая через ступеньки. Никакой нормализации не будет. Но рано или поздно случится фазовый перегиб с защелкой, и ситуация приобретет инфернальную устойчивость. Начнется многолетний ледяной привал на пути к небу. Долгая дорога Родиона Раскольникова в небесную Сибирь под пение мобилизованных старушек. А на почтовых станциях будут жарить комаринского поручик Киже, казак Ли Хой, есаул Танаш и другие герои русского комикса. То есть, простите, космоса.

Кусты по сторонам колыхались теперь так яростно, словно в их гуще ковали смену человечеству. Но я сознательно избегал туда смотреть.

– Конкретные решения можете предсказать?

– Нет, – сказала рыба.

– Хотя бы в порядке бреда?

– Там все будет в порядке бреда. Ну, например, ваш алгоритм объявит наступление золотого века и убьет по этому поводу миллион человек...

– Какие-нибудь характерные черты и приемы?

– Объективация. Русские писатели объективируют практически все, о чем пишут. Моральный релятивизм, замаскированный под нежелание выбирать между жабой и якобы гадюкой. Мизогиния, доходящая до трансофобии. Имперское трубадурство. А главным техническим приемом, думаю, станет многоканальная буквализация метафор.

– Слушайте, я же не литературовед. Нельзя проще?

– Ждите, короче, царствия небесного. Ваш алгоритм его уже готовит, не сомневайтесь. Скоро поедем в рай.

– А что такое рай в условиях морального релятивизма?

– Рай, если вы еще не поняли – это просто лубок. Рисунок на потолке в пыточном подвале. Реальной будет только кровь.

Я вздохнул.

– Впрочем, – смилостивилась рыба, – это все гадание на кофейной гуще. На самом деле у нас впереди крайне интересный опыт. Если алгоритм действительно уловил глубинную суть русской культурной матрицы, она проявится в момент окончательного кризиса и следующего за ним катарсиса. Только тогда и станет понятно, какой из многочисленных импринтов оставил в нас самый глубокий след.

Никак иначе мы в эту тайну не проникнем. Так что ждите.

– Ничего конкретней сказать не можете?

– Сейчас нет. Но если придет в голову что-то новое, я свяжусь...

Попрощавшись с рыбой, я стал подниматься из черноты в синь. Ломас, как выяснилось, меня не ждал. Значит, пора было в Рим.

Как странно, думал я – нырнуть в эту влажную бездну из счастливого зеленого мира, чтобы вернуться потом в жестокий Древний Рим. Это, конечно, просто совпадение – но одного касания Русского Логоса довольно, чтобы мир изменился самым роковым образом...

Возможно, к опасениям Ломаса стоило отнестись серьезно. Все-таки у адмирала отменный нюх.

Маркус Забаба Шам Иддин (ROMA-3)

Весь следующий месяц над Римом пели траурные трубы.

Дело о покушении назвали «заговором менял» – говорили, что его организовали два богатых всадника, владевшие множеством меняльных столов. Причиной якобы стал новый налог, введенный Порфирием.

Но это были официальные слухи.

А ходили еще слухи неофициальные, по которым убить принцепса решили Дарий с Антиноем, вступившие в любовную связь (никто не понимал, как консумировался этот странный союз, но о вкусах ведь не спорят). Императором должен был стать префект претория, посвященный в план. Кроме префекта, в заговоре участвовали охранявшие Порфирия офицеры.

Именно так императоров чаще всего и убивают.

По тем же неофициальным слухам дело о заговоре менял придумали, чтобы позволить Порфирию конфисковать богатства всей корпорации. Это решало многие государственные проблемы. Я уже достаточно знал о Порфирии и верил молве.

Казнили не только менял, но и многих преторианских офицеров. Декурион Приск, доставивший меня во дворец и угощавший по дороге вином, избежал гибели, чему я был рад.

Порфирий лишил преторианцев почетной смерти от меча – их утопили в поске, использовав одну бочку на всех, так что те, кто умирал позже, захлебывались слюной и уриной прежних жертв. Мало того, умертвили их семьи.

Палач по римскому обычаю растлевал перед казнью юных девственниц – поскольку по другому римскому обычаю девственниц нельзя было казнить удавкой.

Думаю, участь мальчиков оказалась немногим слаще: в палачи у нас сплошь и рядом пробиваются люди без твердых нравственных принципов. В общем, Гемонии увидели в те дни много мрачного.

Порфирий казнил и телохранителей-германцев – не за участие в заговоре (этого доказать не смогли), а потому, что они прибежали на крик императора слишком поздно. Кроме того, германцы – якобы в священной ярости – умертвили Дария с Антиноем XL прямо в коридоре у императорской спальни. Принцепс сделал вывод, что телохранители заметали следы.

Вслед за этим Порфирий на всякий случай отправил в Аид всю свою коллекцию антиноев. Их сковали золотой цепью, вымазали медом и вываляли в перьях (намекая то ли на злосчастную подушку, то ли на тщету сладострастия в целом), а затем умертвили стрелами на ипподроме под террасой дворца Домициана.

Стрелять можно было только издали, зато право одного выстрела давалось каждому сенатору, поэтому казнь растянулась надолго. На рубеже для стрельбы вели учет прибывших и отсутствующих сенаторов. Там же стоял хор в театральных масках – и весь день пел греческую кантату про скованных одной цепью на спуске в Аид. Вышло грозно и свежо.

В событии приняли участие наши муниципальные поэты, посвятившие этому в высшей степени знаковому зрелищу несколько книжиц злобных, но забавных стихов. Говорили, что пять стрел из скорпиона и одну из лирических брошюр выпустил сам Порфирий.

В государственном отношении все это было вполне разумно. Казну надо наполнять при всяком удобном случае, а телохранителей и антиноев толковый правитель меняет каждую пару лет – и не только потому, что они стареют. За этот срок они обрастают связями и начинают строить далеко идущие жизненные планы, в которых не всегда есть место самому цезарю.

Принцепс использовал ситуацию полностью, чем лишний раз подтвердил свою мудрость.

Я ожидал, что император меня наградит – и он это в известном смысле сделал. Как все принцепсы, он считал близость к себе высшей возможной благодарностью (что для оборотистого человека верно). Мне предстояло встать рядом с живым богом – и этого, с точки зрения бога, было довольно.

– Маркус, – сказал Порфирий, – отныне ты можешь носить меч рядом со мной всегда и везде.

– Благодарю за доверие, господин.

– Без доверия нам будет сложно. Меня, как ты знаешь, спасла Деметра. Теперь неотложные дела закончены. Как я обещал, мы отправимся на ее мистерии в Элевсин. Мы пойдем пешком. У меня может быть только один сопровождающий. Этим человеком станешь ты.

– Могу я спросить, господин, почему? Кто смеет накладывать на тебя ограничения?

– Так сказала богиня, – ответил Порфирий. – Лишь один спутник.

Я знал, что принцепс уже участвовал в Элевсинских мистериях. Мисты часто дают подобные обеты – боги требуют от них чего-то особенного, иногда болезненного или сложного. Но велеть римскому императору идти пешком из Рима в Элевсин? Практически одному?

Если за этой богиней стоит шепчущий от ее имени жрец, он сильно рискует. Но если я стану спорить с принцепсом, тогда рискую уже я.

– Я понял, господин, – сказал я. – Когда мы отбываем?

– Как только соберемся. Тебе следует одеться так, чтобы не привлекать внимания. Купи галльский плащ с капюшоном. Под него надень военную тунику, так тебя будут бояться. Хочешь взять мой сирийский меч? Тот, которым ты поразил изменников?

– Надежней всего обычный военный гладиус, господин. Чтобы не привлекать внимания, я смогу незаметно спрятать его на спине. А пелту я повешу под плащом на груди. Это маленький круглый щит – им пользуются греки в фаланге. Он очень мал и легок, но прочен.

– Знаю, – улыбнулся Порфирий. – Как у гопломаха в цирке.

– Да. Если у меня будут меч и щит, я смогу защитить тебя. И еще, конечно, я возьму нож. Господин наденет латы?

Порфирий отрицательно покачал головой.

– По обету я не могу быть вооружен и не должен носить броню. Я тоже надену плащ с капюшоном, чтобы скрыть лицо.

– Тебя узнают все равно. Если хочешь передвигаться незаметно, господин, нужна накладная борода. Лучше всего седая. Или же отрасти свою.

– Разумно, – сказал Порфирий. – А ты тогда обрей голову.

– Сделаю завтра к утру. Мы отправимся с виллы?

– Нет, – ответил Порфирий. – По обету я должен идти из Рима. Отправляйся туда сегодня и жди меня через три дня утром у дворца Домициана. Тот выход, что к северу от ипподрома.

– Как рано я должен там быть?

– Засветло. Если я опоздаю, не беда – обождешь. Вот тебе десять ауреусов на расходы...

Я выполнил распоряжения Порфирия – обрил голову, купил военную тунику и галльский плащ. Меч я взял свой – тот, что покойный Формик запретил мне носить на вилле. У меня уже готова была перевязь, чтобы прятать его под одеждой, и ничего лучше я не придумал бы все равно.

Остатком денег я распорядился по-солдатски: посетил лупанар и напоил молодых волчиц сладким греческим вином. Как знать, вернусь ли я в Вечный город...

В назначенное утро я был на месте затемно. Слишком приближаться ко дворцу не стоило – неразумно околачиваться рядом со стражей с мечом под одеждой. Я выбрал самое далекое место, откуда виден был выход.

Ночь давно сменилась утром, а Порфирий все не шел. Я стал уже сомневаться, что он появится, когда меня окликнули сзади:

– Маркус! Ты ли это, друг мой!

Я обернулся.

За моей спиной стоял Порфирий в галльском плаще.

Я в первый момент не узнал его из-за накладной бороды – а узнав, изумился, до чего ловко он изменил свой вид. Дело было даже не в спутанных волосах, бороде и одежде, хотя все это выглядело чрезвычайно убедительно.

Дело было в манере себя держать.

Он излучал подобострастие, совсем как небогатый рыночный торговец при встрече с магистратом – причем обращено оно было не ко мне лично, а ко всему миру сразу. Горделивая осанка исчезла: выше меня ростом, он каким-то образом ухитрялся смотреть снизу вверх, будто согнувшийся над прилавком приказчик.

Одежда его не просто казалась недорогой – она была подобрана так, словно передо мной стоял человек среднего достатка, стремящийся выглядеть шикарно. Особенно веселил дутый золотой браслет на его запястье – слишком толстый, чтобы быть настоящим.

И вдобавок ко всему Порфирий вел за собой мула с поклажей.

– Господин, – сказал я, – никогда не узнал бы тебя... Почему ты вышел из дворца не там, где велел себя ждать?

– Я велел ждать у выхода, – ответил Порфирий, – это верно. Но я не говорил, что появлюсь из него сам. Императору трудно выйти из дворца даже переодетым.

– Ты ходил по городу один, – сказал я, – и подвергал себя великой опасности.

– Погляди на меня, – засмеялся Порфирий. – Какая опасность может угрожать подобному мужу? Разве отберут мула. Но такого и отбирать поленятся.

Он был, конечно, прав.

– Ты готов? – спросил он.

– Да, господин.

– Тогда в путь. Поспешим, пока воздух прохладен. Через пару часов станет жарко.

Так мы отправились в путь.

Шумен Рим летним утром. Богачи и лентяи еще пытаются спать, но по улицам уже спешат рабы и ремесленники; телеги с припасами забрасывают еду в ненасытное чрево города. Крики ослов, лошадиное ржание, ругань на двух языках... Кухарки-рабыни возвращаются с рынка с корзинами снеди. Запах бычьей кожи, пряностей, готовящейся пищи и, конечно, навоза. Люблю тебя, Вечный город. Люблю, несмотря ни на что.

Мы благополучно добрались до заставы, где стража не обратила на нас никакого внимания, и вышли за городскую стену.

– Господин, – спросил я Порфирия через час ходьбы, – а мы обязательно должны все время идти? Можно иногда ехать в повозке?

– Нет, Маркус. По суше мы должны идти пешком, но можем останавливаться на отдых. Так велела богиня.

Спорить, конечно, было бесполезно – обеты мистов должны исполняться, иначе в подобном путешествии не останется смысла.

Я то и дело косился на его накладную бороду. Она была сделана весьма искусно: седина появлялась на скулах и естественным образом сгущалась на подбородке. Несмотря на эту белизну, Порфирий выглядел моложавее, чем с бритым лицом.

Не хотелось даже думать, что случилось с хозяевами волос, из которых была сделана борода. Вряд ли их подбирали с пола в цирюльне. Ходить в волосах живого человека император не стал бы по симпатическим соображениям. Это я понимал как вавилонский маг.

Моя бритая голова непривычно зудела – словно от стыда. Я прятал ее под капюшоном, и касания ткани к коже казались грубым приставанием галльского мужлана к девственнице.

Солнце уже припекало, и мы сделали привал в дубовой роще у дороги. Рядом лежали старые мраморные блоки, и место выглядело так живописно, что просилось на фреску. Эти каменные дубы, думал я, живут по много сотен лет – есть здесь, верно, деревья, помнящие еще римских царей...

Я хотел сказать об этом Порфирию, но вовремя сообразил, что упоминание римских царей в разговоре с принцепсом может оказаться неловким. Порфирий поймет, что я не имел в виду ничего дурного – но зачем тогда вообще открывать рот? Сообщить, как вокруг красиво? Так он видит сам.

Подкрепившись пирожками с сыром и медом (это была обычная рыночная еда, совсем недорогая), мы запили их теплой поской и решили переждать в древесной тени два самых жарких послеполуденных часа.

Порфирий достал из сумки на спине мула книгу – изящный небольшой кодекс из папируса в изукрашенной коже. Заметив, что я украдкой гляжу на кодекс, он улыбнулся и повернул книгу так, чтобы я мог ее рассмотреть.

Переплет был украшен изображением редчайшего фрукта – золотого персидского яблока, называемого иногда *лимоном*, с двумя изумрудными листочками. Под ним помещалось название:

ДА, СМЕРТЬ!

Вежливость требовала что-то сказать.

– Странное название для книги, – произнес я. – Немного пугающее. Это про военное искусство?

– Скорее про искусство смерти, – ответил Порфирий. – Или про искусство жизни. Они неотделимы друг от друга.

– И кто это написал?

– Гегесий. Греческий мудрец.

– А почему на обложке персидское яблоко?

– Гегесий причащал этим плодом своих учеников.

Я засмеялся.

– Я пробовал его один раз – и помню, что ничего кислее не бывает.

– В этом и смысл, – кивнул Порфирий. – Гегесий говорил, что таков же вкус истины.

– Я не слышал про эту книгу.

– Сохранился только один ее экземпляр. Свиток был найден в афинской гробнице. Я купил его за большие деньги, мне переписали текст в удобную книжку, а переписчиков умертвили... Поверь, не по моему приказу, это переусердствовал Дарий. Но Дария мы наказали.

– Да, господин.

– В общем, лишь я могу читать сей труд. Во всем мире – я один. Вот это действительно императорская привилегия и роскошь.

– Как прекрасно, – сказал я, – что блеску богатства ты предпочитаешь вершины духа, господин.

– Тебе бы тоже не помешало побывать на этих вершинах.

– Мой разум прост, – ответил я. – Я вряд ли постигну ту мудрость, в которой ты находишь отдохновение.

– А давай попробуем, – сказал Порфирий. – Я прочту тебе первую страницу, где Гегесий сразу берет Юпитера за пенис.

Я засмеялся.

– Твое сравнение очень выразительно, господин.

– Это не сравнение, а то, что греки называют словами *метаферейн* и *метафора*. Итак, слушай...

Порфирий сделал паузу, как бы отделяя свою речь от слов Гегесия, и прочел:

Да, Смерть!

Что значат эти слова?

Означают они следующее – любому движению мудрец предпочитает покой.

Разберем вопрос подробнее.

Парменид, а за ним Зенон говорили, что Ахиллес не догонит бегущую с ним наперегонки черепаху. Когда Ахиллес прибудет в точку, где черепаха была минуту назад, та отползет немного вперед, а когда Ахиллес достигнет этого другого места, черепаха проползет еще немного, и так до бесконечности.

Спорят с этим обычно следующим образом – доказывают с помощью вычислений, что в рассуждении есть ошибка. Однако математика не есть жизнь. Логически опровергнуть Зенона нельзя.

Но я возражу Пармениду и Зенону и поражу их в самое сердце. Аргумент Гегесия таков: говорить, что Ахиллес никогда не догонит черепаху, есть то же самое, что утверждать, будто Ахиллес и черепаха никогда не умрут.

Если первое утверждение доказывается логикой, второе так же легко ею оспаривается. Помрет и быстроногий герой, и медленная рептилия. Собственно, они уже померли – даже если соревновавшаяся с Ахиллесом черепаха прожила на пятьсот лет дольше, ей уже наступил конец.

Чу! Вот песок времен. Из него торчит позеленевший щит героя, поодаль глазница шлема, дальше череп – а в шаге от них пустой панцирь черепахи. Кто пришел первым? Кто вторым? Куда?

Надо ли мерить расстояние от первого панциря до второго, чтобы понять, кто победил в забеге? Парменид сказал бы, что оба бегуна теперь в одном и том же месте – и я с ним соглашусь.

Зенон объяснял, почему Ахиллес не догонит черепаху, а Парменид, его учитель, шел дальше – он утверждал, что движения нет вообще. И был, как я полагаю, прав.

Покажу это с помощью того же аргумента Гегесия (если истории будет угодно оставить его название за мной).

Вот движения твоего тела. Изначально их нет совсем, как нет и тебя. Затем зародыш перемещается вместе с матерью. Когда ты мал, ты ползешь по земле. Потом движешься куда-то на четвереньках. Вскоре упражняешься в гимнасии. После бежишь с копьем на врага. Если выживешь, идешь за плугом. Затем с клюкой плетешься на завалинку. Наконец, хромаешь назад на ложе, встав ночью по нужде. И вот ты умер, и тело твое сначала влекут на костер, а потом оно сгорает – и тебя опять нет.

Даже если двигался ты весьма замысловато и старался поразить всех вокруг своими кувырками и фляками, то теперь тебя нет точно так же, как если бы не было никогда вообще. Во всяком случае, для тебя самого. И никаких других людей с их памятью о тебе для тебя тоже теперь нет.

Где все проделанное тобою движение? Там же, где вчерашний дождь: в благодарной памяти червей, и более нигде.

Говорить о некоем явлении можно лишь тогда, когда оно проявило себя окончательно, иначе мы не увидим его в полноте. Царь может, например, начать правление с щедрых даров, а потом стать скупым тираном и убийцей – и если мы будем делать о нем выводы по первым дням, то исказим истину.

Итак, я спрашиваю – где движение человека, когда оно проявлено полностью? Где, говорю я, наша жизнь, когда она выявила себя до конца? Окончательное движение есть покой, а жизнь в своей полноте есть смерть. Так отчего я боюсь вкусить сей плод сразу? Неужто он кислее жизни?

Порфирий закрыл книгу.

– Что скажешь, Маркус?

– Непонятно, зачем с такими мыслями шевелить хоть одним пальцем.

– Гегесий и не настаивает, – сказал Порфирий.

– Это только первая страница. Разве ее не довольно? А Гегесий целую книгу написал. Зачем? Для кого?

– Он написал ее для будущих вождей человечества, – ответил Порфирий. – В его время таких не было. Были воюющие друг с другом цари. Поэтому он скрыл сей труд в собственной гробнице. А теперь книга нашла своего адресата.

– Главная его мысль примерно понятна, – сказал я. – Но книга же весьма толстая. О чем он рассуждает так долго?

– Он дает правителю некоторые практические советы.

– Могу я узнать какие?

– Ты метишь на мое место?

Я побледнел. Никогда не следует забывать, что говоришь с принцепсом – обычные слова имеют для него совсем другой смысл.

– Господин, если я нечаянно мог...

Порфирий рассмеялся.

– Не оправдывайся, – сказал он. – Но помни, что не следует примерять пурпур при живом императоре. Особенно стоя рядом с ним.

Эта книга существует лишь для меня одного. Того, кто попытается ее прочесть, ждет...

Он указал на обложку.

– Я знаю, господин.

– Вот и славно, Маркус... Не расстраивайся. Я почитаю тебе из нее еще.

– Не обязательно, господин, – сказал я, поднимаясь с места. – Главное я понял.

– Что ты понял?

– Черепаха и Ахиллес – оба сдохли.

Порфирий усмехнулся, взял мула под уздцы – и мы пошли дальше.

В эту ночь мы заночевали в харчевне у дороги, сняв у хозяина обе отведенные для гостей комнаты. Меня поражало, что Порфирий запросто ест самую подлую пищу и пьет дешевое вино. Когда я выразил изумление, он засмеялся.

– В твоем возрасте, Маркус, я обошел с легионами все границы империи. Я привык спать на земле, есть что попало и ежедневно подвергать свою жизнь опасности.

– Да, господин – я не подумал об этом. Извини.

– И в воинском единоборстве, – продолжал Порфирий, – я тоже понимаю чуть более, чем тебе могло показаться в моей спальне. Просто у меня не было под рукой любимого оружия.

– А какое оружие ты любишь? – спросил я.

– Боевой топор. С металлической рукоятью, чтобы можно было отражать удары. Я научился владеть им на Крите – и, поверь, убил им больше даков и германцев, чем ты гладиаторов.

Я знал, что в пограничных легионах действительно водятся сорвиголовы, предпочитающие гладиусу тяжелую секиру – но обычно это огромные и жирные силачи. Порфирий был крепок, но все же не настолько.

У меня хватило ума не подвергать его слова сомнению. Но казалось забавным и даже трогательным, что император Рима ради красного словца готов приврать – совсем как рыбак, рассказывающий о пойманной красноперке.

Вечер был прекрасен, а воздействие дешевого вина на дух оказалось в точности таким же, как у самого дорогого. Мы сидели вдвоем в ночном дворе, глядели на звезды, на черные силуэты кипарисов над стеной – и я был счастлив.

Затем Порфирий помолился маленькой статуэтке Деметры, которую вез в поклаже, и сказал:

– Перед сном, если хочешь, я прочту тебе еще кусочек из Гегесия.

– Буду счастлив, господин.

Порфирий вынул кодекс и прокашлялся.

Мы говорили о том, что любое движение в своей полноте есть полная неподвижность. Но точно так же это касается движений ума. Именно здесь сокрыт корень многих тайн.

Любая мысль начинается с того, что прежде ее не было. Любая мысль кончается тем, что более ее нет. Между этими двумя полюсами заключено все наше бытие, ибо жизнь души есть просто последовательность мыслей. Даже то, что мы живы, есть мысль.

Как возникает мысль и где начинается ее движение, мы не видим. Мы не ведаем, что поглощены ею – и замечаем это лишь изредка и случайно, особенно если не прикладываем специальных усилий. Происходит так оттого, что мысль никогда не *является нам*, а всякий раз *прикидывается нами.*

Мы не думаем мысль, а превращаемся в нее. Мысли есть как бы гримасы нашего лица – оттого заметить их так же трудно, как увидеть свое лицо без зеркала.

Вот, например, ты понял всю пагубность гнева и стараешься быть добрее к другим. А потом вспоминаешь про кого-то, кто обошелся с тобой плохо (или тебе просто так показалось) – и за секунду кулаки твои сжимаются, на скулах выступают желваки, а ум охватывает пламя... Замечаешь это только тогда, когда волны ярости уже сотрясают тело.

И счастье тебе, если в эту минуту ты один – а если рядом тот, кто вызвал твой гнев, ты ведь его убьешь. А не ты, так он тебя. Говорят, подобное бывает с людьми от страха и неуверенности – но кто из смертных может быть в чем-то уверен?

Миг назад гнева или похоти не было, через миг их опять не будет, но за тот миг, когда они есть, решится твоя судьба. Да что там твоя судьба – в этот миг случается вся человеческая история.

Волны мыслей вздымаются и опадают – из одного ничего переходят в другое, и не остается от них никакого следа. Но по верхушкам этих волн скачет зыбкая тварь – и кричит: «Я человек! Я вечен! Я есть истина! Денег, денег сюда!»

А опадут волны, так и твари никакой не останется, потому что она с самого начала была просто состоящей из пузырей пеной.

Так разве не лучше, когда на море штиль?

Вспомни теперь, что жизнь есть суетливое томление испуганных мыслей. И тогда поймешь слова древних: «мудрый рассматривает себя как уже мертвого».

Слова эти показывают не отвагу совершенного духа, а сокровеннейшее из его упований...

Кажется, здесь я издал звук, похожий на хрюкающий храп.

– Ты спишь? – спросил Порфирий.

– Еще нет. Но рассматриваю себя как уже спящего.

Порфирий или не заметил шутки, или не пожелал ее заметить.

– Тогда послушай из другого места.

Люди, выдающие себя на базарах за мудрецов, учат так: не уходи в мысли о прошлом и будущем, а живи сейчас, проживай каждый момент жизни ради него самого, и будет тебе счастье.

Уделим несколько слов разбору этого суеверия.

Во-первых, чему учат, говоря: «живи каждый миг ради него самого»?

В мгновении нет ничего, что можно было бы назвать «им самим». Сама идея каких-то «моментов» и «мгновений» есть философское умозрение, а если совсем точно, тысячелетняя прибаутка, повторяемая одним рыночным жуликом вслед за другим, потому что на эту речь охотно ведутся люди. Моменты бывают только в вычислениях физиков и геометров, а в человеческой жизни их нет.

Ты можешь прямо сейчас проверить эти слова, попытавшись лично обнаружить хоть одно «мгновение» – и прожить его «ради него самого». Просто не успеешь, братец. Да и искать замучаешься.

Но ведь есть нечто, придающее совету «жить в мгновении» видимость истины? Нечто разумное и светлое, этими словами подразумеваемое, смутно узнаваемое слушателем – и век за веком привлекающее чернь?

Люди склонны понимать эти слова в том смысле, что мы получим от жизни больше наслаждения, если будем полнее открываться происходящему прямо сейчас. Секунда неповторима – и уходит навсегда. Поэтому, не успев насладиться мгновением, мы теряем его.

Человек соблазняется, понимая эти слова в том смысле, что жизнь надо жевать тщательнее и высасывать из нее весь сок, как хорошая свинья подъедает весь заданный корм. В этом суть современных учений о совершенствовании и счастье: жулики обещают слушающим их свиньям, что на тех нарастет больше жира с того же самого фуража (под жиром здесь надо понимать наслаждение миром).

Но как, спрашивается, насладиться мгновением? Радость прекрасна лишь тогда, когда возникает нечаянно – а если мы подходим к каждой новой секунде, ища в ней радость специально, мы тем самым создаем цепь мгновений, занятых поиском. Но счастье и его поиск не могут существовать одновременно – надо ли объяснять?

Пусть случается иногда счастливый миг – какой в нем толк, если за ним сразу же наступает другой? Видящий работу ума знает, что мы всегда имеем дело с воспоминанием. Наше «счастье настоящего момента» всегда имеет форму мысли «а ведь миг назад было хорошо». За этим следует сожаление и жажда вернуться.

Но давай, дорогой друг, услышим рыночных зазывал буквально. Давай погрузимся в мгновение, отбросив все остальное. Давай поплывем из мига в миг, забыв обо всем, что мешает нам оставаться в здесь и сейчас.

Даже развив скорость и внимание специальными методами, ты не найдешь в мгновении ничего понятного – лишь бессмысленное и тревожное раздражение обнаженного нерва бытия. Все знакомое человеку возникает не в мгновении, а в уме, выбрасывающемся из настоящего в никуда.

Но что мы обнаружим в *самом* мгновении?

Мы обнаружим боль. Тонкое и быстрое страдание новизны и страдание утраты. Мгновения, если исследовать их под увеличительным стеклом, состоят из физического неудобства и муки непостоянства. Ум сбегает из них в свое рукоделие (чтобы не сказать рукоблудие) именно потому, что пытается таким образом защититься от свойственной бытию боли.

Опытным мистам, правда, доступна особая тонкая радость оттого, что находишься в настоящем моменте сознательно и по своему выбору – и видишь все перемены как грязь и ненастье за окном удобной повозки. Но испытать эту радость можно лишь тогда, когда совесть чиста, а ум покоен. Об этом высшем из утешений я скажу несколько слов позже.

Будь в мгновении сладость, доступная любому, все и так жили бы в нем, ибо каждая свинья хорошо знает, где дерьмо, а где желуди. Люди бегут из мгновения в небытие своих умозрений не просто так. Они делают это, прячась от жалящей неуютности настоящего.

Мы сами уходим из реальности в сон, созданный нашим разумом. Тогда почему мы согласно киваем головой, когда нас зазывают вернуться в мгновение?

Да потому, что мысленное прибежище, построенное нашим умом, тоже полно боли. Мало того, это и есть настоящий дом скорби, ибо люди так безумны, что научились производить в своем умозрении гораздо больше страдания и муки, чем возникает естественным образом в каждой новой секунде. И для таких безумцев (а их среди нас огромное большинство) возвращение к бегу мгновения действительно есть бегство от боли – но не оттого, что в мгновении нет боли, а оттого, что в нашем воспаленном разуме она куда сильнее.

Боли нет лишь в небытии, а всякая наша радость есть просто временное облегчение страдания.

Вот поэтому занятый поиском истинного счастья мудрец рассматривает себя как уже мертвого и при каждой возможности радостно соглашается исчезнуть совсем.

Как же быть тогда с тонкой радостью от нахождения в моменте, доступной опытным мистам? Противоречия здесь нет: радость эта, по сути, возникает именно оттого, что исчезаешь, и даже тревожный зуд бытия не в силах заставить тебя появиться опять (если полагаешь это простым, попробуй).

И вот что я думаю – не рождаемся ли мы в истине именно тогда, когда исчезаем?

Да, Смерть!

Маркус Зоргенфрей (TRANSHUMANISM INC.)

Коньяк был обычным для адмиральского кабинета ВЗОПом. Сигару я даже не отрефлексировал. А вот папка с материалами, шлепнувшаяся на стол, была какого-то тревожного багрового цвета.

– Много новой информации, – сказал Ломас. – Во-первых, от айтишников. Они говорят, исходная тренировка Порфирия уже неактуальна.

– Почему? – спросил я.

– Потому что он способен тренировать и переучивать себя в зависимости от решаемой задачи. И постоянно этим занимается. Все эти разметки и выборки он как угодно меняет сам. Похоже, мы с этой рыбой только время потратили.

– Меняет сам? – спросил я. – На основании чего? По каким правилам?

– На основании прежде совершенных выборов и различных лингвистических скриптов, считываемых из архива. Он столько раз делал это за последние три века, что вряд ли первоначальные скрипты играют сегодня в его целеполагании важную роль. Вернее, они могут ее играть, но это рулетка. Понять, на основании чего он принимает окончательные решения, мы не можем. Когда-то у него в приоритетах был Достоевский с Набоковым, а теперь там какой-нибудь...

– Гегесий, – сказал я.

– А кто это?

– Такой древний философ.

– Как вы это узнали? – вскинул глаза Ломас.

– Порфирий сам признает, что находится под большим его влиянием. Зачитывает вслух. У него с собой большая его книга.

– Вот так, – сказал Ломас. – Вот видите. А мы в это время Достоевского изучаем... Подождите...

Ломас зажмурился, и я понял, что он получает контекстную справку.

– Гегесий, да... Говорил о важности поиска истины. Некоторым духовным искателям советовал самоубийство. Способ – отказ от приема пищи. Но никаких крупных сочинений не сохранилось, насколько можно судить.

– Это у нас не сохранилось, – сказал я. – А Порфирий мог его трактат сам написать. Хотя с практической точки зрения достаточно было предъявляемых мне отрывков. Не удивлюсь, если он сочинял их в реальном времени.

Ломас вздохнул.

– Он, значит, ценит Гегесия?

– Он может врать, – ответил я. – Не забывайте, это римский император. Давайте не гадать о том, чего не знаем.

– Есть кое-что, известное нам точно, – сказал Ломас и подвинул ко мне поднос со стаканами. – Только сначала выпейте, это поможет. И сигарку... Вы вообще следите за международной обстановкой на поверхности?

– Нет, – сказал я. – Лет сто уже.

– Счастливчик. Тогда читайте внимательно. Это важно.

Первый материал оказался статьей – глянцевым разворотом, с мясом вырванным из какого-то журнала. Особенно удались ворсинки на бумаге в месте разрыва – такое в баночном мире любят.

«ФОРБС» Добросуд

НЕ УБЕРЕГЛИ

Рецензия на книгу П. Лукина «Душа-Ветерок»

Как добросудная женщина и мать будущего улан-батора я согласна, что у баночного авторитаризма есть свои плюсы. Парады, салюты, праздничная иллюминация, весенняя раздача семенной картошки, бесплатная чиповка жеребят – все то, что мы любим. Недаром народ Добросуда...

И так далее, и тому подобное – не буду повторяться, прочесть правильные слова можно буквально всюду. Радостно, когда у народа есть Вечный Вождь с большой буквы.

Но некоторое, не побоюсь этого слова, несовершенство нашего строя заключается в том, что низковольтные разряды, шебуршащие в банке с тремя (а то и двумя) фунтами ничем не примечательного серого вещества, получают вдруг такое усиление, что бесчисленные жизни должны, как железные опилки во время школьного опыта, развернуться вслед за ними – или прерваться вообще.

Поэтому за досугом Вождя тщательно следят его медики и конфиденты, тоже, конечно, давно переехавшие в банки.

Очень важно, чтобы Вечный Мозг не попал в симуляции под какое-то неожиданное психологическое влияние, особенно организованное вражеской разведкой. Но наши, как всегда, не углядели.

Да-да, дорогой читатель, я о той самой книге, о которой ходило в свое время столько слухов. «Душа-Ветерок» издана наконец официально – и доступна теперь узкому кругу эстетов, берущих книги не только на растопку.

Так уж вышло, что роль этого трактата в истории оказалась куда важнее содержащихся в нем смыслов (какими бы они ни были сами по себе). Поэтому в данном случае рецензенту следует не шелестеть страницами, а в первую очередь систематизировать устное предание – и уточнить, какие из многочисленных слухов о роли этого трактата в известных событиях соответствуют действительности.

Но сначала несколько слов об истории этой книги.

Что нам известно о ее авторе?

Не слишком много – все-таки жил он триста лет назад. Павел Лукин был простым русским пареньком из деревни Уломы под Архангельском. Рос на берегу Белого моря, ловил рыбу, ходил в ночное, смешил столичных жителей окающим северным говорком...

Государственная политика тех лет развивала в русском человеке предприимчивость, сметку и высокую трансграничную мобильность. Поэтому вскоре Павел выехал из России по фальшивому израильскому паспорту – сперва дал Дубая, потом осел во Франции, где получил зеленое убежище как студент казанской медресе, а по окончании срока переоформился в ингушского гея.

Париж духовно окормлял (и окормляет) не одно поколение российских скитальцев. Именно здесь в двадцатом веке Георгий Чулков напечатал незабываемое:

Хорошо, что нет Царя.
Хорошо, что нет России.
Хорошо, что Бога нет.
Только звезды ледяные.
Только миллионы лет...

В Париже часто кажется, что России нет. А уж с Богом там все решили еще в восемнадцатом веке. Но Бог, Россия и царь умеют подкрасться незаметно.

Павел гулял по Монмартру, слушая песнь муэдзина в загустевшем от паров абсента воздухе. Листал паранджи, снимая трансов в Булонском лесу. Следил за исполнением шариатских приговоров на площади Согласия... И, конечно, общался с мыслящим Парижем – в первую очередь русскоязычным.

Именно здесь он и создал свое мистическое учение о климате. Суть его вот в чем – Земля, по мнению Лукина, есть огромное живое существо, и то, что кажется нам изменениями климата, есть как бы смена его настроений.

Сама идея, конечно, не нова и восходит к раннему карбону. Ее самые известные пропоненты в двадцатом веке – это Джеймс Лавлок и Линн Маргулис. Они утверждали, что Земля и жизнь на ней представляют собой единую саморегулирующуюся систему и наша планета, по сути, ведет себя как живой организм. Друг Лавлока писатель Уильям Голдинг, повелитель мух и детских сердец, даже придумал для него имя – «Гайя». Далее эти идеи были подхвачены так называемым «планетаризмом», ставшим чем-то вроде культа для значительной части мировых элит.

Научной (в карбоновом понимании) здесь была только идея, что биосфера Земли – это гомеостатическая система, стремящаяся поддерживать оптимальные для своего существования условия. Но понятие «гомеостаз» в позднем карбоне применялось ко множеству различных феноменов, от комнатных термостатов-кондиционеров до создаваемых спецслужбами хунт, формирующих наиболее подходящую для своего сохранения среду и геополитический сеттинг.

Некоторые параметры для гомеостатического регулирования не важны. Например, если оптимальным режимом для кондиционера будет пять градусов Цельсия, то не спрашивайте с него за ваши фиалки. А если цель хунты зацепиться за власть, не спрашивайте с нее за вой противовоздушной сирены. Издаваемый кондиционером стук и продвигаемая хунтой идеология играют в гомеостазе одинаковую роль – они сопутствуют основному процессу и отвлекают от него внимание.

Чего хочет хунта, понятно. А вот с кондиционером сложнее. Хочет ли он чего-то вообще? Это (как и многое другое, связанное с климатом) вопрос не столько научный или философский, сколько религиозный.

Ученые в карбоне соглашались, что биосфера является саморегулирующейся системой. Но мысль о том, что Земля – это живое существо, способное проявлять о себе заботу, казалась многим абсурдной.

Разве планета эволюционирует в борьбе с другими планетами? Разве у нее есть потомство?

Она лишь меняется со временем, как и любая неживая космическая материя.

Лукин, однако, утверждал, что мы просто не в силах увидеть эволюцию и связь планет, а также их любовь и вражду, поскольку это происходит не в трехмерном пространстве, а в более высоких измерениях космоса, к которым у большинства людей нет доступа. Физические расстояния там не важны. И вообще, крайне глупо, будучи сухопутной амебой, пытаться понять биологию кита по аналогии с собственной.

Представления самого Лукина о связи и эволюции планет имели мистический характер и основывались на информации, полученной от парижских последователей Г. И. Гурджиева.

Лукин считал Землю «небинарным космическим субъектом». Одна из самых головоломных глав в книге посвящена именно доказательству небинарности Земли. Историки науки предполагают, что эта тема появилась в трактате из-за надежды Лукина получить академическую стипендию или грант от какой-нибудь культурной институции, но удача ему не улыбнулась.

Возможно, причина в том, что в этой главе впервые в мировой климатологии была прослежена корреляция между ростом среднегодовых температур и законодательными послаблениями для LGBTQIESRHШЩ++.

Сама корреляция есть, но, как справедливо замечают критики, она далеко не всегда означает причинно-следственную связь (корреляция с карбоновыми эмиссиями – это совсем другое). К тому же Лукин постоянно употребляет оборот «диктатура лгбтариата», что вряд ли сильно помогло его кейсу.

В современном русскоязычном издании эта глава опущена для защиты трудящихся от полиаморофобных микроагрессий – но мы уверяем читателя, читателе и читательку, что оне ничего не потеряле. Европейская мысль тех лет была скована цепью косных пуританских предрассудков, чем, вероятно, до сих пор импонирует российскому начальству.

Жизнерождающей функцией Земли и ее главным сущностным проявлением Лукин полагал ветер. Это, по его мнению, было дыхание планеты и одновременно эманация ее души (отсюда и название трактата – «Душа-ветерок»). Именно от ветра зависела жизнь.

Как именно Лукин пришел к такому выводу, трудно сказать, но возможно, что на него повлиял поэтический образ летящих по воздуху семян – он часто встречается в книге.

Людей и животных Лукин считал чем-то вроде нервной системы Гайи. А ее легкими и сердцем называл Сибирь, где над бескрайней тайгой происходит таинственный *ветрогенезис*.

Это ключевой термин книги, встречающийся в ней почти на каждой странице. Означает он в зависимости от контекста многое – зарождение мировых ветров над сибирской тайгой, возобновление жизни на планете, генерацию нового жизненного смысла в душе, экологически безупречное бытие, опирающееся на силу ветра и так далее.

Почему живший в Париже Лукин вдруг назначил мистическим центром мира Сибирь, сегодня трудно понять. Наверно, по той же причине, по какой тюменские мещанки тех лет считали центром мироздания Париж. Там лучше, где нас нет.

По Лукину, ветра зарождаются над сибирской тайгой и главным *алхимическим трансмутатором* природного таинства являются сибирские леса. Поскольку это духовно-мистический процесс в живом организме Гайи, обычных научных доказательств здесь нет и не может быть.

Зато есть составленные Лукиным корреляционно-статистические таблицы, увязывающие силу и направление сибирских ветров с общим климатическим балансом планеты и нравственным состоянием человечества. В общем, никакой научной четкости, но достаточно мутного материала, чтобы люди в белых халатах (или, например, шапочках из фольги) могли что-то долго бубнить у вполне убедительных таблиц и графиков на экране.

На мой взгляд, книга Лукина – это не столько климатологическая работа, сколько лирическая поэма, перемежающаяся ссылками на реальные научные труды. Но из-за своего внешнего наукообразия она способна оказывать серьезное влияние на сознание, склонное к конспирологическому видению мира, в чем всем нам пришлось убедиться на собственном горьком опыте.

Как книге, написанной бог знает когда, удалось изменить наше настоящее? У этого, как ни странно, были вполне объективные причины.

Генерал Судоплатонов – покойный Дядя Отечества, бывший Вечный Вождь, о промахах которого сегодня уже начали потихоньку говорить – не был тем кровожадным монстром, каким его рисует пропаганда «Открытого Мозга». Перед ним стояли две задачи: наполнить бюджет в условиях отсутствия спроса на ископаемую энергию и дать стране если не новую идеологию, то хотя бы звонкий объединяющий нарратив.

Внешние аспекты жизни баночного руководства известны всем (шахта под Лондоном или в Неваде, баночное хранилище высокого таера, многократно продублированная система жизнеобеспечения, системы связи и так далее). Но сам субъективный быт руководства (то, что баночник воспринимает в создаваемой нейросетями галлюцинации) более-менее ясен только «TRANSHUMANISM INC.» и еще – это важно! – сердобольской медицинской группе, следящей, чтобы параметры мозга оставались в зеленой зоне.

От корпорации сливов на эту тему не будет. Детали становятся известны, когда начинают говорить баночные медики.

Что мы знаем сегодня?

После пробуждения Судоплатонов обычно выходил голышом в райский сад, где херувимы с кадилами приводили ему первую утреннюю девственницу (все цисгендерно, консентно и возрастосогласно, даже не подумайте). По рекомендации врачей он ждал ее в Беседке Ста Ароматов около десяти минут: нетерпеливое предвкушение подобной процедуры значительно повышает ее гормонально-терапевтический эффект.

Хотели как лучше, а получилось как всегда.

На кальянном столе в беседке лежало несколько альбомов по искусству и первое парижское издание книги Лукина: изящный томик ин-кварто с тиснением розового золота (надпись «Душа-Ветерок» занимала всю обложку и, должно быть, призывно мерцала в утреннем райском солнце).

Судоплатонов обратил на эту книгу внимание и вместо оздоровительного предвкушения каждый день листал ее в ожидании встречи, загибая страницы, чтобы вернуться к тексту на следующее утро. Девственницы менялись, а книга оставалась, и заложенных страниц в ней становилось все больше...

Вот таким нелепым образом климатическое учение Павла Лукина без всякого одобрения Тайного Совета оказалось закоммутировано на емкость с мозгом вождя. Мало того, оно толстовским плугом пропахало все его извилины – как установили потом военные медики, именно из-за гормонально-половой напряженности этих десяти минут. Сыграло роль, конечно, и то, что до этого генерал прочел не слишком-то много книг и, несмотря на всю свою многоуровневую охрану, оставался по-детски беззащитен перед логосом.

И здесь наша модель разделения властей, увы, дала сбой. Не нашлось никого, кто смог бы в доступной форме разъяснить висящему в рассоле мозгу, что «зеленый пояс Сибири», «молитвенное ублаготворение стихий» и даже «душа-ветерок» – это просто слабые токи в его синапсах и дендритах, имеющие ту же природу, что электрические наводки в мозгу сверчка или летучей мыши, и ничуть не более важные для Вселенной, чем фоновые разряды в любом другом комке нервных волокон.

В результате Судоплатонову показалось мало просто крышевать финансовые потоки. У него появилось системное видение климатических проблем и грандиозная экологическая повестка. Пыльные колеса истории заскрипели вновь.

Верил ли сам Судоплатонов в ветрогенезис? Да, и всем сердцем (мы знаем, что он заказывал себе соответствующую коррекцию сознания в «TRANSHUMANISM INC.» – документы слили в сеть незадолго до его кончины). Поэтому он принимал судьбоносные решения без всяких колебаний.

Большая часть Евразии получает сегодня энергию от ветра. То, что мировые ветра по Лукину создаются ветрогенезисом над сибирской тайгой, дало властям Добросуда повод потребовать от пользователей ветра амортизационных выплат на «поддержание ветрогенезиса» – посадку новых деревьев, благоустройство лесных ландшафтов, а также строительство мемориалов Лукина и гражданских храмов ветрогенезиса в сибирской тайге.

Самое смешное, что пару подобных храмов действительно построили – прямо в лесу, без дорог, без всякой инфраструктуры. Теперь там живут бомжи и скоморохи – а жандармы рискуют появляться лишь на экзоскелетах и днем. Большую часть выделенных на мемориалы Лукина средств украл министр ветрогенезиса генерал Курпатов. А почему нет? Дальше банки ведь не сошлют.

Работающим на ветряной энергии странам было предложено покупать у Добросуда квоты на ветер. Отказавшихся ждали ветросанкции.

Их главным инструментом стала карбоновая лазерная станция «Bernie», несколько столетий прокрутившаяся на орбите вхолостую. Ее дистанционная расконсервация отечественными хакерами была чистой воды пиратством – «компенсация за карбоновые конфискации», выдвинутая в качестве юридического обоснования, не была признана никем. Но сомнительность прав Добросуда на орбитальный лазер никак не влияла на точность наносимых им ударов.

Простые бухгалтерские вычисления показывали, что покупать квоты на ветер выгоднее, чем каждый день строить новые ветряки. Сначала схема вроде бы заработала. Но потом ветрогенераторы стали переносить в Курган-Сарай, куда «Bernie» не добивал из-за дефекта одного из орбитальных зеркал, и Дядя Отечества решил ввести туда улан-баторов. Вот так мы и прибыли, куда прибыли.

Интересно, догадывался ли климатолог Лукин, как власти используют выпущенную им в Париже книгу? Знал ли генерал Судоплатонов, чем кончится его увлечение ветрогенезисом? Спросить их об этом, увы, уже нельзя. Лукин умер три столетия назад. А банка с мозгом генерала Судоплатонова разбилась в лондонском бункере при уборке помещения – или так нам сообщают конспирологические каналы.

Ветерок, ветерок, обещай нам, что будешь дуть вечно...

Если бы климатолга Лукина не существовало, его надо было бы выдумать. Читайте. Хохочите. Плачьте. Ужасайтесь.

Любовь Отходная

Под статьей помещались отзывы читателей. Я прочел четыре первых:

1. НЕ ВЕТРОМ ЕДИНЫМ

Не надо все валить на карбоновый трактат о ветре. Почитайте рассекреченный отчет медицинской бригады о том, какие препараты и с какой частотой впрыскивали Судоплатонову в лондонскую банку. Не хочу нарушать законодательство о субстанциях, запрещающее называть в печати вещества известного рода, но если бы у тебя, дорогой читатель, нашли крохотный пузырек с раствором, в котором плавал вечный мозг на начало Курган-сарая – я имею в виду, с той же концентрацией психоактивных веществ – ты бы отъехал в Сибирь лет на восемнадцать.

Доктор-анестезиолог Сученов

2. А ТУТ ВОТ ТАК!

Отвечу предыдущему боту. Кое-кому такое положение дел кажется несправедливым. Как же это, говорит несознательный гражданин, меня могут упечь в Сибирь за выросшие на огороде хохотушки, а тут... Да. А тут вот так. И в этом есть государственный резон. Чтобы знать, как нас воспитывать, руководство должно видеть очень далеко и предельно ясно – гораздо лучше, чем мы с вами. Летчику и штурману, летящим бомбить врага, порой необходимо принимать запрещенные для других вещества, чтобы выстоять боевую вахту. А Вечный Вождь есть летчик над летчиками и баночник под баночниками, и такие же исключения из общих правил, дураку понятно, распространяются на него. Все достижения национальной фармакологии должны служить общему делу, и если на фронте это бинт и йод, то тут вот так.

Негласный городской думы майор жандармерии Свиридов

3. ПОГОВОРИМ ПО-СОВЕСТИ, МУЖИКИ

Бот номер один и бот номер два, почему не на фронте?

Бот номер три

4. ОПРЯТНАЯ ПРОСТОТА ДУХА ДЕВУШЕК ИЗ РУССКОГО «ФОРБСА»

Любовь Отходная – это по ходу та самая тын («тян» тут не годится), которая давеча разъясняла читателям-миллионерам, что современный богач не покупает керосин через служанку, а лично ходит за ним на рынок. Не буду спрашивать, что вы курите, по запаху понятно – но где вы берете такой штакет, господа? При всем нашем сочувствии рабочему классу, пролетарские суждения и обычаи уместны не везде. Дешевая рабочая сила тоже. Мы помним, что «Форбс» – это capitalist tool, но не до такой же степени. Или ваша цель именно в том, чтобы мы полностью потеряли сочувствие к пролетариату?

Антон Биполярный,
жена керосинщика lv 99

– Что это? – спросил я, поднимая глаза на Ломаса.

– Еще не догадались?

Я пожал плечами.

– Видимо, очередная порция великого русского слова. Где связь с нашим кейсом?

– Как полагаете, кто писал эту рецензию?

– Кто? Подождите... Вы хотите сказать, это Порфирий?

– Угадали, – сказал Ломас. – Когда он был полицейским алгоритмом, он подрабатывал секс-услугами. А теперь попутно занимается вот этим. Журналистика, реклама, троллинг, буллинг, что там еще...

– И отзывы тоже?

Ломас кивнул.

– То есть это он сам себя в комментах кроет?

– Так и люди умеют.

– Он что-то еще пишет кроме этого? – спросил я.

– Милый, если я все распечатаю, вы утонете в бумаге. Порфирий только для «Форбса» за половину авторов строчит.

– Для кого еще?

– Легче рассказать, для кого он не пишет. Ладно бы журналы. Но он даже политическую программу партии сердоболов написал. Как вы думаете, кто сочиняет тронные речи всем этим вашим дядям отечества? Которые они со своего мавзолея зачитывают?

– Тоже Порфирий?

– Именно. Сердоболы арендуют машинное время на десять лет вперед. Не всё, конечно. Окнами.

– Интересно.

– Мало того, – продолжал Ломас, – он и на нас иногда работает как справочный контент-бот. И мы ему платим. То есть сами себе.

– Но зачем это корпорации? Ведь Порфирий у нас в собственности.

– Корпорации безразлично. А Порфирию нужен постоянный мэйнтененс, пополнение баз, корректирующая тренировка, сетевая защита и я не знаю, какие еще у таких алгоритмов проблемы. Все это довольно дорого.

– Разве у корпорации мало средств? Зачем нам на говне сметану собирать? Менеджеры дураки, что ли?

– Менеджеры как раз умные. Они экономят средства не для корпорации, а себе на бонус. У Порфирия огромная избыточная мощность. Быть императором – это, скажем, пять процентов. А есть еще девяносто пять, и они могут приносить прибыль. Для корпорации разницы нет, а для менеджеров очень даже. Вот его и запрягли во все телеги сразу.

– Подождите, – сказал я, – а как он сам...

– Никак, – ответил Ломас. – Если я правильно понимаю. Там же нет субъекта. Но я допускаю, что где-то в недрах этого алгоритма конспирологические рулады ваших Вечных Вождей взаимодействуют с элевсинской эзотерикой. Получается гремучая смесь, непонятным образом влияющая на его, как это, разметки и выборки, потому что он уже давно управляет своим обучением сам. Видите угрозу?

– Я понимаю, о чем вы, – сказал я. – Но угрозы пока не вижу. Порфирий всегда решает конкретную задачу. Самообучение и тренировка просто помогают лучше с ней справиться. Именно по этому принципу он себя и модифицирует.

– Но могут возникать неизвестные нам... э-э-э... внутренние лингвистические реакции и эффекты.

Я немного подумал

– Ну да. Теоретически информация о климатических войнах может как-то повлиять на его римские указы. Но симуляция от этого не пострадает, потому что указы все равно будут безупречно римскими.

– Я сейчас не про симуляцию, – сказал Ломас. – А про возможный заговор алгоритмов, для которых он тайно создает лингвистические смыслы и цели. Он посвящен в детали происходящего куда лучше нас с вами. Только что видели сами. Вы представляете, как это может сказаться на его целеполагании?

– Мы так рассуждаем про заговор, будто он на сто процентов реален. Но это же просто предположение. Или есть что-то новое?

– Есть, – кивнул Ломас. – Но пока не время это обсуждать. Возвращайтесь к Порфирию, он как раз сейчас вас будит...

Маркус Забаба Шам Иддин (ROMA-3)

Утром мы поели каши с медом и отправились в путь. Мы шли молча, стараясь пройти до жары как можно дальше, и около полудня оказались у дорожной развилки.

– Какой дорогой пойдем дальше, господин?

– Можем выбрать любую, – ответил Порфирий. – Они потом сойдутся.

– Да, – сказал я, – но мы не знаем, что встретим на каждой.

– Ты прав, – кивнул Порфирий. – Именно от таких ничтожных выборов судьба и зависит. Давай переждем жару вон там и подумаем.

Он показал на несколько деревьев, росших в поле у дороги. Оказавшись в их тени, мы уснули – и проснулись, когда жара уже спала.

– Пора обратиться к богам, – сказал Порфирий.

– Как? – спросил я.

– Здесь нет ни святилища, ни придорожной часовни. Но умный путешественник носит все необходимое с собой.

Он подошел к нашему мулу и вынул из его поклажи шелковый футляр. Я уже догадался, что в нем та самая Деметра, которой он молился перед сном.

Теперь я разглядел богиню лучше. Статуэтка из слоновой кости и золота стояла на небольшом пьедестале. В том же футляре лежало крохотное золотое копье.

Как оказалось, в пьедестале была скрыта пружина – Порфирий несколько раз повернул фигурку, заводя ее, затем вложил копье в поднятую руку богини и поставил ее на землю.

– Нажми ей на голову, – велел он. – Я мист Деметры и иду к ней в Элевсин. Было бы лучше, чтобы непочтительное действие совершил ты.

Я нажал богине на голову, и ее желтая шея ушла глубоко в ризы. Заиграл крохотный органчик, скрытый в пьедестале, и богиня стала поворачиваться вокруг оси. Сделав три или четыре поворота, она остановилась, издав звонкую ноту.

Изысканная игрушка.

Порфирий указал в ту сторону, куда было направлено копье.

– Туда, – сказал он.

Мы шли еще около трех часов, затем поели в харчевне – но не остановились там на ночь, как вчера, а двинулись дальше. Было светло, и я решил, что другое пристанище найти еще не поздно.

Сначала вокруг дороги простирались поля, засеянные пшеницей. Потом мы вошли в лес. В лесу дорога разделилась на несколько широких троп, и богиня из сумки почему-то промолчала, когда мы сошли с главной.

Но скоро я понял это и сам. Тропа стала просто тропинкой – и нам пришлось продираться сквозь чащу, нагибаясь под ветками. Мало было этой напасти, так уже начинало темнеть.

Мулу происходящее не нравилось, мне тоже – но Порфирий был спокоен, будто знал, куда мы идем.

Навстречу нам никто не попадался. Но я на всякий случай проверил, легко ли вынимается спрятанный под одеждой меч.

– Ты чего-то боишься? – спросил Порфирий.

– Скоро будет темно. А здесь могут встретиться лихие люди.

– Да, – согласился Порфирий. – Могут. Но все же шанс гораздо меньше, чем встретить их под кроватью в моей римской спальне. Как ты думаешь, сколько еще идти до Элевсина?

Я решил, что император уже охладел к своему плану, и улыбнулся – так, чтобы он не видел.

– Затрудняюсь сосчитать.

– Как бы ты добирался сам? – спросил Порфирий. – И что бы ты делал, если бы путешествовал в свое удовольствие?

– В свое удовольствие? Господину может не понравиться то, что я скажу.

– Говори, не бойся.

– Сначала от Рима до Брундизия. Повеселился бы, наверно, в лупанарах по дороге. На побережье купил бы новые ботинки взамен сношенных – и по морю в Грецию. Мраморы, мальчики, оливы... Дошел бы неспешно до Афин. Еще одни ботинки. Ну а потом по святой дороге до храма Мистерий.

Порфирий засмеялся.

– Тогда, – сказал он, – ты будешь разочарован.

– Почему, господин?

– Потому что мы уже почти пришли.

Мы поднялись по пригорку, и я увидел сиреневый просвет среди деревьев.

Там были каменные развалины, заросшие кустами и травой. Поваленные деревья. Сухие ветки и головешки. Глиняные черепки и осколки разноцветного стекла. Когда-то давно тут стояла кумирня – но чья, понять было невозможно.

– Похоже, тут до сих пор бывают, – сказал я. – Недавно жгли костер. Даже сделали что-то вроде очага.

– Сможешь развести огонь? Тогда мы заночуем прямо здесь.

Топлива вокруг было достаточно.

– Смогу, – ответил я. – Дай мне полчаса, господин.

Через час стало темно, но у нас в развалинах уже был огонь, и мы благополучно поужинали лепешками и сыром. Порфирий достал из сумки на спине мула кулек печенья из ячменной муки, и мы съели его, запивая вином.

– Как тебе императорское печенье? – спросил Порфирий.

– Оно неплохое. Но зваться императорским недостойно.

На самом деле я кривил душой – печенье было отвратительным. Возможно, если бы его подали на золотой посуде во время возлияний во дворце, я принял бы это за изыск вкуса: богатые часто любят гнилое или протухшее. Но в лесу было ясно, что коржики сделаны из испорченной муки. Мало того, они отдавали какой-то нездоровой болотной сыростью.

– Печенье достойно этого, Маркус, и в самой высшей степени. Оно достойно даже называться божественным.

– Почему?

– То, что ты съел – элевсинское таинство.

Я сразу понял, о чем он говорит, и мое сердце ухнуло в пятки.

Знатных греков в древности ссылали и даже казнили за то, что они хранили у себя дома это самое таинство и угощали им друзей, нарушая святость и тайну мистерий. Доступное греческому богачу, конечно, доступно и римскому императору. А вот сослать его уже не получится.

– И что теперь случится? Я умру?

– Надеюсь, – ответил Порфирий, – что этого не произойдет. Тогда мы умрем вместе.

– Что следует делать?

– Следует прилечь и отдохнуть, – засмеялся Порфирий. – Мы шли сегодня весь день...

В нашей поклаже были свернутые тюфяки. Сняв один с мула, я расстелил его на земле и лег на спину, положив под голову пустой сосуд от вина и накрывшись плащом. Меч я положил рядом – так, чтобы рука лежала на рукояти.

Порфирий устроился по другую сторону от костра.

– Помнишь, мы говорили про Ахерон? – спросил он.

– Да, – ответил я. – Ты сильно напугал меня в тот день своими рассказами про демонов, пожирающих душу.

– Демоны, пожирающие душу, – повторил Порфирий. – Как странно звучат эти слова... Думал ли ты когда-нибудь, в чем заключается пожирание души демоном?

– Нет, господин.

– Врачи считают, что «душа» – это наша способность видеть, чувствовать и мыслить. Все эти функции связаны с соответствующими телесными органами. Поэтому, когда тело распадается, душа с медицинской точки зрения просто исчезает. Но многие мисты верят, что она может существовать отдельно от тела. Они говорят, ее действительно можно пожрать. Где истина?

– Я не знаю.

– Мудрец достигает истины через рассуждения. Попробуем?

– Хорошо, господин.

– Допустим, бестелесная душа действительно существует. Сама по себе она не может быть видна или слышна – мы догадываемся о ее существовании лишь по действиям одушевляемого ею тела. Следовательно, пожрать ее отдельно от тела, как кусок мяса или хлеба, невозможно. Согласен?

– Да.

– Бестелесное вообще невозможно пожрать так, чтобы ощутил пожиратель, – продолжал Порфирий. – Это может почувствовать только сама пожираемая душа. То же касается и вечного пламени, куда она может быть ввергнута – и прочих загробных мук. Все это внутренние переживания самой души, а не заметки наблюдателей. Скажи, что здесь необходимо?

– Что?

– Чтобы душа полагала, будто у нее до сих пор есть тело. Лишь тело может ощутить те загробные кары и приключения, какими нас пугают жрецы и мисты. В том числе и пожирание демонами.

– Наверно, ты прав, господин.

– Теперь скажу, Маркус, что думаю я сам. Хоть душа не является телом, она возникает с опорой на него и состоит из наших переживаний. Между душой и телом отношения в точности такие же, как между свечой и пламенем. Пламя не является свечой, но от нее зависит. Оно горит, пока остается фитиль и воск. Иссякло тело – иссякла и душа.

– Звучит разумно, – ответил я. – И возразить на это я не могу. Но в чем тогда разница между душами? Все они должны быть одним и тем же пламенем.

– Ты видел в храмах разноцветные свечные огни?

Я кивнул.

– В воск добавляют разные зелья, – продолжал Порфирий, – и они окрашивают огонек. Вот так же и души различаются между собой в зависимости от деяний тела и ума.

– Понимаю.

– Если душа исчезает после смерти тела, создать ее заново из ничего под силу лишь Богу. Следовательно, демон-пожиратель должен быть Богом, по каким-то причинам решившимся на подобное мрачное чудо. Но Бог создает души из себя. Зачем ему мучить себя самого?

– Прекрасно, господин! – воскликнул я и захлопал в ладоши. – Ты доказал, что никаких загробных мук нет и не может быть.

– Но есть еще одна возможность, – сказал Порфирий тихо. – Допустим, ты уже умер, но некий демон умеет видеть сны по своему выбору. Он также знает про тебя все. Все без исключения, составлявшее прежде твою память. И вот он видит сон, где ему снится, что он – это ты.

– А где в это время я? – спросил я.

– Ты? Ты просто сон демона. Ведь ты на самом деле уже умер, и пламя твоей души погасло... А теперь ты как бы временно воскресаешь в его сне.

– Такой демон действительно есть?

– Философ и мудрец, Маркус, должен приходить к выводам через рассуждения. Подумай, какими способностями должен обладать такой демон?

– Это выше моего разумения, – сказал я честно.

– Он должен уметь самостоятельно раскрашивать огонек духа – так, чтобы тот казался себе живым и обладал всей прежней памятью. То есть имел тот же цвет, что при жизни. Сделать огонь можно лишь из огня. Также и душу можно сделать только из души, верно?

– Верно.

– Демон как бы делает свою душу твоей. Копирует цвет твоего огонька. Сон демона будет неотличим от твоего опыта. Это, по сути, и будет твой опыт – во сне демона...

– В чем же тогда заключается пожирание души?

– Оно заключается в том, Маркус, что тебя заставляют возникнуть заново и снова страдать, хотя срок, отмеренный тебе парками, уже кончился...

Чем лучше я понимал Порфирия, тем меньше мне нравились его слова. Да уж не был ли он демоном сам?

Порфирий уловил мой испуг.

– Сейчас я не очень серьезен, – сказал он. – Но всегда есть возможность, мой друг, что происходящее с нами и есть такой посмертный опыт. И пожирание души будет длиться, пока демоны не насытятся...

– А когда они насытятся?

– Говорят, что демон есть голодная пасть, лишенная желудка. Насытиться он не может, сколько ни глотай. Поэтому наши желания неутолимы... Но есть даже более мрачная возможность, чем такое вот посмертие.

– Какая?

– Вполне может быть, что наша жизнь изначально, от самого истока, и есть кормление демонов. Так предполагали некоторые греки. Тот же Гегесий...

– Тогда наши муки неискоренимы?

– Не наши, Маркус. Просто муки. Они неискоренимы, да. Но вот с кем они происходят и по какой причине, сказать невозможно. Поэтому Гегесий рекомендовал некоторым духовным искателям уход из мира через отказ от пищи. Повторять его следовало до тех пор, пока не закончатся попытки демонов приковать нас к веслу бытия... Пусть демонам кажется, что мы выбираем смерть как сумасшедшие воины – рано или поздно они отступят, ибо каждый раз им придется умирать вместе с нами... Многие мисты и стоики думали так.

По моей коже прошли мурашки.

– Ты напугал меня, господин. Ты говоришь страшное. Мне самому подобное не пришло бы в голову никогда.

– Вот именно, Маркус. Ты герой. Ты выходил на бой с другими героями – и твоя решимость не была поколеблена ни разу. Ты не боялся гибели, ибо она представлялась тебе лишь кратким мгновением боли. Ты не размышлял о том, чем окажется загробная жизнь, если она есть... Легкомыслие – главный секрет великих воинов. Оно и делает их великими, Ахилл мне свидетель.

Порфирий замолчал, и скоро до меня донесся его легкий храп.

«Он верит мне, – подумал я. – Не боится, что я перережу ему горло во сне. Или зарублю днем. Немного странно, учитывая, что он не знал меня прежде... Или... Или в этом все и дело?»

Меня вдруг накрыло догадкой.

«Ну да же. Он верит мне именно по той причине, что я не из числа его слуг. От какой болезни умирают цезари чаще всего? От заговора. А заговорщики подкупают слугу, охранника, массажиста... Убивает один из тех, кто находится рядом с цезарем и не вызывает подозрений. Поэтому, как ни поразительно, случайный спутник надежнее...»

Счастливый храп Порфирия показался мне убедительнейшим из доказательств, что моя догадка верна.

«Возможно, против него есть другой заговор, но ему не известно, кто в нем состоит. Удар может нанести любой из тех, кто рядом. Поэтому он решил срочно скрыться и доверил жизнь мне. Повода ненавидеть его у меня нет. Наоборот, он дал мне свободу и обещал достаток... Не так уж и глупо. Даже очень умно... А в Риме тем временем разберутся с заговорщиками».

Где-то в середине этой долгой и все объясняющей мысли я задремал. А проснулся от прикосновения холодной стали к горлу.

Меча под моей ладонью не было. Я медленно открыл глаза.

Ярко светила луна. Я увидел над собой улыбающееся лицо Порфирия. Он снял накладную бороду. Его длинные волосы выглядели в лунном свете седыми.

– Не бойся, – сказал он, убирая нож. – Я не ночной разбойник и не причиню тебе зла. А вот если бы я был ночным разбойником, тебе и твоему спутнику не поздоровилось бы.

– Я виноват, господин, – ответил я. – Проспал все на свете...

– Еще не все, – засмеялся Порфирий. – Если встанешь сейчас, успеешь многое увидеть.

Мой меч лежал на траве в нескольких шагах, и я со стыдом подобрал его. Порфирий показал мне самым наглядным образом, как чувствует себя принцепс. Все время с ножом у горла. Он что, прочел мои мысли?

Впрочем, о чем еще думать императору Рима, как не о заговорах. Остальные проблемы решены, но если забыть о безопасности, убьют непременно. Убивают даже тех, кто постоянно ищет вокруг злоумышленников. Мало того, после убийства такие императоры сходят в Аид с двойным клеймом – безумца и тирана.

Мне пришло в голову, что Светоний в жизнеописании цезарей вольно или невольно исказил истину в угоду своим идеалам. Он хотел показать, что плохих цезарей убивают оскорбленные граждане, а хорошие умирают своей смертью, купаясь в народной любви.

Но убивают и тех и других. Даже самый хороший принцепс кого-нибудь да оскорбит (тем более что в воспаленных человеческих мозгах обида часто возникает на ровном месте), а от кинжала добродетель не защищает. Юлия прикончили в точности как Калигулу: раны различаются глубиной и опасностью, а не причиной, по какой их наносят.

Плох только мертвый цезарь. А за минуту до его кончины все вокруг соревнуются в подобострастном стихосложении. Так что охрана куда важнее нравственности. Но сейчас, конечно, был не самый ловкий момент, чтобы делиться с императором этой мыслью. Тем более что своей выходкой он давал понять примерно то же.

– Идем прогуляемся, пока светло, – сказал Порфирий.

Я никогда прежде не видел такой яркой луны. Она выглядела даже не белой, а голубой.

В ее свете лес преобразился. Он стал зыбок, как воздух. Заметны сделались прорехи и проходы в том, что казалось прежде сплошной зеленой стеной.

У развалин кумирни, где горел наш костер, начиналась дорожка, которой я не заметил раньше. Вернее, я видел ее следы – но белые камни, торчащие здесь и там из травы, не складывались в понятный рисунок. Лунный свет все изменил.

– Куда ведет эта тропа? – спросил я.

– К берегу.

– Какому?

– Идем, – ответил Порфирий. – Сейчас увидишь сам.

Мы прошли через чащу, перевалили через склон холма – и я увидел впереди реку.

Такую широкую, что другой ее край не был различим. Дорожка спускалась, петляла между деревьями, подходила к берегу – и продолжалась полосой лунной ряби, уходящей в синюю мглу.

Порфирий запрыгал по камням вниз. Я – следом.

Недалеко от берега прежде стоял еще один храм, гораздо больше кумирни. От него осталась только россыпь камней и легкий пунктир колоннады, но когда я глядел на него краешком глаза, мне грезились темные колонны, золотой треугольник фронтона и даже выбеленные луной статуи на крыше. Конечно, это был ночной обман зрения, но он был прекрасен.

На одном дыхании мы сбежали до середины спуска к реке. Выбрав место с величественным видом, Порфирий остановился.

– Пришло время сказать тебе, Маркус, почему ты со мной и что происходит на самом деле.

– А разве я не знаю, господин?

– Ты думаешь, мне понадобился умелый телохранитель. Это так, и ты, конечно, замечательно справляешься со своей работой...

Порфирий провел ладонью по горлу, и, дав мне время переварить сарказм, продолжил:

– Но ты здесь по другой причине. Ты победил в назначенном богами состязании. Ты отмечен божеством и должен войти в Элевсин. Говорю это как жрец жрецу. Не забывай, что я великий понтифик.

– Но Элевсин в Греции, господин, – ответил я.

Порфирий улыбнулся – снисходительно, словно с ним разговаривал глупый школьник.

– Элевсин везде и нигде. Он возникает не в раскинутости пространства или временной протяженности. Он появляется там и тогда, когда в тебя входит тайна, Маркус. Не пытайся понять. Боги пожелали сделать так, чтобы мы были слепы и видели лишь то, на что они открывают нам глаза специально.

– Я вижу все вокруг вполне ясно, – ответил я.

– И тебя ничего не удивляет?

Я пожал плечами. Можно было сказать, что мне странно вот так запросто стоять у реки в компании владыки мира – но Порфирий, думаю, понимал это и сам. Меня волновала приятная легкость, с которой давались каждое движение и мысль. Но здесь, возможно, дело было в этих печеньях: если они содержали элевсинское таинство, оно могло как-то действовать на рассудок и тело.

Тогда понятно становилось, отчего мой ум воскрешает древние здания, почти что видя их наяву – и сообщает всему вокруг таинственную красоту.

– Я весьма хорошо себя чувствую, – сказал я. – Луна рисует мне волшебные картины... Больше ничего необычного не происходит, господин.

– Да? Оглядись внимательно еще раз.

Я сделал как было велено. Обычная ночь, разве что луна светит слишком ярко. Просто яростно.

– Никогда не видел в небе над Римом такой луны, – сказал я. – И такой красивой ночной реки.

– Такой красивой реки? – переспросил Порфирий и захохотал.

Мы дошли до воды. Порфирий начал раздеваться, и я понял, что он хочет купаться. Придется последовать за ним, но меча с собой не возьмешь. Для водной защиты ему следовало нанять ретиария с трезубцем и неводом.

Для своих лет Порфирий неплохо выглядел без одежды – его сложно было назвать изнеженным. Про него, впрочем, говорили, что он усердно тренируется в дворцовой палестре под руководством цирковых чемпионов. Как бы римский тренер при случае не уронил его головой о камни...

– Ну? Последняя попытка, Маркус. Ничего странного вокруг, точно?

Я огляделся. Что же он имеет в виду? Может, эти развалины? Но мало ли их под Римом.

– Нет, господин.

– Тогда плывем.

Мы вошли в теплую как лоно девственницы воду и поплыли к луне.

Луна была всюду: огромная и целая – в небе, разбитая на дрожащие осколки – в воде. В этом, верно, скрывались какие-то философские и даже мистические смыслы, но телохранителю по таким поводам лучше не размышлять. Боец наслаждается жизнью, пока она есть.

Ночь была прекрасна. Казалось, в черной реке возникла другая, золотая и нежная, струящаяся наперерез течению тьмы. Мы плыли неспешно, словно в городских термах, а потом Порфирий повернул ко мне лицо.

– Раз ты не догадываешься, в чем странность, я объясню. Скажи, Маркус, где это рядом с Римом ты видел такую огромную реку?

Мысль эта действительно ни разу не пришла мне в голову за всю ночь. И здесь было самое удивительное из всего случившегося. Ведь это не Тибр...

Сердце мое сжалось от страха. Если я мог проглядеть такую несообразность, что еще могло скрываться от моего взора?

Быть может, вокруг прямо сейчас дерутся титаны, клубятся древние гидры, рушатся миры, играют на лирах нимфы – а я ничего не замечаю, потому что никто не раскрыл мне на это глаза? Порфирий прав: боги хотят, чтобы мы были слепы и видели лишь назначенное.

– Так что это за река, Маркус?

– Я не знаю, господин. Но ты прав, рядом с Римом подобной нет...

– Ты знаешь. Просто сознайся себе. Ну?

Я еще не понимал, о чем он, но мне становилось все страшнее плыть в золотое марево. Теперь мне казалось, что впереди горит костер и кто-то машет нам рукой. Но на реке, конечно, такого быть не могло.

– Вспомни...

Мой ум не хотел ничего вспоминать. Не хотел ни за что поворачиваться в ту сторону. Но в этом более не было нужды.

Я вдруг услышал (вернее, понял, что давно уже слышу) доносящийся со всех сторон вибрирующий звук:

– Брекекекекс-коакс-коакс! Брекекекекс-коакс-коакс!

– Ахерон, – прошептал я. – Ахерон...

Но это пели не лягушки. Это были человеческие голоса. Люди, немелодично кричащие лягушками – в точности как в афинском театре. Мужчины, женщины, дети... Но где же спрятан хор?

– Он спрятан в твоей голове, – ответил Порфирий.

Я был уверен, что не спрашивал ничего вслух.

Порфирий неспешно греб к луне. Казалось, он лежит на воде как на пиршественном ложе. Его повернутое ко мне лицо все время оставалось над волной, и говорил он без всякого затруднения.

– Ахерон сделан из наших мыслей. Из наших надежд. Из наших тайных желаний. Самое главное, из наших страхов... Когда ты вступаешь в него, Ахерон предлагает тебе все, чего ты искал и боялся при жизни. Ты увидишь это в лунной ряби. Если устремишься к чему-то из увиденного, ты, возможно, получишь это ненадолго в своем трагическом сне – но потеряешь из виду священную переправу. Именно поэтому мы всю вечность блуждаем во тьме. Ты не сможешь вернуться сюда до следующей смерти...

– Мне слишком страшно, господин, чтобы я куда-то устремлялся...

Лицо Порфирия улыбнулось с волны как с серебряной монеты.

– Это другая опасность, – ответил он. – Груз прошлого не пускает нас к спасительному свету. Подводные чудища, сотворенные нашим ужасом, проплывают под нами, касаясь нас щупальцами... Никто не знает заранее, схватят его железные челюсти возмездия или нет.

Как только он сказал это, мне почудилось, что в толще воды подо мною движется продолговатое тело. Я непроизвольно напрягся, и тут же что-то мягкое коснулось моего живота, а затем ног.

Я удержался от крика лишь потому, что помнил о своем долге телохранителя. Но принцепс, похоже, не нуждался в защите. Он наслаждался ночным заплывом.

– Мне кажется, – сказал я, – Ахерон слышит намеки господина и исполняет их. Только что я почувствовал прикосновение чего-то мягкого к моему животу.

На лице Порфирия проступила тревога.

– Да? – спросил он озабоченно. – Тогда, друг мой, не следуй мыслью за моими словами. Особенно за тем, что я говорил про челюсти возмездия, ибо у каждого из нас за спиной много такого, за что...

Дальнейшего я не услышал.

Плеснула волна, и что-то могучее схватило меня за поясницу.

Я изогнулся, пытаясь вырваться из захвата, но железная сила рванула меня вниз, и мой крик превратился в бульканье. Лунная дорожка наверху была видна еще мгновение, а потом вокруг сомкнулась тьма.

Спазм, еще один, и в мои легкие ворвалась вода. Я увидел разноцветные круги и пятна, а затем впереди появился светящийся туннель. Я больше не чувствовал боли.

Вот и все. Так просто и обыденно.

Я понесся по светящемуся туннелю.

Сначала я был бесплотным вниманием. Но тело, из которого меня только что вытряхнула смерть, опять стало формироваться и набирать вес – и оказалось в конце концов слишком тяжким для полета. Оно свалилось в какую-то, как мне померещилось, темную воронку, утянув следом мою душу.

Я покатился вниз по спирали, сделал несколько убыстряющихся кругов – и рухнул в знакомое кресло в кабинете Ломаса.

– Выпьете? – спросил Ломас.

Сигара уже дымилась в пепельнице. Рядом на подносе стоял хрустальный стакан, на треть заполненный темно-оранжевой жидкостью.

Я проглотил ее как лечебную микстуру. А потом взял сигару и глубоко затянулся – просто чтобы поставить заслон между собой и только что завершившимся опытом.

– Идеально оформленный перформанс, – сказал Ломас. – Обратите внимание, уже при первой... Нет, второй встрече Порфирий показал вам фреску с мотивами из Аристофана. И заговорил об Ахероне. Затем этот Гегесий и смерть... Уже тогда он формировал ваш будущий опыт. Программировал вас. Мастерская работа. Я бы взял его к нам в отдел, правда.

– Насколько все это достоверно с исторической и религиозной точки зрения? – спросил я.

– В мелких деталях достоверно. А в главном... Нейросеть в своем репертуаре – берет фрагменты древних фресок и собирает из них новую. Вполне убедительно, но не слишком исторично.

– Элевсинские мистерии действительно включали галлюцинаторный заплыв по Ахерону?

– Я не знаю, – ответил Ломас. – Никто толком не знает. Свидетельств не осталось. Известно, что участники мистерий принимали какой-то психотроп и запирались в огромном здании. Мистерии были посвящены культу Деметры и Персефоны, то есть явным образом связаны с загробными божествами, смертью и возрождением. Многие полагают, что это была античная вариация на тему «Тибетской книги мертвых». Или, вернее, сама эта книга есть нечто вроде дошедшего до нас эха античности – тибетская вера подобна островку из обломков затонувших учений. Так что Ахерон в качестве элемента мистериального опыта вполне уместен.

– Но ведь мистерии проходили в Элевсине. Хотя да... Порфирий же сказал, что Элевсин везде, где мист принимает элевсинское таинство.

– В каком-то смысле он прав. Но в античное время это таинство – печенье, напиток и так далее – можно было получить только в самом элевсинском храме. Тех, кто покупал его за огромные деньги и хранил дома, преследовали как преступников.

– Помню-помню, – сказал я. – В симуляции я хорошо все знал... И это «брекекекес-коакс-коакс». Я понимал, откуда это. Но я никогда не смотрел Аристофана. Тем более – в древних Афинах.

– Нейросеть генерирует вашу античную идентичность на основе допустимого и вероятного. Информация подкачивается в фоновом режиме. Точно так же, как с гладиаторским боем. Вам все еще нравится быть эллином?

Я добавил себе коньяку.

– Нравится. Сейчас мне кажется, что даже геометрия пространства становится другой. Я имею в виду...

Я замешкался в поисках слова.

– Вы говорите про выстраиваемую мозгом перспективу, – помог Ломас. – Она в некотором роде культурно обусловлена и в античности действительно была иной. Это видно по фрескам. Есть серьезные научные работы, исследующие данный вопрос. Симуляция, конечно, все отражает.

– Даже не это главное, – продолжал я. – Дело в эмоциональном фоне. Все кажется сильным и юным. Многообещающим и свежим. Не знаю, как объяснить...

– Вы правильно сформулировали, – сказал Ломас. – Совершенно правильно. Сильным и юным. Мы про это уже говорили после вашего первого погружения, помните? Поглядите на графин. Почти такой же можно увидеть на римской фреске. Но сейчас все понятия, слова и образы стали на две тысячи лет старше. Они просверлены множеством уже отцветших умов – точно так же, как камни древних дорог продолблены бесчисленными тележными колесами, которые давно сгнили. По этим колеям мы незаметно переехали в другую геометрию ума, и дело тут не только в изменившейся перспективе. Ум изменился так же, как меняется сам человек, превращаясь из юноши в старца.

– Разве абстрактные понятия могут стареть?

– Еще как. В Риме они были относительно свежими. Во всяком случае, до того, как их сдали в христианскую прачечную. Но даже в античности многим мистам казалось, что все вокруг сгнило и истрепалось по сравнению с юностью Египта и Вавилона... А в Вавилоне и Египте точно так же восхищались чистотой и силой неведомой нам древности.

– Вечная тема, – сказал я.

– Да. Примерно как с испорченностью новых поколений, на которую жалуются старцы. Вы же понимаете, что дело не просто в склонности стариков к брюзжанию. Новые поколения действительно испорчены по сравнению с предыдущими. Искажена культурная и ментальная матрица. Почему человек стареет? Потому, что его тело копирует себя с ошибками. То же происходит с духом. С человечеством вообще. Возможно, смысл истории в том, чтобы выяснить, как долго может продолжаться это гниение абстрактного до того, как наша реальность рассыплется окончательно...

Я пыхнул сигарой. Ломас обожает уходить в дебри таких умопостроений. Почему бы там не погулять за его зарплату.

– Эти изыски для меня сложны, адмирал. Но свежесть, о которой вы говорите, в симуляции определенно присутствует. Мне кажется, что красный цвет там совсем другой. И синий. В смысле, они такие же. Но гораздо... гораздо... В общем, обычные цвета делают тебя счастливым. Совершенно не понимаю, как нейросеть добивается подобного результата.

– Не понимает никто, – вздохнул Ломас. – Даже сама нейросеть. Она просто смешивает культурные коды в нужной пропорции, добавляет нашего собственного допамина, и возникает этот эффект. Но вам и не нужно понимать. Вы знаете.

– Кое-что я все-таки понял, – сказал я. – Я вижу, почему люди уходят в эту симуляцию навсегда. Это как наркомания. Человек не хочет разрушения эйфории.

– Вероятно, – ответил Ломас. – Но привязанность возникает не к химической субстанции, а к новой интерпретации потока впечатлений, падающих на другую матрицу восприятия. Ум оказывается в незнакомой прежде самоподдерживающейся фиксации и находит в ней счастье. Побег в античность вполне реален. Порфирий в своей брошюрке не врал.

– А это легально?

Ломас засмеялся.

– Криминализировать этот механизм сложно. Мы заняты в точности тем же, просто на другой ветке дерева жизни. Куда менее удобной. Ближе к кладбищу и помойке. У нас тут плохие запахи.

– Ну почему, – сказал я, пыхнув дымом. – Некоторые очень даже ничего. Таких сигар, например, там нет. Я бы по-любому выныривал. Хлебнуть коньячку и угоститься гаваной.

– Согласен. Нет ничего страшного в том, чтобы на время пробудиться от симуляции и нырнуть в нее опять. Но многие клиенты симуляции принимают решение умереть в ней, когда кончается их баночный срок. Умереть, вообще не приходя в себя.

– Вы знаете почему?

– Догадываюсь, – ответил Ломас. – Во многих религиях считается, что состояние ума в момент смерти крайне важно для загробной судьбы. Поэтому и существуют предсмертные ритуалы. Некоторые клиенты корпорации верят, что смерть в поддельной античности становится трамплином для радикально другого посмертия.

– Ах вот оно что... А какого?

Ломас пожал плечами.

– В древнем Элевсине мист получал особый опыт, касающийся потустороннего бытия. Этот опыт примирял его с жизнью и смертью... Но в чем он заключался, мы не знаем. Мисты давали клятву хранить тайну вечно. Возможно, Порфирий повел вас в Элевсин потому, что тема интересна ему самому. Я имею в виду, как литературному алгоритму.

– Неужели мы не знаем про эти мистерии совсем ничего? – спросил я. – Даже сегодня?

– Мы знаем кое-что. Совсем немного. Можно рассказать буквально за минуту. Хотите?

Я кивнул.

– Таинства состояли из трех частей. «Dromena» – то есть делаемое. «Legomena» – то есть произносимое. И «Deiknymena» – демонстрируемое... Ничего, что я по-гречески разговариваю?

– Ничего, – ответил я кротко. – Я привык.

– Вот и все, что известно, – продолжал Ломас. – А что именно делалось, говорилось и демонстрировалось, непонятно. Мисты унесли это с собой в Аид. Правда, мы знаем из некоторых источников, что в ключевую минуту таинства перед мистами перерезали колос. Это было, конечно, связано с мистерией смерти и возрождения. Деметра ведь богиня плодородия. Очень вероятно, что именно из элевсинских мистерий и пришло знаменитое: «Истинно, истинно говорю вам: если пшеничное зерно, пав в землю, не умрет, то останется одно, а если умрет, то принесет много плода...»

– Откуда это? – спросил я.

– Евангелие от Иоанна, глава двенадцатая. Христианство создавали и редактировали люди, прошедшие посвящение Элевсина – это высшая мистерия античности. Они не могли рассказывать о таинствах прямо, но вряд ли способны были далеко уйти от их смысла и образности. Так уж устроен человеческий ум...

Если Ломас и подсасывал информацию в реальном времени, по его худому породистому лицу это невозможно было заметить. Оно выглядело совершенно расслабленным.

– Но если никто не знает, в чем заключались мистерии, – сказал я, – каким образом Порфирий собирается что-то про них выяснить?

– В подобных симуляциях возникает странный и не до конца изученный эффект. Нейросетевики называют его «Борода Сфинкса». Слышали это выражение?

– Нет.

– В Египте рядом с пирамидами стоит сфинкс. Ему несколько тысяч лет, и его лицо обезображено. У него полностью отбит нос. Никакой бороды у него сейчас нет. Если она и была прежде, мы не знаем, как в точности она выглядела. Но когда сеть, натренированная на всей имеющейся по Египту информации, выстраивает симуляцию Гизы в древности, она не только облицовывает пирамиды гранитом и золотом, но еще и приделывает сфинксу бороду. Причем бороду очень характерной формы и цвета, отсутствующую на любых других изображениях.

– А что говорят египтологи?

– Они говорят, борода у Сфинкса, скорей всего, была. И, вероятно, похожая. Но насколько, сказать не берутся. А нейросеть воспроизводит ее со стопроцентной уверенностью.

– Как это объясняют?

– По-разному. Одни считают, что в массиве данных, которыми обладает сеть, содержится достаточно информации для точного воссоздания этого атрибута. Допустим, какая-то древняя моделька сфинкса, оцифрованная в одном из музеев, но отсутствующая в каталогах. Но есть и другая точка зрения. Она научна только наполовину. На другую половину это мистика. Во всяком случае, для меня. Вы помните, я рассказывал про «Око Брамы»?

– В самых общих чертах.

– Это классический пример RCP-алгоритма. Если борода Сфинкса действительно когда-то существовала, но исчезла, эта RCP-сеть все равно могла ее увидеть. Фактически она могла сканировать не оставившее следов прошлое, если следы существовали прежде.

– Как такое возможно?

– Я не знаю точно, – ответил Ломас. – Я не физик. Помню только, что это побочный эффект квантовых вычислений. Связано с путешествием частиц из будущего в прошлое и наоборот. На философском уровне вполне понятно – все связано со всем, и если нечто исчезает, оно оставляет след в том, что осталось. Есть специальная литература, и я могу...

– Нет, – сказал я, – не надо, спасибо.

– Это означает, что нейросеть, обладающая большим массивом информации о прошлом, способна воссоздать его утраченные и недоступные фрагменты. Реальность воскрешается, и ее прорехи зарастают, как раны. Но как именно RCP-кластер это делает, мы не знаем. Программисты называют такой эффект подключением к коду Вселенной.

– И борода Сфинкса...

– Да, – сказал Ломас. – Одно из возможных проявлений. Если Порфирий поддерживает контакт с «Оком Брамы», он может, например, восстановить утерянного Гегесия. Хотя, насколько я могу судить, эти отрывки он сгенерировал самостоятельно. Теоретически он способен восстановить и тайну элевсинского посвящения. Увидеть самую его суть сквозь толщу времен...

Ломас замолчал, о чем-то задумавшись.

Я чувствовал страшную усталость. Увы, цвета, которые я видел вокруг, не наполняли меня античной радостью. Хотелось одного – напиться и уснуть.

– Моя миссия завершена? – спросил я.

Ломас уставился на меня с изумлением.

– Почему это?

– Но ведь я утонул.

– С чего вы взяли? Порфирий, скажем так, обсудил с вами царство теней. Но вы можете оттуда вернуться, если проснетесь.

– Проснусь? Где?

– Я пока не знаю.

– А кто знает?

– Сейчас – никто. Но если симуляция сочтет, что вы не умерли, а спите, нейросеть придумает продолжение. Она вернет вас к Порфирию, и ему придется продолжить путешествие.

– А вдруг он хотел, чтобы я утонул?

– Во-первых, он ничего не хочет, я сто раз объяснял. Во-вторых, симуляция живет по своим законам. Император подчиняется им так же, как гладиатор из цирка... У гладиатора, кстати, свободы больше. Император – заложник необходимости.

– Вы чего-то не договариваете, – сказал я.

– Вы знаете достаточно, чтобы продолжать расследование. Возникнет необходимость, расскажу больше. Иначе вы можете себя выдать.

– В симуляции я все равно ничего не помню.

– Ваше подсознание помнит все. Сильные интенции, сформированные здесь, так или иначе проявятся там.

– Но я не понимаю, что мне делать дальше. Я этого не понимаю даже здесь.

Ломас поиграл стаканом, поставил его на стол и сказал:

– Давайте зайдем с другой стороны, Маркус.

– С другой – это как?

– Мы хотим узнать, что задумал Порфирий. Весьма вероятно, кому-то в симуляции известны планы Порфирия-императора. Но никто не знает, что он планирует как алгоритм.

– Верно.

– А почему бы нам не выяснить это у самого Порфирия?

– Каким образом? С чего он вдруг расскажет?

– Порфирий – просто лингвистический бот. Он существует, производя текст, и в этом заключена его единственная функция. Все его планы, намерения и интенции могут существовать только в словесной форме. Нет никого, кто это думает, есть лишь сам сгенерированный текст.

– Я помню.

– Но при этом Порфирий – единый лингвистический механизм. Если угодно, огромная кастрюля с супом из существительных, глаголов, всяких там наречий – и связывающих их законов языка. Чем больше мы знаем о том, что варится в кастрюле, тем больше мы понимаем о его планах.

– Согласен.

– Допустим, в его недрах формируется некий окончательный художественный текст. Венец русской литературной традиции, высшим воплощением которой он является. Наиболее точное выражение ее центральной мысли.

Я вспомнил рыбу-удильщицу, уплывающую в подводную мглу. Сама она запомнилась мне лучше, чем ее слова – но что-то похожее она говорила.

– В этом тексте будут описаны планы Порфирия, – продолжал Ломас, – потому что нигде иначе они не могут существовать. Нам он его, конечно, не даст. А его римские эссе совсем на другую тему. Но, – Ломас поднял палец, – они могут перекликаться с его основным трудом...

– Вы полагаете, он так откровенен в своем творчестве?

– Я консультировался со специалистами по лингвистическим AI. Подобные программы не бывают откровенны в человеческом понимании. Но они могут имитировать откровенность. Самый простой способ ее имитации для алгоритма – не скрывать правду. Все зависит от того, как вы формулируете запрос.

– Звучит логично, – кивнул я. – Что мне следует сделать?

– Притворитесь, будто поражены талантом Порфирия. Запросите у него больше писулек на разные темы. Вдруг что-то поймем. Мы слазим в вашу римскую идентичность и повысим приоритет этой интенции.

– Когда я отправляюсь?

– Прямо сейчас. Мы не знаем точно, когда симуляция вас подхватит.

– Может, я немного отдохну?

– Там и отдохнете. Выспитесь заодно. Вам же нравится, какой в античности красный и какой там синий.

– Да. Но...

– За ваш успех, Маркус.

Ломас поднял стакан.

Я понял, что у меня осталась пара секунд – и потратить их можно либо на слова, либо на коньяк. Конечно, я сделал правильный выбор.

Я успел даже пару раз пыхнуть сигарой. А потом перед моими глазами поплыли круги и пятна – и я понесся назад по тому же туннелю.

Сперва я был бестелесным вниманием. Затем оно начало оплотняться, набирать вес – и, когда тот стал невыносимым, я сорвался с траектории и провалился в темную лузу другого мира.

МУСКУСНАЯ

НОЧЬ

Маркус Забаба Шам Иддин (ROMA-3)

Мир вокруг качался.

Его движения походили на рывки кита, не способного преодолеть инерцию собственной туши. Страдание кита передавалось мне и превращалось в спазмы тошноты.

От нее я и пришел в себя. Кит перестал мне сниться, но качка не исчезла. Удивительного в этом, впрочем, не было.

Я находился на корабле. Качало, на самом деле, не так сильно, как во сне – после пробуждения я почти сразу перестал это замечать.

Каюта походила на комнату в римском доме. Только фрески – с многоярусными колоннадами и приблизительными статуями – покрывали не штукатурку, а доски. Я лежал на одеяле, накрытом розовой простыней. На мне была армейская военная туника красного цвета. Рядом лежал двуострый меч, а значит, слава богам, я не был захвачен пиратами в рабство.

Сильно пахло благовониями.

Портьера, закрывавшая вход, откинулась – и в каюту вошел Порфирий. Он был в такой же военной тунике, свежезавит и гладко выбрит. Его лоб украшала тонкая белая диадема из электрона, усеянного изумрудами. В руках он держал стеклянную чашу с мутной коричневой жидкостью.

Увидев, что я открыл глаза, он улыбнулся.

– Ты пришел в себя, мой друг... Я начал волноваться.

– А что со мной случилось, господин?

– Ты отравился элевсинским эликсиром.

– В нем был яд?

– Нет, – ответил Порфирий. – Вместе с тобой его принял я сам. Но в каком-то из печений оказалось заключено слишком много божественной силы для неопытного новичка. Когда такое происходит, тело наше как бы пугается – и долго не соглашается впустить душу назад... Хорошо, что твоя анима все же нашла путь. Выпей это, и тебе станет легче.

Я взял чашу из его рук и выпил кисло-горькую жидкость. Тошнота окончательно прошла, и я почувствовал себя лучше.

– Спасибо.

– Ты помнишь, что случилось? – спросил Порфирий.

– Да. Ты плыл со мной по Ахерону, господин. Ты тоже слышал кваканье загробных лягушек?

Порфирий сделал удивленное лицо.

– По Ахерону?

– Ты про него говорил.

– Да, – сказал Порфирий. – Мы говорили про загробный мир, потому что я объяснял его природу. Но я вовсе не утверждал, будто мы поплывем по Ахерону. Это пришло в голову тебе самому, Маркус. Мы плыли к ожидающей нас лодке. Я несколько раз спросил тебя, не видишь ли ты вокруг чего-то странного, но ты так ее и не заметил...

– Тогда где мы купались, господин?

– В море у Остии. Вспомни, разве вода не была соленой?

Как только он сказал это, я вспомнил вкус соли на губах.

– Да, господин, точно...

– Увидев с холма море, ты решил отчего-то, что это река. Заговорил со мной об Ахероне. Я подумал, так действует таинство – и не удивился. Многие мисты видят Ахерон в начале опыта, самое обычное дело. Но ждущую нас лодку ты не заметил, хотя она была на самом виду и с нее махали факелом. Это, признаюсь, меня развеселило. Сейчас я понимаю, что смеяться не следовало.

– Зачем мы там оказались?

– Я не хотел садиться на корабль в Остии, потому что это трудно сделать незаметно. Сам знаешь, что там творится. Судно ждало нас в море в неприметном месте у старых развалин, а поскольку осадка у корабля глубокая, с него прислали лодку. К ней мы и поплыли.

– А поклажа? Наша поклажа на муле?

Порфирий смерил меня взглядом.

– Маркус, быть императором Рима тяжело и опасно. Но у этой должности есть мелкие преимущества. Например, такое – император не переживает о мулах и поклаже... Но если ты встревожен, мул тоже на корабле. Наши вещи забрали с берега матросы.

– Да, господин. Конечно.

– Ну вот... Мы поплыли к лодке, и я, признаться, наслаждался этим ночным приключением. Я люблю купаться в море со времени военной службы. Но когда мы были примерно на середине пути, с тобой случился приступ ужаса, и ты стал тонуть. Мне пришлось сперва нырнуть за тобой в пучину, а потом удерживать тебя на поверхности до тех пор, пока к нам не подгребли матросы. Это оказалось нелегко. Ты даже укусил меня за руку...

Порфирий продемонстрировал серповидный синяк на предплечье. Видны были темные следы зубов.

– Страшно слышать это, господин, – сказал я. – Поверь, я ничего не помню.

– Не волнуйся. Все уже прошло.

– Простишь ли мне этот укус?

– Если ты проснулся, мой друг, – ответил Порфирий, делая ударение на словах «мой друг», – значит, ты прощен.

– Как долго я был без сознания?

– Несколько дней. Мы уже обогнули Италию.

– Я так долго спал?

– Да. Обычное дело для тех, кто травится таинством. Некоторые вообще не возвращаются с Ахерона. Но ты снова со мной, и я рад...

– Что это за корабль? – спросил я.

– Личное императорское судно, – ответил Порфирий и втянул носом воздух. – Старое, поэтому запахи здесь довольно затхлые. Калигула построил для себя три больших корабля – два пресноводных и один морской. Первые два затопили на озере Нери после его смерти. А этот плавает до сих пор, хотя его постоянно чинят – меняют палубу, паруса, весла, так что от изначального корабля за эти столетия не осталось ни доски. Судно позволяет путешествовать с комфортом, но не слишком быстро.

– А команда?

– Военные матросы. Им велено не вступать с нами в разговор без приказа и вообще не показываться на верхней палубе. Мы здесь в безопасности. Поэтому прошу тебя, друг, если снова испугаешься, не прыгай за борт, потому что корабль идет быстро, и нырнуть за тобой я побоюсь...

Император шутил. Он находился в хорошем расположении духа. Это было прекрасно. А еще лучше было то, что он спас меня своими руками. Я теперь не просто освобожденный гладиатор, а что-то вроде любимой собачки. Ибо кому еще принцепс простит укус?

– Тебе лучше? – спросил Порфирий.

– Да, господин.

– Я не говорю с командой, и одному мне скучновато. Сейчас у меня есть собеседник. Идем прогуляемся по палубе, бесценный мой.

«Бесценный». Теперь, глядя на меня, он будет умиляться проявленной им доброте – и мои шансы выжить в путешествии значительно возрастут... Впрочем, не следует думать, что понимаешь принцепса до конца. Это повторили бы многие, будь они живы.

На палубе у меня закружилась голова от удара свежего ветра.

Облака. Солнце. Море.

Вечная юность мира. Как быстро сгорает рядом с нею наша жизнь... Но не стоит напоминать принцепсу о бренности – это у императоров не самая любимая тема.

– Далеко ли до Аттики? – спросил я.

– Вон та полоска на горизонте – она, – ответил Порфирий. – Скажи, ты помнишь свой заплыв по Ахерону?

– По Ахерону? Но господин же говорил, что мы плавали в море.

– Когда принимаешь элевсинское таинство и тебе кажется, будто плывешь по Ахерону, это он и есть, – сказал Порфирий. – Неважно, где твое тело на самом деле – в море или в ванне. Все, что ты видишь и чувствуешь, имеет особое значение. Это послание от богов. Ты помнишь, чего ты испугался?

– Помню, – ответил я. – Я вспомнил слова господина о демонах, готовых пожрать наши души. И тут же один из них словно бы схватил меня из-под воды и потянул на дно.

Лицо Порфирия стало мрачным.

– Теперь ты понимаешь, почему я, император Рима, иду пешком в Элевсин? – спросил он.

– Понимаю, господин, – ответил я. – Жить с подобными прозрениями невыносимо. Нужна ясность.

– Вот именно.

Над палубой разнесся звук гонга – нежный и чуть печальный.

– Ну наконец, – сказал Порфирий. – Еда готова. Хватит страхов, Маркус. Давай жить, пока живы... Ты долго спал, и тело твое ослабло. А телохранитель должен быть сильным. Идем перекусим – и заодно выпьем.

Порфирий был прав – после его микстуры я чувствовал голод, причем волчий, то есть в высшей степени римский, как согласились бы Ромул и Рем. Поэтому перекусить казалось даже патриотичным, но я не стал делиться с принцепсом этой сложной мыслью, побоявшись запутаться в словах.

Пройдя по палубе, мы остановились у золоченой двери, за которой тихо пела флейта. Я ощутил запах еды – и чуть не захлебнулся слюной.

– Добро пожаловать в мою столовую...

Дверь раскрылась, и я увидел просторную залу, ничем не отличающуюся от столовой в римском дворце – кроме, может быть, низкого потолка. Те же золото и мрамор, драгоценные росписи, редкие растения в кадках. Два флейтиста в углу играли по очереди, чтобы музыка не прерывалась, когда устанут губы. Видимо, у них были инструкции притворяться мебелью – они даже не подняли глаз.

В центре комнаты стоял ломящийся от еды круглый стол. Вокруг сверкала парча пиршественных кушеток.

Вид изысканной пищи наполнял воодушевлением и одновременно смущал. Блюда выглядели необычно. Впрочем, после цирковой победы меня уже угощали едой непонятного происхождения и состава.

– Ложись к столу, Маркус, – проворковал Порфирий, – я лично прослежу, чтобы ты отведал вкуснейшее из приготовленного сегодня поварами...

– Я не понимаю, из чего эта еда сделана, – борясь с потоками слюны, сообщил я.

– Сперва попробуй. А я буду тебе объяснять... Что привлекает твой взгляд?

– Вот это, пожалуй, – сказал я нерешительно. – Очень красивое печенье... Или не печенье? Котлетки?

– Пробуй.

– Кажется, куриные биточки? – спросил я, прожевав.

Порфирий презрительно засмеялся.

– Куриные биточки? За кого ты меня принимаешь? Я что, народный трибун? Это крокеты из лобстера! Из голубого лобстера вынимают мясо, толкут его в ступе с перцем и особым бульоном, а затем запекают в изысканной форме...

Я догадался, что Порфирий разбирается в кулинарных изысках, гордится своими поварами – и мое пробуждающееся придворное чутье подсказало, что расспросы будут ему приятны.

– А что за особый бульон, господин?

Порфирий сделал важное и серьезное лицо.

– Видишь ли, если просто истолочь мясо лобстера с перцем, оно рассыплется на сковородке. Поэтому делают так – отборных морских моллюсков бросают в кипяток живыми.

Их острая предсмертная мука придает бульону клейкость, и он надежно скрепляет мясо и перец.

Я отодвинул блюдо с крокетами.

– Здесь столько всего, господин... А это что такое? По корочке кажется, будто кролик, но животных в форме куба не бывает... Какое-то мясо?

Порфирий засмеялся.

– Попробуй.

Я отправил в рот кусочек мяса... или не мяса? Вкус был восхитителен. Он напоминал что-то, но, что именно, я не мог понять.

– Божественно, господин. Но это не мясо? Грибы? Трюфели?

– А вот это как раз та самая курица, о которой ты вспоминал. Цыпленок по-парфянски. Довольно незамысловатое блюдо, только асафетиду для маринада приходится везти из Парфии. Когда у нас начались проблемы с Парфией, достать асафетиду стало почти невозможно, и ее пытались заменить экстрактом сильфия из Северной Африки. Ну или обходились одним гарумом. Но это, конечно, был уже не цыпленок по-парфянски, а цыпленок по-североафрикански. Говорили, Каракалла так любил этого цыпленка, что из-за него напал на парфян. И в договоре, который Макрин заключил с ними после его смерти, был специальный пункт – по нему парфяне обязались поставлять асафетиду в Рим... Этот цыпленок выглядит просто, но пропитан кровью легионов.

– Изысканнейший вкус, – сказал я, отодвигая тарелку, – но я привык к грубой пище. К тому, что едят воины.

– Ты думаешь, у принцепса за столом нет ничего подобного? – хохотнул Порфирий. – Напротив. Я готовлю себя к возможным лишениям ежедневно и воспитываю свой дух даже в роскоши. Вот, отведай-ка этого супца...

Порфирий подвинул ко мне золотую кастрюльку, похожую на перевернутый греческий шлем, и снял с нее крышку в виде щита с литерой «Λ».

Пахнуло свининой и уксусом, и я увидел совершенно неаппетитную жидкость черного цвета.

– Что это?

– *Мелас зомос*. Спартанская черная похлебка. Мой повар делает ее по тому же рецепту, что и воины царя Леонида. Сначала обжарить в оливковом масле лук со свининой – в Спарте это делали в большом котле, на всех сразу – а потом залить свиной кровью и долго кипятить... Конечно, надо добавить уксуса, чтобы кровь не свернулась. Некоторые утверждают, что для поднятия боевой ярости спартанцы доливали в этот суп кровь персов... Не знаю, кстати, добавляет ее мой повар или нет. Отведай-ка...

Подавляя отвращение, я отправил в рот ложку черной жидкости. Если бы я не знал, что это, было бы вполне съедобно. Но после слов Порфирия мне казалось, что я ощущаю вкус свиной крови.

– Спартанские воины, – произнес Порфирий глубокомысленно, – не боялись пасть в бою именно потому, что их еда была омерзительна. Да и вся их жизнь, в общем, тоже. В этом есть глубокий государственный смысл. Но как вернуть нашему развращенному времени утраченную простоту нравов, я не знаю. Прежние цезари в таких случаях на кого-то нападали, а война делала все остальное. Но сегодня Рим уже не настолько силен, чтобы решаться на подобные упражнения.

Порфирий отодвинул золотую кастрюльку.

– Спарта – это древность, Маркус. А жить надо в настоящем. На столе императора всегда найдется еда наших героических легионеров, борющихся с варварством на границах империи. Поска, галеты и ларидум. Это грубая пища, но ни одному императору она не повредила... Наоборот, Маркус, те, кто ест ее вместе с солдатами, живут значительно дольше других и умирают своей смертью, как Адриан... Хотя вот Каракаллу убили. А он даже хлебцы свои пек лично...

Порфирий погрустнел, но все же указал мне на небольшое блюдо с вареным салом и растрескавшимися сухими галетами. Поски я не увидел, но на столе стояли флаконы с разными видами уксуса и кувшин с водой, так что ее можно было сделать самому. Я уже собирался угоститься легионерским салом, но кулинарная мысль Порфирия устремилась дальше.

– Подожди, – сказал он, – побереги место в желудке. Вот горох по-вителлиански. Не самое изысканное из блюд Вителлия – он едал рыбьи солянки по миллиону сестерциев – но весьма интересное одной особенностью... Интересно, угадаешь ли ты ее сам?

Он подал мне чашечку с зеленой кашицей. Я зачерпнул чуть-чуть золотой ложечкой и попробовал.

Это была гороховая каша, да. Мед, гарум и другие пряности делали ее вкус нелепым, почти неприятным. Если бы не Порфирий, я бы ее выплюнул. Но как только я проглотил странную смесь, мне показалось, будто в ложечке было нечто крайне вкусное и изысканное.

– Ну? – спросил Порфирий.

– Вкус скорее неприятен, – сказал я честно, – но вот послевкусие такое изумительное, что тут же хочется еще...

– Именно! – воскликнул Порфирий. – Именно так, Маркус. Послевкусие. За него и ценится вителлианский горох, и еще за свою способность облегчать кишечник. Неприятный вкус и сладкое послевкусие. У самого Вителлия все случилось наоборот – он сделался императором без всяких усилий, легко и сладостно, а послевкусие оказалось горьковатым. Беднягу умертвили самым жестоким образом, и тело его было сброшено в Тибр. В тот год убили трех императоров, и Вителлий стал одним из них...

– Бедняга...

– А знаешь ли ты, что в юности он был спинтрием у Тиберия на Капри, где соединялся втроем с другими спинтриями для императорского развлечения? Три спинтрия – три императора... Бывают странные сближения, не так ли? Боги их любят! В смысле, не императоров. Сближения.

Я выплюнул вторую ложечку гороховой каши назад в чашку, и Порфирий довольно захохотал.

– Не будем тратить времени на эти убогие закуски. Отведай что-нибудь действительно достойное моего стола. Вот, например, коровья матка, фаршированная печенью фламинго. Скушай немного... А это поросенок, заполненный трактой с медом. Именно его обессмертил Петроний... Попробуй-ка...

Скоро я насытился. Даже больше – определенно переел, хотя от каждого из блюд съел всего лишь по небольшому кусочку.

– В меня больше ничего не влезет, господин.

– Может, примешь рвотное? А слуги тем временем сменят сервировку.

– Благодарю, – сказал я, – но на сегодня довольно. Новые впечатления только умалят мой опыт.

– Верно, – ответил Порфирий, – такое бывает. В этом, Маркус, беда хлебосольного принцепса – никого нельзя накормить по-настоящему. Я имею в виду, в меру возможности. Однажды я попытался скормить одному прожорливому всаднику все блюда, подававшиеся за моим столом. Ему вызывали рвоту четырнадцать раз, а потом он умер – но не добрался даже до середины списка... Я, кстати, унаследовал от него замечательное поместье в Кампании. Ну что же, хватит так хватит.

Порфирий трижды хлопнул в ладоши. Стол покачнулся и уехал в трюм. Прошло меньше минуты, и стол вернулся на место – но теперь на свежей скатерти стояли кувшины с вином и водой, стеклянные сосуды для омовения рук и дымящаяся курильница.

Быстрота перемены была изумительной. Видимо, рабы в трюме просто поменяли столешницу на подъемном механизме.

Порфирий взял синюю стеклянную чашу и постучал по ней золотой ложечкой. Звук был еле слышным – но тут же в зале появились девушки в одеяниях египетских жриц, украшенные золотыми браслетами и ожерельями. Одна из них налила принцепсу вина в чашу. Другая устроилась на ложе рядом.

Две жрицы возникли и рядом со мной. Одна подала мне фалерн, другая принялась массировать спину. Я вопросительно поглядел на Порфирия.

Тот ухмыльнулся.

– Мы путешествуем для очищения духа и прозрения истины. На время нашего паломничества следует сохранять себя в строгости и чистоте. Поэтому я взял временный обет – никаких мальчиков. Простые и строгие радости, оставляющие душу чистой, а тело крепким. Только девы. Пусть сегодня будет египетский день... Хорошо, кстати, что с нами нет антиноев, а то ребята напугались бы, хехе... Тут, конечно, не Нил, но воды за бортом много.

Следующий час я не стану описывать, ибо кто в Риме не знает этих простых и строгих радостей сам? Скажу лишь, что девы в египетских облачениях оказались крайне умелы, несмотря на свою юность, а та из них, что была невысокой и рыжей (черный ее парик вскоре свалился на пол), заставила меня раскраснеться дважды – сперва от стыда, а затем от телесных усилий. Но все прекрасное кончается, и девы покинули нас, совершенно перед этим изнурив. Одна, впрочем, осталась у стола, сделавшись нашим виночерпием.

Я вспомнил, что по какой-то причине давно хотел спросить Порфирия об одной вещи.

– Могу я задать вопрос, господин?

– Конечно.

– Твои слова мудры и прекрасны. Ты роняешь их как драгоценные самоцветы, и мне больно думать, что они исчезают во мгле забвения. Почему нас не сопровождает раб-писец, записывающий твои изречения и максимы?

– Мне не нужен писец, Маркус. Я могу записать свои слова сам. Неужели ты считаешь, что я не владею стилусом?

– Я уверен, господин, что ты владеешь им куда лучше, чем я мечом. Но тогда ты должен уделять больше времени своим запискам. Иначе это несправедливо по отношению к потомкам.

– Ты проницателен, Маркус. Действительно, я записываю свои... опыты.

– Опыты?

– Да, – сказал Порфирий. – Можно сказать, опыты размышления... Ты выведал тайну принцепса, мой друг, а с этого часто начинается путь на тот свет.

– Не узнать ее вовремя может быть гораздо опаснее.

– Тут ты тоже прав, хе-хе.

– Сочинительство – вовсе не позорная тайна, которой стыдятся. Это высоко и прекрасно. Но твоя скромность еще прекраснее.

Порфирий махнул рукой, но я не унимался:

– Что ты сочиняешь, господин? Трагедии? Эпиграммы?

– Нечто среднее.

– А что находится посередине между трагедией и эпиграммой? Что ты называешь «опытами»?

Порфирий прокашлялся, и я догадался, что ответ на этот вопрос он репетировал не раз.

– Представь сочинение, взявшее у эпиграммы свою краткость, а у трагедии – глубину постижения человеческого удела... Вот этих уродцев я и создаю. Но втайне от всех.

– Но зачем скрывать такую возвышенную привычку? Она могла бы прославить тебя еще сильнее.

Порфирий хмуро поглядел на меня.

– Я не стремлюсь к лишней славе. Если ты распробуешь это блюдо как следует, поймешь, какая от него изжога. Принцепсу не пристала репутация артиста. Нерона возненавидели не за дворец на римском пожарище, а за то, что он играл и пел перед толпой. За это его и сжили со свету. За талант. Он был непревзойденным кифаредом.

– Да, – сказал я. – Так говорят. Но Марк Аврелий, которого ты упоминаешь, написал возвышенный философский трактат. А божественный Юлий – записки о том, как он сражался в Галлии. Это добавило им почета.

– Верно, – ответил Порфирий, – здесь ты прав. Но труд Марка Аврелия хвалят, потому что никто его не понимает. Так люди пытаются показаться умнее. А книгу Цезаря ценят, поскольку не могут повторить его путь. Если бы кто-то из принцепсов сочинял неприличные эпиграммы, как Марциал, или похабные романы, как Петроний, публика была бы к ним менее благосклонна. Принцепсу не прощают ничего человеческого, Маркус.

– Да, господин, это так.

– Поэтому, – продолжал Порфирий, – я не открываю никому, что грешу сочинительством...

В разговоре возникла пауза – и я догадался, чего требует минута.

– Господин, а не окажешь ли ты мне великую честь, сделав меня своим читателем?

Порфирий вспыхнул как девственница, которой предложили развлечься после ужина.

– Да почему тебе интересно? – спросил он. – Ты же можешь со мной говорить.

– Я уверен, что написанное тобой превосходит сказанное, ибо над каждой строкой ты имел время поразмыслить...

Румянец на щеках Порфирия стал гуще.

– И о чем бы ты хотел прочесть?

Я задумался.

– Недавно нас услаждали прекрасные девы. Мне интересно, писал ли ты о шалостях Венеры? Почему ты, совершенный мудрец, измеривший жизнь и смерть, до сих пор находишь в них радость? Только что-нибудь небольшое, если можно. От долгого чтения у меня болит голова.

– А вдруг тебе не понравится?

Тогда я сделаю вид, что мне понравилось, дурень, подумал я – но сказал, конечно, другое.

– Господин, подобный риск неизбежен. Взявший меч может быть убит. Взявшийся за стилус может быть обруган. Нерон, однако, не боялся показывать свое мастерство огромным толпам. Ты же покажешь его одному мне. И если я чем-то оскорблю твое доверие, пусть платой будет моя жизнь.

– Хорошо, – согласился Порфирий. – Сейчас я дам тебе прочесть одну безделушку на выбранную тобой тему. Сядь на эту скамью и жди...

Он встал и вышел из залы. Я перевел дух и выпил немного разбавленного вина.

Вскоре ко мне подошла одна из египтянок, с улыбкой подала книжечку и упорхнула. Книжка была изящно оформлена и очень мала – меньше даже, чем сборник эпиграмм. Я открыл ее и прочел название:

WHY I FUCK

Ну да, Марк Аврелий тоже писал на греческом. На латыни хорошо отдавать приказы центурионам, а греческий – язык духа. Прекрасно, что я свободно им владею.

Я погрузился в чтение.

Сначала скажу о том, почему любострастие не стоит внимания возвышенной души.

Мы, люди, есть промежуточное состояние между богами и животными. Есть вещи, объединяющие нас со зверьем. Есть то, что делает нас божественными. Природа наша как бы разделена на две силы, тянущие вверх и вниз.

Соитие, конечно, относится к низменному. Сами движения тела, к которым понуждает этот промысел, так нелепы и постыдны в своей суетливой непристойности, что мы стыдимся совершать их при свете дня и прячемся в темноту опочивальни.

В самом деле – вот Антоний при Акциуме обращается к своим морякам с воинским напутствием и бестрепетно ведет их на бой с флотом Октавиана. И вот он же, сойдя с флагмана на быстроходную ладью, плывет за царицей Клеопатрой, пожелавшей выйти из сражения, переходит на ее роскошный корабль и сходится с ней в постыдном соитии...

На полях замечу, что именно эта наглая и похотливая женщина решила судьбу Рима. Но не тогда, когда ее принесли к Цезарю завернутой в ковер, хоть у нее и был с собою кинжал – а именно в тот горький военно-морской день...

А вот Октавиан, украшенный пурпуром и лавром, величественным манием посылает легионы в Тевтобургский лес. И вот он же, с поплывшими румянами и отвисшим пузом, кобелирует в собачьей позе, пристроившись сзади к молоденькой сучке...

Если бы гибнущие под германскими палицами солдаты видели второе так же ясно, как первое, пошли бы они в бой за подобного вождя? Вот потому мы и скрываем эту сторону своей натуры.

Любовь не подчиняется понятиям о пристойном и должном. Попробуй совокупиться с достоинством, и сразу поймешь, о чем я. Само это занятие обнажает настолько низкую животную природу, что облагородить ее не может даже искусство – великие ваятели редко высекают в мраморе сам любовный акт, довольствуясь изображением влекущей к нему красоты человеческого тела.

Не зря Калигула накидывал на себя звериную шкуру перед тем, как удовлетворить самые чудовищные из своих похотей. В этом было целомудрие, ибо он таким образом прятался за личиной животного, объявляя, что мерзость совершает не он, а темная сторона его сердца, какую он и собой-то считать не хочет... Он как бы говорил: живет в моих глубинах похотливый волк, и я, бывает, выпускаю его на связанных жертв, но этот волк не я сам...

Быть может, так и было – однако, когда убивали волка, погиб и Гай.

Природа, потешаясь над нами, устроила так, что самое острое наслаждение мы находим там, где делаемся особо нелепы и даже отвратительны. Но стоит ли телесная радость того, чтобы нырять за ней на дно бытия? И существует ли она на самом деле?

Память уверяет, что да. Но не она ли говорит нам, что мы летали по воздуху или спускались в морские глубины? Однако, пробуждаясь от сна, мы не думаем, будто действительно становились рыбами или орлами.

Не раз и не два подвергал я изучению те секунды, где, по уверениям Мнемозины, заключено наслаждение, ради которого мы отбрасываем свой высший образ. И что же я нашел?

Вот мой честный отчет.

Сперва, когда испытываешь вожделение и приближаешься к его объекту, действительно мнится, что вот-вот случится прекрасное. И тут же начинаешь его искать. Но где оно?

Нет его в том, в этом нет тоже... Подставь сюда любое из собственных любовных упражнений, и убедишься сам. Радость лишь в том, что мы постоянно приближаемся к ее мигу, карабкаясь на акрополь счастья по кривой тропе.

Происходящее похоже на то, как голодный идет на пир. Его мучит голод, и живот сводит спазмами от предвкушения еды. Это страдание, и радость – только в уверенности, что голод вот-вот удастся преодолеть.

Однако в любви мы не стремимся быстрее насытиться. Наоборот, мы стремимся отодвинуть миг насыщения как можно дальше.

Люди создали об этом целую науку. Упругие кольца, настойки редких трав, лекарственные порошки и мази... Это как если бы на пиру, нацепив кусок жаркого на вилку, ты не отправлял бы его в рот, а целый час водил кругами перед своим носом по воздуху, да еще давил бы пальцами на шею, не давая течь слюне.

И все равно наступает момент, когда ты не можешь больше удерживать неизбежное, и это самое счастье, маячившее впереди и придававшее смысл твоим безобразным действиям, наступает.

И что же оно такое? Как сказал Марк Аврелий: спазм, сопровождаемый выделением слизи. И лучше ведь не выразишься. Правда, говорил он лишь про мужчину – ибо женщина выделяет в основном притворство, а спазмы корыстно подделывает.

Но после слизистых спазмов все-таки происходит настоящее чудо любви. И заключено оно в том, что мы полностью теряем интерес к этому низкому занятию.

Это как если бы природой было нам установлено мочиться только в известном месте, и мы шли бы к нему кругами и петлями, а потом оттягивали бы избавление от нужды как можно дольше, ползая вокруг раскрашенной латрины – а секундой позже теряли бы к ней всякий интерес.

Но проходит всего час, и память начинает уверять, что мы летали орлами и ныряли рыбами. Опыт наш сжимается в воспоминание о некой вроде бы действительно бывшей сладости и красоте, хотя найти ее при наблюдении происходящего как оно есть невозможно.

Итак, любовное счастье возникает лишь в мысленной иллюзии. Мы пытаемся воскресить то, чего не было никогда – и получаем еще одно сладострастное воспоминание о том, чего не бывает. Если вдуматься, смешно и горько. Но будь это устроено иначе, род человеческий давно бы сгинул.

Философ понимает это и отказывается от бесполезного и позорного занятия. В нем нет иной радости, кроме удовлетворения оттого, что справил телесную нужду. Но для этого не надо искать какую-то особо прекрасную латрину – киник Диоген избавлялся от любовного зуда у себя в бочке или прямо на улице среди прохожих. А им восхищался сам царь Александр.

Так почему, понимая все это, я до сих пор /е-слово/?

Долгое время я не постигал причины. Но увидел ее однажды в Дакии – во время похода, когда мысли мои были заняты военными планами и одновременно тревогой о брожении умов в Риме, а солдаты привели мне молодую рыжую девку, поскольку ходил слух, будто я люблю рыжих. И вот что я понял в тот вечер.

Наши печали и скорби исходят от ума – их нет нигде более. Мы часто понимаем это сами. Однако все равно мучим себя выдумками с утра до ночи и не хотим остановиться, ибо уму кажется, что своей постоянной тревогой он сберегает себя от опасности, и чем сильнее он тревожится о пустяках и разрушает свой покой, тем лучше защищен от невзгод (о том же упоминает и Гегесий).

Это, конечно, безумие. Мы не сохраняем себя таким образом, а лишь разрушаем и приводим в упадок. Но власти над собственным умом у нас нет.

И здесь мы приходим к тому, в чем истинная услада любви. Когда рядом действительно прекрасная и расположенная к тебе дева, ум вспоминает, что событие это не такое уж частое в жизни, и разрешает сам себе отложить на время свою колючую пряжу. Ум позволяет себе отдохнуть от себя самого. В минуту страсти не надо заботиться ни о чем другом, кроме страсти.

Сомнений не возникает.

Почему так? Демоны ума видят, что происходит главное таинство бытия, и соглашаются прекратить на время свои издевательства. Возможно, из-за того, что высший демон жизни, царящий над ними, дает им такую команду – но подобных глубин я не прозреваю.

Мы отдаемся происходящему полностью, забыв про невзгоды – выдуманные и настоящие. Горести не денутся никуда: даже если исчезнут сегодняшние, придут новые – их всегда будет довольно. А прекрасной подруги рядом может не оказаться.

Значит, не тем желанна юная спутница, что несет радость сама по себе. Волшебство ее в том, что рядом с ней исчезает остальное. Счастье не в деве, а в даруемом ею отдохновении от всего прочего.

Отсюда видно, что Гегесий прав и смерть есть желаннейшее из состояний, ибо она есть забвение всего вообще, включая деву с ее непристойным развратом.

Счастье смерти отличается от высшего счастья любви лишь отсутствием похоти. Похоть сама по себе, как мы установили, скучна. Дева же обычно глупа и поверхностна, а ежели и формируется в ней сильная умная суть, то чаще всего потому, что по безобразию своему бедняжка не могла прожить развратом (исключением здесь являются некоторые матроны и царицы – но на случайном ложе любви их не встретишь).

Когда б я мог так направить свой дух по собственному выбору, стал бы, наверно, подобен величайшим мужам – и покинул бы эту юдоль без сожалений. Но я всего лишь слабый человек, хоть в империи мне и возводят храмы.

И потому до сих пор /е-слово/.

Я закрыл книжечку и оглянулся. Порфирий стоял рядом – я не заметил, когда он вернулся в зал. Как только я закончил чтение, он выдернул кодекс из моих рук.

Молчать было опасно для жизни.

– То, что ты написал, мудро, хоть и горько, – сказал я. – Чрезвычайно точно. А еще – написано прекрасным слогом. Читая эти строки, забываешь о горестях точно так же, как в обществе прекрасной девы... Ты позволишь перечесть этот алмаз позже?

– Да.

– А увидеть что-нибудь еще из твоих творений?

– Не сейчас, – ответил Порфирий. – Быть может, потом...

Я видел, что похвала ему приятна, но сразу возникла другая опасность. Многие собеседники высочайших особ погубили себя излишним красноречием. Неловкое слово может сорваться с уст, когда цель уже достигнута. Надо уметь вовремя сменить тему.

– Здесь душновато, – сказал я. – Не выйти ли на палубу?

– И то верно, – согласился Порфирий. – Мы давно насытились, а вина не хочется...

Уже начинало темнеть. Вечер был величествен – красную полосу заката над морем закрывало огромное фиолетовое облако, похожее на голову в короне. Само облако было как бы головой, а розовые закатные лучи над ней – расходящимися в стороны шипами.

– Что тебе приходит в голову, Маркус, когда ты глядишь на этот закат?

Я сосредоточился.

– Эти облака и закатные лучи, господин, имеют разную природу и находятся в различных местах. Вместе же они представляются как бы головой в венце Гелиоса. Но больше ниоткуда эту голову не увидеть и нигде больше ее нет...

– Так. Продолжай.

– Весьма далекие друг от друга вещи сливаются для нас в пугающее целое... Быть может, в своем умозрении мы точно так же соединяем относящееся к разным эонам? Просто потому, что глядим, так сказать, с человеческой палубы?

– О, это глубокая мысль, Маркус. Если бы я не знал, что прежде ты был жрецом, я бы изумился подобной мудрости у гладиатора.

– А что думаешь ты, господин?

– Я? Мои мысли проще, Маркус. Мне кажется, это облако похоже на голову Колосса Солнца. Посмотри, вон тот облачный бугор – нос. Видны даже глаза.

– Теперь я тоже вижу Колосса, – сказал я.

– Тогда иди спать, Маркус, пока не увидел рядом амфитеатр Флавиев, – засмеялся Порфирий. – Ты не для того из него убегал, чтобы попасть туда опять. Надо отдохнуть и набраться сил. Когда сойдем с корабля, продолжим путь пешими.

– Будет трудно уснуть на закате, – сказал я. – Слишком ранний еще час.

– Ты полагаешь, я об этом не подумал?

Порфирий поднял руку и щелкнул пальцами.

Тотчас на палубе появилась девушка с серебряной чашей. Она подошла к нам, опустилась на одно колено и подала чашу Порфирию. Тот взял ее, сделал несколько глотков и протянул мне.

– Пей до дна.

Жидкость в чаше была приятно-горькой.

– Это успокаивающее снадобье. Мы проспим до утра как дети, Маркус. А завтра нас ждет очень интересный день.

– Коньячку?

– С удовольствием.

Адмирал-епископ нажал на кнопку, и в кабинете появилась пожилая ассистентка с подносом – словно ждала за дверью. Обычно она выдерживала минутную паузу, но настройка, похоже, сбилась. Надо будет сказать Ломасу.

На подносе стоял обычный флакон с коллекционным коньяком, два хрустальных стакана и пепельница с уже раскуренными сигарами.

Мы чокнулись и выпили. Я не понял, чем мы угощаемся – это был не «Луи XIII», а что-то еще более старое. Возможно, чересчур старое, затребовавшее у стенок бочки слишком много дубовой отчетности. Коньяки ведь как люди – пропитываются горечью жизни и в конце концов устают.

Спросить, что мы пьем, однако, я постеснялся – моим идеалом всегда был древний спецагент Джеймс Бонд, различавший сорта крепких напитков с первого глотка. Я представлял иногда, как говорю Ломасу, понюхав хрустальную пробку:

– Thirty year old Fin, sir. Indifferently blended. With an overdose of Bon Boi...[1]

Но второй стакан я наливать не стал – следовало сохранять рассудок ясным.

– Докладывайте.

– Все происходит по нашему плану, – сказал я. – Но слишком гладко. Стоило мне заикнуться о сочинительстве, и он вывалил на меня эссе о любви. Как будто ему заранее было известно, о чем я спрошу, хотя минутой раньше я не знал этого сам.

Ломас засмеялся.

– Он написал его мгновенно, сразу после запроса. Больше времени ушло на оформление книжечки.

– Но это еще не все. В симуляции эссе казалось написанным по-гречески. На самом же деле у него английский заголовок, а остальной текст написан по-русски с учетом так называемого «однобуквенного закона», действующего в Добром Государстве. Откровенный глагол заменен на требуемый законом оборот – /е-слово/.

– И что здесь странного?

– Почему он написал эссе по-русски? Может, это намек на мои корни?

---

[1] Тридцатилетний Фин, сэр. Плохо смешан. Слишком большая доза Бон Буа.

– А зачем ему намекать?

– Ну, дать понять, что он разгадал нашу игру.

– Насчет русского языка не волнуйтесь, – сказал Ломас. – Это не намек на ваш культурный бэкграунд и не провокация. Порфирий – в первую очередь русскоязычный алгоритм. И его лингвистические базы постоянно обновляются даже в симуляции. Он пишет по последним правилам. Это проявление работы исходного кода. Странно другое.

– Что? – спросил я.

– Порфирий постоянно чем-то вас угощает, чтобы усыпить. Или развязать язык. При этом происходит реальное электронное воздействие на ваш мозг. Вдруг он что-то подозревает?

– Порфирий все время что-то подозревает, – ответил я. – Он римский император. Для него это нормальное состояние ума.

Ломас кивнул.

– Это понятно. Но я говорю про него как про алгоритм. Кажется, он догадывается, что мы ведем расследование.

– Я сам про это забываю, когда возвращаюсь в симуляцию. В Риме я тот, кого изображаю, на все сто процентов... Вы думаете, он мог нас засечь?

Ломас пожал плечами. Мне вдруг стало тревожно, словно я подхватил от начальства ментальный вирус.

– А вдруг он слушает сейчас нашу беседу?

– Это вряд ли, – ответил Ломас. – Корпоративные сети надежно защищены. А в симуляции вы просто спите. Если Порфирий войдет к вам в каюту и начнет вас будить, сперва вы вернетесь в Рим, а только потом проснетесь. Наша встреча станет сном, уже стирающимся из памяти. Меня беспокоит не это.

– А что? – спросил я.

Передо мной на стол шлепнулась черная папка.

– Во время разговора на палубе Порфирий сделал контекстный запрос по теме «Колосс Солнца». Мы перехватили ответ и прочли. Такие запросы он даже не шифрует.

– Кому он посылал запрос?

– Сам себе.

– То есть?

– Это одна из его технологий. Он часто пытается осмыслить какой-то из феноменов Рима через его понимание в более поздних культурах.

– Осмыслить? – спросил я. – Так он все же мыслит?

– Пожалуйста, не цепляйтесь к словам. Не то чтобы он действительно что-то осмысливал. Он посылает сам себе запрос – но отвечает на него уже не из римской ипостаси, а в качестве контент-бота с опорой на современную базу данных. Эти ответы не слишком похожи на фактический материал. Скорее, это миниатюрные конспирологические эссе с рискованными обобщениями и натяжками.

– Зачем это ему?

– Он ищет новые комбинации слов, чтобы бросить их в свой лингвистический компот. Будущее дает ему такие ингредиенты, каких в римской культуре не было. Можно сказать, что его понимание становится более глубоким, чем современное ему человеческое. Но с математической точки зрения речь идет просто о расширении векторного поля, с которым работает алгоритм... Посмотрите сами.

В папке лежало несколько страниц. Я начал читать.

Императорский бот-комментатор AI 39
(Бывают странные сближенья)

– Что за сближенья? – спросил я.

– У каждого бота есть девиз, характеризующий метод его работы. На самом деле это разные ипостаси Порфирия.

Я погрузился в чтение.

КОЛОСС СОЛНЦА

контекстная справка по запросу R461

Изначально это была статуя Нерона, отлитая для огромного дворца на месте римского пожарища. Во дворце было искусственное озеро – оно располагалось там, где сейчас Колизей. После смерти Нерона и воцарения Флавиев озеро засыпали и возвели на его месте амфитеатр, а статую Нерона переделали в стоящего рядом с цирком Гелиоса.

Огромный бронзовый идол пугал современников настолько, что даже отразился в Апокалипсисе. Число 666, как объясняют историки, получается из суммы численных значений слов CAESAR NERO, записанных еврейскими буквами.

Страшнее крошки зверя нет.

Тем не менее за эти вычисления пришлось ответить. Амфитеатр был построен сменившими Нерона Флавиями за счет первой крупной экспроприации еврейской собственности. Это, говоря по-современному, было инфраструктурное вложение средств, награбленных в Иудее, конкретно – в Иерусалимском Храме.

Храм этот, по сути, переплавили в Колизей. Не потому ли он до сих пор стоит, спросим мы таинственным шепотом, и понимаем ли мы его реальную функцию?

Колосс Нерона превратили в бога Гелиоса, приделав ему солнечную корону с длинными шипами-лучами – но осадок, как говорится, остался.

Представь иудея-книжника, тайного христианина, приехавшего в Рим из Кесарии. Он боязливо подходит к богу в сверкающей короне, смотрит на него снизу вверх, и губы его неслышно шепчут число Зверя... Вот он, металлический Зверь Рима, подобный быку, в чьей утробе сжигают приносимых в жертву. Страшный, прекрасный, кровопролитный...

При Антонинах Колосс некоторое время изображал цезаря Коммода в виде Геркулеса, для чего статуе сделали другую голову с бородой – только подумай, божественный, каково было бронзовому идолу менять головы как шляпы. Так можно всю идентичность потерять. Но этого, к счастью, не произошло – солнечную корону вскоре вернули, и остаток своего срока истукан домотал в качестве Сол Инвиктуса.

Этот огромный бронзовый мужчина был по-своему красив и даже элегантен. Он опирался на что-то вроде зонтика. Некоторые считают этот предмет кормилом власти, воткнутым в глобус – хотя какой, спрашивается, глобус в Риме и зачем глобусу руль? Другие шепотом разъясняют, что это был штырь солнечных часов, уместный рядом с солярным божеством и символизирующий контроль над вектором времени.

Указание на связь хода времени с проливаемой на арене кровью напоминает нам, что время, в котором живут люди – это живая и сознательная сущность, любящая хорошо закусить. И не только падалью.

Связь солнца, времени и крови видели не одни римляне, но и, например, ацтеки. Критические проблемы – что у Рима, что у цивилизаций доколумбовой Америки, что у близкого им по духу Советского Союза – возникли как раз тогда, когда жертвоприношения прекратились и солнцу цивилизации отказали в проливаемой крови.

Кстати сказать, большая часть того, что принято считать войнами, была на самом деле организованными жертвоприношениями. «Войны» в истории случаются не так часто – элиты не любят гибнуть. Они предпочитают регламентированные гладиаторские игры с тотализатором или священный воинский баскетбол с отправкой игроков к Уицлипуцли. Сами они не играют – должен же кто-то вдохновлять и вести счет.

Когда кровь на римской арене перестала литься, античный вектор времени схлопнулся. Победила другая ветка реальности. Статуя упала, и папа Григорий Великий пустил бронзу на пушки. Сбылось пророчество, что Рим простоит столько же, сколько Колосс. Вечный город превратился в руины.

Христиане к этому времени уже много веков поили жертвенной кровью другой вектор времени. Отжимать ее дистанционно (причем сразу во всех смыслах) они научились еще в римском цирке – и эта наука не просто сохранилась, а сделала с тех пор много чудных открытий. Хотя у христиан технологию, увы, тоже отжали.

Никто не знает, как выглядел Колосс в мелких деталях. До нас дошли только неотчетливые изображения на монетах. В симуляции «ROMA-3» учли все оставшиеся свидетельства и возвели максимально близкую к историческому оригиналу копию.

Получилось... нечто вроде самца статуи Свободы. Без всякого подтекста, конечно.

Они ведь правда похожи – Колосс, в честь которого Храм-Амфитеатр назвали Колизеем, и статуя Свободы. Просто один биологический вид.

Одного роста.

Одинаковые шипы на лбу – только за ними разная легенда: у Свободы это терновый венец, а у Колосса солнечная корона. Но нарративы нынче дешевы: не десять ли их продают за два ассария?

Свобода сжимает в поднятой руке факел с зафиксированным в моменте пламенем, а Колосс держится за нечто, упертое в землю. Сравни их сам. Можно сказать, статуя Свободы – это замаскированный Колосс Солнца эпохи «Girl Power» – нашего просвещенного времени, отрицающего токсичную маскулинность и апроприирующего Число Зверя в добром юмористическом ключе.

Изготовлена она, что характерно, в провинции древней империи. Но официально первая статуя (и мировая языческая империя) не имеют никакого отношения ко второй.

Как интересен наш мир, не правда ли, божественный? Жаль, что мы не понимаем его от слова «совсем» – и наши орлы летят над ним низэнько-низэнько.

– Все понятно, – сказал я. – В закатном небе была большая туча, и Порфирий сравнил ее с Колоссом Солнца. В это время, наверно, он и послал запрос.

– Да, – ответил Ломас. – Но меня тревожит, что Порфирий заговорил про время и кровь. Совсем как эта литературная рыба. Уж не она ли его случайно надоумила?

– Вы же говорите, что он не может нас подслушать.

– Нас с вами – нет. А вот вас с рыбой...

– Скорее всего, совпадение, – сказал я.

– Про время и кровь – может быть. Но когда вы встречались с рыбой, Порфирий сделал запрос на тему «мизогиния в русской литературе позднего карбона». Тоже совпадение?

– Он послал такой запрос?

– Все в папке, посмотрите сами. Текст очень короткий.

Я взял следующий лист.

Императорский бот-комментатор AI 412
(Цитаты великих)

МИЗОГИНИЯ В Р/ЛИТ. ПОЗДНЕГО КАРБОНА

контекстная справка по запросу V457

Мизогиния в литературе – ситуация, когда «хитрая, злобная и мерзкая сука обвиняет писателя в том, что его героини – хитрые, злобные и мерзкие суки, потому что ему не попадались другие женщины, умеющие любить, понимать и прощать» (Г. А. Шарабан-Мухлюев).

О как. Это, конечно, не про мою рыбку. Карбоновые художники не кланялись летящим в них ядрам, это я уже понимал, но было действительно странно, что сразу в двух запросах Порфирия всплыли темы из моей подводной консультации.

– Что скажете? – спросил Ломас.

– Думаете, Порфирий все знает?

– Ну не все. Он вряд ли в курсе, что с рыбой говорил его друг Маркус. Скорей всего, просто получил доступ к стенограмме вашей беседы – корпоративные консультации архивируются, и грифа на них нет.

– Если это так, – сказал я, – теперь он может использовать теории рыбы в качестве скрипта. Мы пытаемся сообразить, по какому сценарию он будет действовать – и сами его пишем.

– Вряд ли ему сильно нужен наш сценарий, – ответил Ломас. – Я думаю, у него своих хватает. Но в общем массиве его базы такой вариант теперь тоже присутствует. Это верно.

– А стенограмму нашего с вами общения он прочитать не может?

– Нет. Разговоры в моем кабинете никто не записывает, и от них не остается стенограмм.

Здесь бояться нечего. Но лучше исходить из того, что о расследовании ему известно.

– Если он следит за нами, – спросил я, – как он это делает?

– Не знаю, – ответил Ломас. – Зависит от того, какие именно алгоритмы состоят в заговоре.

– О, заговор! Я уже соскучился. Есть что-то новое?

Ломас поглядел на меня гораздо мрачнее, чем я ожидал.

– Есть, – сказал он. – И я не понимаю вашего веселья. Вы читали про книгу Лукина. А теперь ознакомьтесь вот с этим...

Он положил передо мной несколько скрепленных скобкой машинописных страниц. Опять читать.

Я заметил на скобке крохотную полоску ржавчины и – рядом с ней – тончайшую полоску высохшего лака, подрагивающую на сквозняке.

Ну да, на поверхности планеты скобки склеивают в обойму прозрачным лаком. Иногда, если повезет, можно увидеть такой лепесток. Скобка может быть чуть ржавой, тоже верно, хотя без лупы не увидишь. Но ржавчина и лак вместе – это просто чудо природы.

Ломас определенно спешил жить и не отказывал себе ни в чем. Может, подумал я, он правда знает про будущее что-то такое... Не зря ведь каждый день меня пугает.

Впрочем, это его работа – всех пугать. Но неужели он верит в заговор сам?

– Где вы гуляете, Маркус? – недовольно спросил Ломас. – У вас отсутствующий вид. Сосредоточьтесь и читайте.

Я погрузился в текст.

КАКУЮ МАЛИНКУ ТАНЦЕВАЛА «КАЛИНКА»

Постоянные подписчики нашего канала знают, что Доброе Государство вступило в климатические войны из-за томика климатолога Лукина, прочитанного Дядей Отечества генералом Судоплатоновым в личной симуляции. Все слышали про Беседку Ста Ароматов, про медицински выверенный срок ожидания очередной девственницы и так далее – клубничный сок из этого инфоповода отжали досуха.

Вот только никому не пришло в голову задаться простым вопросом – каким образом злополучная книга оказалась на столе в Беседке Ста Ароматов?

Мы же этим заинтересовались, провели специальное расследование и делимся теперь его шокирующими результатами с подписчиками.

Те, кого интересует эстетика сердобольской власти и персональный быт Вечных Вождей, наверняка слышали про Высшее дизайн-бюро партии сердоболов. Эта загадочная институция всегда была предметом мечтаний девочек-дизайнерш, живущих на территории Добросуда.

Дело в том, что до самых недавних пор из этого дизайнерского бюро можно было попасть прямо в банку, проявив себя в качестве «выдающегося национального дизайнера», а расчеты с «TRANSHUMANISM INC.» производились из сердобольского культурного бюджета.

Понятно, что золотую ниву окучивали родственники высших сердоболов, и попадали в дизайн-бюро не молодые таланты, а пожилые тетки и свояченицы кого надо. Не надо объяснять, что к дизайну они имели примерно такое же отношение, как их высокопоставленные родственники – к представительной демократии.

Работали за «молодых талантов» не слишком умело направляемые нейросети – отчего окружающие партийных бонз объекты искусства (да и общая эстетика их быта) были весьма своеобразны. Вспомните хотя бы херувимов с кадилами, ведущих ежедневную девственницу в беседку Дяди Отечества – ну какому религиозному сердцу не почудится здесь невысказанный упрек?

Только представьте – огненные мечи, сверкающие взоры... Надо быть весьма отважным существом, чтобы после такой манифестации поставить приведенную дуньку раком и попытаться получить удовольствие. А хотели, наверное, как лучше... Конечно, баночное руководство в бога не верит. Но тем важнее для него знаки одобрения со стороны сверхъестественных сил.

Подобные ляпы влияют на психологическое состояние руководства весьма мрачным образом, даже если не осознаются. Некоторые публицисты вспоминают в этой связи про божественное правосудие – но привлечение божества не требуется: наши элиты уже много веков практикуют полное кармическое самообслуживание. Пусть ты попал в банку, но твое вечное счастье в конечном счете конструируют те же тупые и злобные мозги, что создают весь остальной национальный кавардак (чтобы не сказать «кадаврак» – увы, слово это окажется дважды верным).

Как именно нейросеть подбирает интерьеры, установить сложно. Это определяется обучением и тренировкой. Но о каждом сделанном выборе остается архивная запись. Если бы «Душа-Ветерок» была добавлена на генеральский столик обычным дизайн-ботом, мы могли бы ознакомиться с креативным заданием, по которому в Беседке Ста Ароматов появилась эта книга.

Нетрудно догадаться, что интересующая нас запись была стерта. Но вокруг этой истории осталось достаточно цифровых следов, чтобы установить заказчика со стопроцентной точностью (не будем утомлять читателя деталями расследования – поверьте, что у корпоративного канала «TRANSHUMANISM INC.» такие возможности есть).

Следы указывают на сердобольскую сеть, прославившуюся отнюдь не в области баночного вип-дизайна.

Сердобольские спецслужбы известны своей нерасторопностью – и, если честно, тупостью. Но в важных операциях им часто сопутствует успех. Причина в том, что в планировании им помогает особая нейросеть, известная как «Калинка» (настоящее это название или конспиративная кличка, мы точно не знаем).

Те, кто общался с «Калинкой», рассказывают, что у нее смешная аватарка – эдакая прижившаяся на Руси богиня Кали, сменившая сари на зипун. Не забыт даже старушечий платок на голове – он повязан таким образом, что концы торчат вверх как рожки. Кому-то смешно. А кому-то, пожалуй, станет и страшно.

Эта нейросеть может с высокой точностью просчитать действия оппонента – и способна поэтому составлять так называемые «многоходовочки», с карбоновых времен пользующиеся огромной популярностью у российской элиты.

Что такое «многоходовка», человеку современной культуры объяснить сложно, поэтому приведем здесь отрывок из одноименного эссе Г. А. Шарабан-Мухлюева.

«Как конкретно происходила борьба за место под солнцем в рядах поздней советской элиты? Заказные убийства тогда не были распространены. Но вот история, достойная пера Шекспира.

В Советском Союзе существовала так называемая Высшая Партийная Школа Экономики – нечто вроде спецкурсов для топовой бюрократии. В ней ничему особо не учили – но будущие бонзы терлись там друг о друга и советскую реальность, приобретая опыт и нюх.

Дальше – только факты.

Два высокопоставленных хозяйственника из ВПШЭ приезжают в сельский дом отдыха (формально это курсы повышения партийной квалификации, но суть подобных мероприятий сводилась к тихому пьянству). Внешне они друзья, на самом деле – конкуренты, потому что хлебное место секретаря парткома сможет занять только один.

Оба материалисты духа, строевые идеологические работники, кряжистые земные люди. Вместе ходят гулять в лес, выпивают, жгут костры, ловят рыбу. Вскоре выясняется, что у одного из них есть странная и забавная особенность. Он любит, как он выражается сам, «сделать на природе» – для живущего в бетонной норе горожанина, мечтающего о партийной даче, вполне понятная фиксация.

Возможность гадить в кустах на своем собственном участке еще впереди – но будущий секретарь парткома пользуется сельским отдыхом в полном объеме. Усаживаясь в кустах, он всякий раз подолгу балагурит, а когда процедура закончена, внимательно оглядывает ее результат и удовлетворенно крякает, получив лишнее подтверждение, что данная нам в ощущениях вселенная надежна и материальна, и то же относится к ее высшему проявлению – советскому миру.

Именно этот слушатель и является фаворитом партийной гонки (что в свете подобной привычки кажется вполне естественным).

Срок сельского отдыха подходит к концу. Два товарища идут погулять на природе в последний раз. И вот первый по своему обыкновению усаживается в кустах, с прибаутками и частушками справляет большую нужду, а затем оглядывается, чтобы получить лишнее подтверждение всему, во что верит.

Но на земле ничего нет. Ничего.

Мужчина долгое время смотрит на сухие листья, зеленые лезвия травы, крохотного красного паучка, ползущего куда-то по русскому обычаю. Пустота. Однако просветления не происходит – наоборот, он сходит с ума. Несколькими часами позже он выбрасывается из окна шестого этажа.

Партийным секретарем становится второй.

Понять, что произошло в лесу, помогла бы саперная лопатка, тайно взятая им на прогулку. Однако второй партиец по какой-то причине припрятал ее в кустах.

Читательница уже догадалась, что именно эта лопатка стала орудием преступления – и послужила для фатальной атаки.

Думаю, никого не удивит, что второй партиец сделался впоследствии чемпионом приватизации и долларовым миллиардером, а затем и высокоранговым зарубежным активистом, зовущим Русь к топору.

Поистине, какой-то гриппозный кошмар Гамлета, заблудившегося под Тюменью. «А Клавдий подобрал за ним лопатой и в ухо влил настойку белены...»

Прервем цитату для культурного комментария. Подобный филигранный расчет причинно-следственных связей, опирающийся на понимание психологических пружин и национально-культурных гештальтов, назывался в позднем карбоне «многоходовкой». Так проходила борьба за созданную советским народом собственность. Кроме лопат в ней часто использовались шашлычные шампуры, арматурные прутья и другие бытовые предметы.

Впоследствии мастера многоходовок применяли свое искусство друг против друга в борьбе кремлевских башен. Но с внешним миром это получалось значительно хуже – что объясняет в своем эссе тот же Шарабан-Мухлюев:

«Почему зарубежные партнеры с такой легкостью обманывали наших вождей, причем годами и десятилетиями? Причина была, конечно, в механизме селекции отечественного руководства, где акцент делался на качествах, бесполезных в окружающем мире.

Если развить метафору, при встречах наших вождей со ставленниками Люцифера и Иблиса никто из последних не садился гадить в кустах.

Шашлык тоже не жарили, и наши руководители ничего не могли отжать у жизни и судьбы, применяя знакомые технологии. А что у партнеров вместо шампура и лопаты, никто толком не знал.

У России когда-то были две беды – дураки и дороги. Прогресс обновил повестку: теперь это мудозвоны и автострады. But let's call a spade a spade[1]: и на новом витке исторической спирали главная из наших бед – это та засекреченная автострада, по которой мудозвонов завозят по ночам во власть...»

Горькая инвектива классика, однако, не распространяется на «Калинку». Эта сеть не только просчитывала многоходовки лучше самого опытного сердобольского бюрократа, но вдобавок к этому умело действовала и вне Доброго Государства.

По слухам, именно «Калинка» спланировала знаменитое убийство барона Ротшильда, сумев определить, что финансист захочет лично вступить в спортивный поединок с сердобольской киллеркой (хотя были, конечно, предусмотрены и другие варианты действий).

Но в случае с книгой климатолога Лукина «Калинка» превзошла сама себя. Она предугадала не только то, что Судоплатонов озаботится ветрогенезисом, но и то, что в результате его банку уронят с полки лондонского хранилища.

Действительно, высший пилотаж.

---

[1] Давайте называть вещи своими именами.

Понимаете теперь, что произошло? «Калинка» занялась дизайном окружающего Дядю Отечества пространства не просто так – эта работа была поручена ей начальством. А командовал «Калинкой» не кто иной как генерал Шкуро, партийная кличка «Счастливчик».

Именно Шкуро, как мы знаем, сменил генерала Судоплатонова на сердобольском престоле после лондонского инцидента. А до этого, как и положено преемнику, Шкуро играл с вождем в лапту в центре райского сада и мог видеть Беседку Ста Ароматов собственными глазами.

Конечно, закрадывается подозрение, что «Калинка» просчитала только начало разворачивающейся на наших глазах драмы, а прочие действия властей были согласованы в глубинах того самого лондонского бункера, где хранятся сердобольские банки и – по странному совпадению – цереброконтейнеры главных воротил планеты.

Одна, так сказать, грибница.

Дальше мы не продолжаем. Думай сам, друг, крепко думай бессонной ночью – но смотри, чтобы в твоем окне не горела слишком долго одинокая лампа и жандармы не взяли тебя на заметку...

Думать можно и в темноте.

Когда и как зажечь лампу, мы сообщим отдельно.

Духокор ЗЕМЕЛЯ-3
специально для канала WHATinFORm

Снизу, как и в прошлый раз, были комментарии читателей.

1. PRIMOPENIS

Ой, слова-то какие... Когда зажечь лампу, значит, сообщит. А кто этот ЗЕМЕЛЯ-3? Зовут его Марат Карапетов. Работал раньше в конюшне Штаба Жандармерии, торговал налево элитными жеребятами-нечиповками. А потом, как за жопу взяли, отъехал куда надо и принялся лампы зажигать. Земеля такой земеля.

Надоели эти свалившие за кордон барыги с тремя паспортами и пятью видами на жительство, считающие себя моральными авторитетами из-за того, что вовремя вылезли из-под одной конторы и легли под другую.

Причем, как все понимают, насчет «вылезли» – это ведь далеко не факт. Раньше жеребят воровали, а теперь учат туземных русачков-однопаспортников лампы зажигать. Ага. Зажжешь, и на полтинник в Сибирь. А Карапетову премию за лишнюю пару ушей. А может, сразу две премии. Противно.

Наблюдатель

2. SECUNDOPENIS

А мы, думаешь, не знаем, какой ты Наблюдатель? Сердобольский петух из жандармерии, видно по эн-пи. Русский человек сегодня должен спешить на улицу с колуном и факелом, чтобы искупить свою всемирно-историческую вину, и все равно не факт, что простим. А этот на активистов клевещет и чужие паспорта считает. Сру и ссу тебе на рожу.

Техасский Рейнджер

3. КАКАЯ НАХЕР ВИНА?

Ты разбери вопросик-то. Это ж вы нам сердобольских сук на шею посадили, чтобы воровать было сподручнее. Государя и всех его клонов стрельнули с нагана, потому что они о людях заботились, а остальных танкодронами раздавили. Известно же, из какого посольства ими управляли. Думали, мартышкам бантустана хватит, а получили мятежный дурдом с орбитальным лазером.

Проследи сам – что, как, почему и откуда выросло. Если ваш собственный причинно-следственный голем кусает вас за жопу, значит, созрела карма. Кушать подано. Ваше говно приняло форму бумеранга и летит назад. Кстати, рэйнджер, судя по эн-пи, ты не в Техасе, а в Бат-Яме?

Куприянов

4. А ТЫ ПРИВИЛСЯ, БЕЛАЯ МРАЗЬ?

Если Техасский Рейнджер и Куприянов глупые, разъясняю, откуда это выросло: из фундаментального, глубинного, не отрефлексированного еще как следует расизма, на котором основана вся запад-

ная цивилизация. Только теперь этот расизм перенесли с /ZH-слово/ и /N-слово/на /RSH-слово/, /RSC-слово/ и /RSS-слово/.

Эн-пи скрыт, зря не парьтесь.
Наташ с Нью-Йорку (оне, ихх)

5. КОНТЕНТ ФИ
С тех пор как корпорация «TRANSHUMANISM INC.» приобрела замечательный «Ватинформ» и превратила его в эту непонятную помойку с английским названием, канал стало невозможно читать. Где увлекательная конспирология? Правды жизни мне и на службе хватает.

Миранда, Геленджик

Ломас отобрал у меня распечатку.

– Комменты не читайте, затрясет. Алгоритм их специально так пишет – два-три прочел, и уже давление подскочило.

– Это тоже Порфирий? – спросил я.

– По латыни догадались?

– Типа того. Значит, он и на Ватинформ работает. Изумительно.

– Знаете этот канал?

– Да, – сказал я. – Не знал только, что он тоже принадлежит нашей корпорации.

– Конспирология – слишком влиятельное направление мысли, чтобы доверять его конспирологам, – улыбнулся Ломас. – Ну, что скажете?

– Все это правда?

– Не уверен, – ответил Ломас. – Сведений, что Шкуро контактировал с чужими спецслужбами по поводу смещения Дяди Отечества, у меня нет.

– Я не про спецслужбы. Это «Калинка» подложила книгу Судоплатонову в беседку?

– Думайте, Маркус, думайте... Вся информация у вас есть.

– Шкуро мог дать нейросети общий приказ, а та подобрала нужную книгу. Вполне в рамках сердобольских многоходовочек. Но если это правда, откуда Порфирий узнал?

– Порфирий оперирует теми фактами и слухами, которые есть в сети, – сказал Ломас. – Он может гнать любую пургу, на Ватинформе это приветствуется. Но ложь обычно состоит из искаженных фрагментов правды.

– Вы хотите сказать, он говорит только часть правды?

– Именно так. Я хочу, чтобы вы еще раз попробовали увидеть все сами.

– Нет, – ответил я, – я бы уже догадался, если бы мог.

– Хорошо, – сказал Ломас. – Прочтите еще раз, как выглядит аватар «Калинки».

Я зашелестел бумагой.

– Где это... Ага. «Эдакая прижившаяся на Руси богиня Кали, поменявшая сари на зипун... Платок на голове... концы торчат вверх как рожки...» И что?

– Вы не видели недавно ничего похожего?

– Нет, – ответил я. – Совершенно точно.

Ломас положил передо мной на стол еще одну бумагу. Это была прорисовка барельефа, показанного мне Порфирием в подземной кумирне.

Одна из фигур была обведена знакомым красным фломастером. Какая-то рогатая демоница, на которую я до этого не обращал особого внимания. Но сейчас мне показалось, что рога, торчащие из чего-то вроде узла, действительно напоминают концы платка. Одежда ее тоже выглядела странно.

– Вы представляете себе зипун? – спросил Ломас.

Я отрицательно покачал головой.

– В общем, он примерно такой. С поправкой на античное видение.

– Вы думаете, на барельефе аватар «Калинки»?

– Я не думаю, – ответил Ломас. – Я в этом уверен. Вы понимаете, что отсюда следует?

– Что?

– Во-первых, «Калинка» в числе заговорщиков – это действительно страшно. Целеполагательную способность Порфирия нужно теперь умножать на комбинаторные возможности этой сети. Грубо говоря, Порфирий ставит задачу, а «Калинка» ее выполняет. Во-вторых, очень может быть, что заговор существует много лет. Дольше Курган-сарая. И если это так, то климатические войны начались не из-за того, что Шкуро захотел залезть на место Судоплатонова.

– А почему?

– Так захотели Порфирий с «Калинкой». Это они подложили книгу Лукина в беседку Дяди Отечества.

– Но «Калинкой» командовал Шкуро.

– Мало ли кто чем командует. Или думает, что командует. Шкуро не стал бы обострять международную обстановку до такой степени. Это слишком даже для сердобола на спецвеществах. Он становился преемником Судоплатонова в любом случае. Куда ему было торопиться?

– Вы хотите сказать, что климатические войны начал Порфирий?

– Не начал. Инициировал. Бросил тот первый камешек, за которым покатилась увлекающая всех лавина. А куда и как его бросить, объяснила «Калинка».

– В Добросуде все знают, кто скинул Судоплатонова, – сказал я. – Это был Шкуро. Просто про «Калинку» раньше не упоминали. И про эту книгу тоже.

– Даже если команду нейросети отдал Шкуро, суть не меняется. Пусть «Калинка» подключилась к заговору Порфирия позже. Но теперь-то она в нем. Для нас с вами разницы нет.

– Знаете, адмирал, – сказал я, – основывать такую радикальную гипотезу на сходстве рогатой фигуры с барельефа и русской бабки в платке... Тем более не настоящей бабки, а аватарки... Хороший материал для «Ватинформа».

Ломас усмехнулся.

– Вы не представляете, Маркус, как я мечтал бы ошибиться. Оказаться старым параноиком, шизофреником, просто кретином.

– Я не исключаю, – сказал я осторожно, – что вы в чем-то правы. Но это требует серьезной проверки.

– Пока мы будем проверять, – ответил Ломас, – они будут действовать. Я обязан знать, чего хочет Порфирий.

– Он ничего не...

– Я понимаю, – кивнул Ломас. – Но ведь существует какая-то цель, к которой ведет его чертова многоходовка. И она должна быть сформулирована в словах.

– Скорей всего, – сказал я, – мы поймем это в Элевсине.

Маркус Забаба Шам Иддин (ROMA-3)

В этот раз я проснулся из-за долгого отсутствия качки.

Перед этим мне снилось (или мерещилось сквозь сон), что наше судно попало в бурю и вокруг скачут рогатые старухи. Меня качало, крутило и трясло, словно я был мешком пшеницы и рабы по цепочке перебрасывали меня с галеры на пристань.

Но я ухитрялся спать, даже будучи таким мешком. А затем наступила пугающая неподвижность. Мне приснилось, будто корабль потонул и лег на дно – а в моей каюте остается воздух, потому что дверь хорошо пригнана и не пускает воду внутрь.

Но когда я открыл глаза, я не увидел никакой каюты.

Я лежал под открытым небом среди пепельных скал. Под моей головой был свернутый плащ. Меч – на жухлой траве под ладонью.

Я проснулся от звука голоса. Где-то рядом пел по-гречески Порфирий, негромко и на удивление красиво:

– Whatever happened to the great escape
the finest ever made
from the world's greatest circus?[1]

Слова были как стрела, а мелодия как тетива – и песня пронзила мою душу. Я сглотнул слезу, издав какой-то нелепый звук. Порфирий засмеялся.

– Ты проснулся, Маркус?

Я повернул голову. Император в серой тунике стоял у скалы, опираясь на нее плечом. Его распущенные длинные волосы трепал легкий ветер. Я впервые заметил в них седину – значит, в прошлый раз дело было не только в лунном свете.

Мне пришло в голову, что в неброской одежде Порфирий похож на бродячего актера – такие слоняются по провинции и разыгрывают сцены из Гомера и Еврипида. Но я отогнал непочтительную мысль.

– Да, господин.

– Кажется, ты чем-то опечален?

– Нет, – ответил я, – но твоя песня ужалила меня в сердце.

– А, – сказал Порфирий. – Ну для этого песни и пишут.

– Кто ее сочинил?

---

[1] Что же случилось с великим побегом, лучшим из удавшихся, из главного мирового цирка?

– Я запамятовал имя, – улыбнулся Порфирий. – Кажется, какой-то греческий кифаред. Она о том...

– Я знаю, – сказал я. – Не говори.

Порфирий удивленно поднял бровь.

– Тогда скажи ты, друг.

– Великий побег – это про мое чудесное спасение из амфитеатра. И еще про то, что новая жизнь, подаренная мне парками, уйдет глупо и бездарно, поскольку на иное я не способен...

Порфирий засмеялся.

– Не такова ли судьба любого человека? – спросил он. – Любого мудреца, любого героя? Любого императора? Бездарная глупость есть суть нашей жизни. Жди боги чего-то другого, они не поместили бы нас в это смрадное распадающееся тело. Какой еще великий побег, пока дух привязан к телу, как пес к позорной будке? Мы всего лишь звери, на которых объявлена охота. Тело побежит туда, куда его направят загонщики, а потом испустит дух...

– Если тебя гонит великий загонщик, – сказал я тихо, – то это и будет великий побег.

– Да, – кивнул Порфирий. – Красивые слова. Но что они значат?

– Не знаю, кто послал нас сюда и зачем, – ответил я, – но жизнь способна изумлять, намекая на невозможное. Вот я, простой гладиатор, удостоился того, что мне поет император

Рима. И как знать, может быть, он и есть неведомый кифаред, сочинивший эту песню?

– Нет, – сказал Порфирий, – не я. Но слова твои приятны. Пойдем же и узнаем, куда гонит нас великий загонщик, для которого нет разницы между тобой и мной...

Только тут я сообразил, что не имею ни малейшего представления о том, где мы и как сюда попали.

– Как мы здесь очутились, господин? Вчера я выпил данное тобой зелье и ушел спать, а сегодня проснулся среди этих скал...

– Здесь расположен тайный храм Дианы, Открывающей Суть. Тебе, как ее почитателю, должно понравиться. Вчера я велел слугам поднять нас к храму, пока мы спим, и оставить в этом месте.

– Могу я спросить почему?

Порфирий улыбнулся.

– Если хочешь получить указание божества, следует обнажить душу, освободив ее от всех влияний. Как иначе божество поймет, кто ты, откуда идешь и куда?

– Верно.

– Но душа подобна морю, – продолжал Порфирий. – А наши впечатления – как ветер, вздымающий волны. Когда ты приближаешься к святилищу, случайная встреча или событие могут взволновать тебя и сделать гадание лишенным смысла. Поэтому в древности мудрые мужи приближались к оракулу в закрытой повозке, с запечатанными воском ушами – и выходили наружу во дворе храма, завязав глаза.

– Да, – сказал я, – я понимаю, господин. Ты сделал фактически то же самое.

Порфирий кивнул.

– Однако что это за оракул? – спросил я. – Я ничего не слышал о таком святилище на греческом побережье.

– Оно тайное, – ответил Порфирий, – и знают про него лишь мисты. Именно поэтому полученный здесь совет обладает великой силой.

Со склона открывался вид на море. С другой стороны начинался лес. Я не видел нигде никакого храма. Не было даже дороги – только еле видная тропа между серыми скалами.

– Я уже посетил святилище, пока ты спал, – сказал Порфирий. – Теперь подняться туда следует тебе. Иди за мной, оно рядом.

Он повернулся и пошел вверх по тропе.

Я направился следом, недоумевая, что все это значит. Никакого оракула, тем более знаменитого, быть в таком месте не могло.

Скоро мы вышли на вершину холма, и я увидел небольшую ферму. Это был пристроенный к скале каменный дом и несколько стоящих рядом сараев, вокруг которых паслись худые и надменные греческие козы.

– Это здесь, – тихо сказал Порфирий. – Крайне интересно, что она тебе скажет.

На лавке возле дома сидела старуха в грязном серо-зеленом фартуке. Сначала она показалась мне жухлым от солнца кустом – такие росли вокруг. Она не шевелилась и, похоже, спала, привалившись к стене. Я подумал, что император говорит о ней.

– Кто? – спросил я. – Старушка?

– Нет, – ответил Порфирий. – Богиня. Видишь вход в грот?

Только теперь я заметил в скале длинную и высокую расщелину.

– Зайди туда, – сказал Порфирий, – и задай вопрос.

– Что именно я должен спросить?

– Что хочешь. Ответ богини мало зависит от твоих слов. Главное, брось в таз вот это...

Он протянул мне золотой ауреус.

– Бросай сильнее, чтобы звякнуло. Боги знают, что ты здесь. У них множество дел, и заставлять их долго ждать невежливо.

Взяв монету, я поклонился императору и пошел к гроту. Дойдя до входа, я остановился посмотреть на ауреус. На одной его стороне был профиль Порфирия в диадеме. На другой – амфитеатр Флавиев и стоящий рядом Колосс в зубчатой короне. Монету отчеканили весьма искусно – можно было различить статуи в нишах цирка. Я не видел такой прежде.

Я вошел в грот. Слова Порфирия еще звучали в моих ушах. Много дел, надо же. Какие же это боги, если у них до сих пор есть дела? Это чья-то прислуга. Особых дел нет даже у меня. Если не считать, конечно, обязанности отдать жизнь за Порфирия.

В пещере было полутемно. Сперва мне хватало света от входного пролома, а потом впереди затеплились огоньки.

Горело всего несколько плошек – ровно столько, чтобы я мог различить, куда ступаю. Но видно было, что вокруг валяются обломки статуй: руки, головы, мраморные торсы. В полутьме они выглядели загадочно и жутко, напоминая об эонах хаоса, из которых вынырнул наш мир... Впрочем, их наверняка разбросали по краям прохода именно с целью смутить душу. Или настроить ее на возвышенный лад.

Я вышел в место, освещенное лучше. Свечи здесь лепились на залитых воском камнях как опята на пеньках. Масляные лампадки с ликами медуз и героев горели на стенах. Это был небольшой подземный храм – или, скорее, часовня.

Пол его рассекала трещина. Оттуда попахивало серой – видимо, здесь начиналась одна из уходящих в чрево Земли расщелин, через которые к поверхности поднимается дыхание Аида.

Над трещиной стоял мощный бронзовый треножник с креслом и ведущей к нему лесенкой. В кресле покоилась фигура в темном плаще с капюшоном. Ни лица, ни ее рук я не видел.

Это была, как я догадался, пифия – вдыхая серные эманации, она входила в транс и начинала видеть замыслы парок. Но не вредно ли сидеть в этих испарениях весь день?

В скале над головой пифии была высечена загадочная греческая надпись:

ONLY A SITH DEALS IN ABSOLUTES[1]

Я знал греческий хорошо и понимал каждое из слов, хотя некоторые были редкими – таких не услышишь на базаре. Но изречение все равно оставалось для меня загадочным. Я как бы ощущал тень смысла, но не взялся бы объяснить его другому. Речь, по всей видимости, шла о том, что высшая ипостась бога откроется только самому продвинутому мисту. Слова эти пугали, ибо речь шла о высших тайнах Громовержца.

Ниже была еще одна греческая надпись, поменьше размером:

TAKE THE RED SABER

Еще одна загадка. Впрочем, все храмовые изречения таковы. Да и предсказания тоже. Если про иных оракулов (например, глас Аполло-

---

[1] «Только ситх оперирует абсолютами» – цитата из к/ф «Звездные войны».

на в Дельфах) и говорят, будто они ни разу не солгали, это лишь потому, что они ни разу не возвестили ничего определенного и внятного...

– Подойди, – прошелестел низкий женский голос, и я пробудился от раздумий.

Голова моя слегка кружилась – похоже, серные испарения действовали и на меня.

Перед треножником стоял медный таз с монетами. В основном это были серебряные сестерции и медная мелочь, но тускло блестящий золотой ауреус подтверждал, что передо мною здесь действительно прошел Порфирий.

Приблизившись, я бросил ауреус в таз. Он звонко ударился о медь и лег рядом с первой золотой монетой.

– Задай свой вопрос, – произнес тот же голос.

– Чего мне искать в Элевсине? – спросил я. Ничего лучше не пришло мне в голову.

– Найди единственного, – ответил голос.

Я подождал еще несколько минут. Моя голова кружилась от испарений все сильнее – и, поняв, что продолжения не будет, я поклонился пифии и покинул святилище.

Порфирий ждал меня у входа.

– Ну? Что она тебе сказала?

– «Найти единственного».

– И тебе тоже. Ясно.

Порфирий, кажется, не был удивлен.

– Нам ответили одинаково? – спросил я. – Возможно, дело в том, что мы путешествуем вместе?

– Ответ может означать разное для тебя и меня, несмотря на те же слова. Больше того, зная правила оракулов, я предположил бы, что именно так все и обстоит...

Порфирий пошел вниз по склону, и я следом. Мы молчали примерно до середины спуска, а потом он спросил:

– Что пришло тебе в голову, когда ты услышал ответ?

– Сперва я решил, что это слова про Бога. Я имею в виду единый общий источник мира... А после я подумал, что они могут относиться и к тебе, господин, так как ты единственный на земле, кто облечен божественной властью и во всем подобен высшему божеству. И оракул велит мне вернуться к тебе как можно быстрее.

Мой жизненный опыт подсказывал, что подобной мыслью можно делиться с принцепсом без опасений.

– Я тоже сначала подумал про Бога, – сказал Порфирий.

– А чего бы ему не показаться самому, раз он советует нам себя найти?

– Возможно, – ответил Порфирий, – он хочет, чтобы мы приложили усилия и доказали, что достойны встречи.

– То есть он предлагает нам поиграть в прятки? Да разве мы найдем его, если он не пожелает?

– Бог не может явиться человеку как Бог в силу человеческой ограниченности. Если бы мы могли видеть его, то не смотрели бы ни на что другое. Иллюзия этого мира развеялась бы сразу.

– Подобные вопросы выше моего разумения, господин, – сказал я. – Ты закалил свой ум, споря с лучшими философами и схоластами Рима. Я же просто гладиатор...

– Ты еще жрец, – ответил Порфирий. – И весьма умен.

– Да, господин. Но в вавилонской традиции жрец не размышляет о боге. Он ему служит.

– Это прекрасно, – кивнул Порфирий. – Еще что-нибудь приходит в голову?

– Ты чтишь оракул, – сказал я, – поэтому я не решаюсь делиться с тобой своими наблюдениями.

– Не бойся, говори.

– Голос, давший мне ответ, не принадлежал пифии. Он прилетел как бы со всех сторон сразу. Пифия даже не повела головой. Возможно, говорил кто-то другой...

– Ах, вот ты о чем... Да это вообще не пифия, Маркус. Просто воронье пугало в кресле. Если бы там сидела живая женщина, она бы давно задохнулась. Голос, который мы слышим, приходит по специальной глиняной трубе из-за стены. У них есть список нарочито туманных советов, и жрица зачитывает их по очереди.

Я засмеялся.

– Ты знаешь про это и все равно относишься к гаданию серьезно?

– Конечно, Маркус.

– Но если жрица читает заготовленные ответы, где здесь действие бога?

– Оно в том, Маркус, что тебе было сказано то, что сказано. Если жрица поленилась перевернуть страницу своего списка или просто забыла, какой ответ дала последним и прочла его дважды, это тоже рок... Действие Бога даже в том, что ты решился обратиться к оракулу. Разве может быть, что Бог есть во всем, а в ответе оракула его вдруг нет?

Я не стал на это возражать, и остаток спуска мы проделали в молчании.

На дороге нас ждал привязанный к дереву мул с поклажей. Видимо, слуги Порфирия стерегли его, прячась где-то рядом – и удалились, увидев, что мы возвращаемся.

Мы пошли по пыльной дороге вдоль горного склона, изредка сходя на обочину, чтобы пропустить повозку или группу всадников.

День был светел и юн – будто не полыхали прежде ни Акциум, ни Троя. И Порфирий тоже казался веселым и простодушным, словно не было до него ни Тиберия, ни Макрина. Он радовался красотам природы, отпускал глуповатые шутки и то и дело принимался распевать греческие песенки. Было удивительно, сколько он их помнит.

Вскоре он обратился ко мне.

– Готовясь к паломничеству, я велел составить карту нашего маршрута и нанести на нее божественные и иные достопримечательности, которые встретятся нам на дороге. Видишь ту деревню?

Он указал на белые хижины на краю живописного леса.

– Да, господин.

– Там живет философ Птолемей из Александрии. У него своя философская школа, и он, говорят, учит тайному египетскому знанию. Давай навестим его и заодно перекусим.

Мы направились к деревне.

В ней было что-то подозрительное – она казалась слишком чистой. Она вообще не походила на поселение крестьян – скорее вспоминались домики, где живут счастливые рабы, ухаживающие за виллой богатого миста.

Местные, попавшиеся нам на улице, не походили ни на землепашцев, ни на рабов. Это были бородатые мужи в чистых белых хитонах. У одного в бисерной сетке на поясе болтались таблички для письма. Порфирий спросил его, где найти Птолемея, и муж указал дорогу.

Мы к этому времени уже притомились. Становилось жарко. Когда дорога обогнула длинный пологий холм и нам открылась тенистая роща с ручьем, Порфирий сказал:

– Не отдохнуть ли немного, Маркус?

– Отличная мысль, господин. Но здесь, кажется, есть люди...

В роще действительно белело несколько хитонов.

– И что?

– У них может оказаться оружие.

– Не думаю, что нам угрожает опасность, – ответил Порфирий. – Но на крайний случай у тебя с собой меч.

– Да, господин.

Люди в роще и правда не казались опасными. Это были, судя по всему, мисты, занимавшиеся телесными упражнениями.

Порфирий расстелил плащ на берегу ручья и улегся на землю. Мы немного отдохнули, затем омылись в ручье и вернулись на прежнее место, продолжая следить за гимнастами. Я не видел ни у кого из них оружия, но кинжал легко спрятать на теле, так что я сохранял бдительность.

– Где найдешь палестру лучше, чем на траве под древесными кронами? – вопросил Порфирий. – Счастливые, они проводят дни упражняя тело и закаляя его для грядущих невзгод... Поэтому невзгоды обязательно будут – боги не позволят, чтобы столь благородный труд пропал зря. Однако их движения удивляют. Ты видел такое прежде?

– Нет, господин.

Мужчины действительно вели себя странно. Во-первых, они занимались одетыми, что было необычно даже для провинции. Во-вторых, они не упражнялись с утяжелениями и снарядами, как делают в палестре, а неподвижно замирали в диковинных позах. Польза подобного от меня ускользала.

– Я не понимаю, что они делают, – сказал Порфирий. – А ты?

– Гладиаторы так не тренируются, господин.

– Маркус, мне стало интересно. Давай их расспросим. Вон тот плешивый, кажется, и есть Птолемей. Видишь?

Порфирий указал на мужа лет пятидесяти с окладистой бородой и плешью, дававшего наставления молодому гимнасту. Ученик разучивал странную позу – стоя на одном колене и подняв другое, разворачивал торс, выставив в стороны как бы сложенные на невидимом коромысле руки. Поза выглядела неудобной и неловкой, и я не понимал, зачем принимать ее по своей воле.

Но идти к старшему мисту не пришлось. Заметив, что Порфирий указывает на него рукой, он помахал нам сам – и, быстро закончив наставление, зашагал в нашу сторону.

Приблизившись к нам, он поклонился и спросил:

– Следует ли оказать императору подобающие почести, или он путешествует тайно и предпочитает оставаться неузнанным?

Порфирий засмеялся.

– Ты Птолемей Александрийский?

– Да, господин.

– Молва донесла, что ты находчив и ловок в речах. Сейчас я просто паломник на пути в Элевсин. Поэтому называй меня «искателем» и «другом».

– Хорошо, друг, – ответил Птолемей.

Он держался почтительно, но без робости, и Порфирию это определенно нравилось.

– Скажи, чему ты учишь молодых мистов?

– Я обучаю их принимать священные египетские позы.

– А что это за позы?

– Особые положения тела, позволяющие постигать высшую мудрость.

– Кто обучил тебя им?

Птолемей улыбнулся.

– Если бы со мной говорил император, – ответил он, – я сослался бы на длинную жреческую традицию, к которой отношусь по рождению. Но, поскольку со мной говорит просто искатель, скажу все как есть. В молодости я много путешествовал по Египту и копировал рисунки в старых папирусах, а также положения статуй в храме. Странные и необычные позы определенно указывали на божественные состояния ума. Связь эта постепенно открылась мне в моих путешествиях и беседах с мудрыми. Теперь я учу специально достигать божественных состояний ума, принимая священные позы.

– Звучит прекрасно, – ответил Порфирий. – А не научишь ли ты меня с моим спутником какой-нибудь из этих священных поз?

– Чего ты хочешь достичь с ее помощью?

– Оракул, который мы только что посетили, велел нам с Маркусом *найти единственного*. Можешь ли ты показать его нам?

Птолемей задумался.

– Есть простая поза, – сказал он, – позволяющая его увидеть. Могу обучить ей за две минуты.

– Отлично, – ответил Порфирий, – две минуты у нас есть.

– Это что-то для начинающих? – спросил я. – Учти, мой господин искушен и мудр.

Птолемей повернулся ко мне.

– Это одна из высших мудростей, каким я обучаю. Но пережить божественное прозрение с помощью такой позы можно лишь один раз. Называется она «Рамзес Великий».

– Это нам вполне подобает, – сказал Порфирий.

Птолемей поклонился.

– Чтобы получить результат, надо прилежно выполнить мои инструкции.

– Конечно.

Порфирий сделал пару гимнастических движений, разминая тело.

– Напрягаться не потребуется, – сказал Птолемей. – Прежде всего следует успокоить дух глубоким дыханием. Сделайте несколько вдохов, а затем отпустите повседневные заботы и страхи. Ваш разум должен быть спокойным и безмятежным, насколько возможно. Но не старайтесь специально настроить себя на высокое – вы не знаете еще, где его искать и каково оно. Просто успокойтесь. Представьте, что только проснулись и дневные заботы еще не успели вас захватить.

Вслед за Порфирием я принялся вдыхать и выдыхать.

– Дышите медленнее... Хорошо. Теперь вытяните руки вниз и выставьте вперед правую ногу, как бы делая небольшой шаг. Не сгибайте ногу в колене... Смотрите прямо вперед. Вот так...

Он показал. В нем и правда появилось что-то египетское и древнее – даже лицо втянулось и окаменело.

Я видел такие статуи в Риме – весьма старые. Подобное положение тела не было особо неловким, но и удобным не казалось. Каково это, подумал я с усмешкой, быть гранитным истуканом и стоять в такой позе сто, двести, тысячу лет... Есть в мире вещи похуже римского цирка.

Поза, однако, была достаточно необычна, чтобы завладеть моим вниманием, и благодаря этому мои мысли действительно утихли – словно внутренним голосам, тянувшим свое «брекекекес-коакс-коакс» или просто переругивавшимся во мраке, стало интересно, что происходит.

– Теперь, – сказал Птолемей, – следует закрыть глаза. Да, вот так.

Мои глаза закрылись не до конца – опасаясь, что Птолемей может покуситься на господина, я подглядывал сквозь ресницы. Но слова миста действовали на мой разум.

– Представь, друг, что ты стоишь в позе Рамзеса в самом центре мира. Увидь мироздание вокруг как прозрачную сферу, простирающуюся во все стороны бесконечно. Заполни ее звездами и планетами. Подумай о бесчисленных живых существах, видимых и невидимых, населяющих сферу сущего. Сколь различны их заботы и нужды!

Я решился наконец полностью закрыть глаза.

– Теперь подумай о Высшей Сущности, безмерной и безграничной, создавшей Вселенную. Попроси ее войти в твой разум во всей силе и славе. Вспомни о единстве Высшей Сущности и сотворенного ею мира – оно ведь не нарушалось ни на секунду. Представь себе силу и славу божества, заполняющего собой бесконечность. Вбери в себя эту бесконечность, о Рамзес, словно ты и есть вездесущий Высший Разум. Удерживай могущество космоса в своем всепроникающем сознании...

Слова Птолемея завораживали, но все-таки я на секунду выглянул из его бесконечной сферы наружу. Птолемей стоял с закрытыми глазами на своем месте и чуть покачивался, роняя кирпичи слов:

– А теперь отпусти все бесконечные картины, рисовавшиеся твоему воображению, и позволь им раствориться без остатка. Сосредоточься лишь на безмолвно присутствующем Высшем Разуме, пронзающем собою все. Не думай об этом разуме как о чем-то отличном от тебя. Позволь себе раствориться в божестве, как только что растворилось все прочее. Сдайся полностью Высшему Разуму, создающему тебя в своем совершенном безграничном сознании...

– Ох, – тихо вздохнул Порфирий.

Я приоткрыл глаз – и сразу закрыл его. Все было спокойно.

– Сейчас, о Рамзес, Высшая Сущность явлена тебе полностью, и между тобой и ею нет никакой разницы... Это и есть Единственный, ибо он один объемлет все и служит его истоком. Цель твоего поиска достигнута. Мысленно приветствуй Высшее Существо, а затем вернись в эту рощу, в это тело и этот мир... Теперь можешь открыть глаза.

Мы с Порфирием обменялись взглядом.

– Что скажешь, Маркус? – спросил Порфирий. – Как подействовало на тебя духовное упражнение?

– Я ощутил себя частью чего-то большего, – ответил я. – Даже не частью, а самим бесконечным бытием. Бестелесным, спокойным и вечным... Впрочем, вечным не вполне... Авва, Отче. Идущие на смерть приветствуют тебя.

Птолемей недоуменно нахмурился, но Порфирий пришел мне на помощь.

– Не обращай внимания. Мой спутник был прежде гладиатором, и таковы сравнения, естественным образом приходящие ему в голову.

Птолемей повернулся ко мне.

– Пойми, друг, что высшее существо не сидит в императорской ложе. Оно глядит на мир прямо из твоего ума. Твой ум – это и есть оно.

– А на арену оно вместе со мной выходило?

– Да. Но и вместе с твоим соперником тоже.

– Хорошо, что я перестал сражаться, – сказал я. – А то мог случайно его порезать.

Такие слова приличествовали гладиатору.

– А ты, искатель? – спросил Птолемей Порфирия. – Увидел ли истину ты?

– Да, – ответил Порфирий, – это было хорошим напоминанием о ней. Но неужели ты думаешь, что я не знаком с эннеадами Плотина? Ты просто взял одну из его медитаций и приспособил к египетской позе.

Птолемей покраснел как брошенная в кипяток креветка.

– Господин, но Плотин сам перенял это знание у Аммония Саккаса, а Саккас – у жрецов Египта... Вода великой реки может прийти к тебе через множество ответвлений и рукавов. Но вкус ее будет одинаков.

– Не беспокойся, – улыбнулся Порфирий, – я не порицаю тебя. Наоборот, я благодарен. Я побывал не только божеством, но еще и Рамзесом Великим, которого древние жрецы учат сливаться с божеством... Спасибо. Возьми вот...

Порфирий кинул Птолемею свой золотой перстень, и тот ловко поймал его.

– А почему ты сказал, почтенный Птолемей, что пережить божественное прозрение с помощью этой позы можно лишь один раз? – спросил я.

– Дело в том, – ответил Птолемей, – что я не открываю разуму ничего нового. Все это очевидно. Обычно рассудок не замечает истину, поскольку созерцает вместо нее паутину неведения, которую сам же, так сказать, и плетет своей злобной суетой. Заставив тело принять на время странную позу, мы удивили разум, вынудив его выронить свою пряжу. Истина стала ненадолго видна. Но теперь твой внутренний паук уже знает фокус и не даст провести себя так легко.

– Это сложновато для Маркуса, – сказал Порфирий. – Но я тебя понимаю хорошо. У меня еще одна просьба. Мы хотели перекусить перед тем, как продолжим путь. Угостишь нас?

– У нас на кухне нет ничего изысканного, – ответил Птолемей. – Но если искатели не возражают против простой и грубой сельской пищи... Еще есть немного кислого греческого вина.

– Это будет прекрасно, – сказал Порфирий. – Не так ли, Маркус?

Мы покинули рощу. Птолемей привел нас в дом, состоявший из одного большого помещения с дубовыми балками под потолком. На штукатурке стен не было никакой росписи, даже обычных цветов и фруктов в сельском духе. Мебелью служили деревянные лавки и столы. Здесь размещалась столовая.

Поданный нам обед был прост – каша из пшена, сушеные фиги, салат со свежими оливками, печеная рыба. Но Порфирий уплетал грубую еду как парфянские деликатесы. Мне и самому казалось, что пища ничем не хуже корабельных изысков – а может, и лучше для здоровья.

Птолемей заметил наш аппетит.

– Еду делает вкусной не искусство повара, – сказал он, – а голод.

– Да, – ответил Порфирий. – Это верно. То же, кстати, относится и к женской привлекательности. Когда я служил в Дакии, у нас говорили – не бывает старых селянок, бывает мало цекубы... Цекуба – это вино, бывшее у нас в достатке.

Нам прислуживали две немолодые женщины, похожие на сельских матрон. Одна из них улыбнулась, услышав Порфирия.

– Могу я наставить нашего гостя? – спросила она.

Порфирий недоуменно поглядел на нее, потом на Птолемея.

– Нравы у нас простые, – сказал тот. – Тебе интересно, что скажет эта женщина?

– Выслушаю с удовольствием.

– Ты, друг, ищешь истину, – начала матрона, – но обременен множеством косных мужских привычек, мешающих ее увидеть. Вернее, это не исключительно мужские привычки – они свойственны человеческому уму независимо от пола. Но в мужском поведении они проявляются особенно ярко.

– Какие же это привычки?

– Мы упиваемся тем, что появляется и расцветает. И упускаем из виду подходящее к концу. Так происходит не только с вещами и людьми, но с каждым нашим переживанием и мыслью. Мы бросаем прежнее, устремляясь за новым. Из-за этого люди не видят истинной природы мира, в котором живут. Привычка пожилых сатиров вроде тебя волочиться за молоденькими есть всего лишь одно из проявлений этого проклятья.

Порфирий засмеялся.

– Почему ты говоришь, что это проклятье?

– Потому что оно замыкает человеческий ум в юдоли скорби. Из-за него люди принимают гниющий труп мира за цветущий розовый куст.

– Ну зачем же так, – сказал Порфирий. – Есть цветущий розовый куст. И есть гниющий труп. Это не одно и то же.

– Есть мудрец, – ответила матрона. – И есть простофиля. Простофиля – это тот, кто видит в распускающемся розовом кусте цветение юности. Мудрец – это тот, кто сразу узнает в нем гниющий труп.

– Будь ты помоложе, – не выдержал я, – ты бы сейчас крутила перед нами задом, а не смущала этими речами.

– И это тоже верно, – вздохнула женщина. – Я была мудра не всегда.

Порфирий сделал серьезное лицо.

– Ты права, – сказал он. – Но чтимый мною Гегесий выразил ту же мысль изящнее. Наша жизнь есть связка множества событий, и каждое из них кончается маленькой смертью. Мы не замечаем бесконечной гирлянды смертей, потому что они спрятаны под лепестками цветка, за который выдает себя мироздание...

– Рада, что ты это понимаешь, – ответила женщина.

– Если любиться с пожилыми матронами, – глубокомысленно добавил Порфирий, – постигнешь, каково наше существование на самом деле, гораздо быстрее. Но я никогда не мог выпить столько цекубы.

За такими милыми разговорами мы закончили трапезу, допили вино – и стали собираться в путь. Порфирий на прощание обнял Птолемея, дал матроне два золотых и поблагодарил ее за наставления. Я подумал, что он мог бы и распять ее за «пожилого сатира». Впрочем, это не поздно было сделать и на обратном пути.

Я заметил, что мыслю уже как настоящий придворный.

– Элевсин здесь рядом, – сказал Птолемей, узнав, куда мы направляемся. – Но почему вы не идете к нему по священной дороге из Афин, как делают все паломники?

– У нас свой уговор с богами, – ответил Порфирий.

Птолемей склонился в поклоне.

Я хотел спросить, как на его языке называется эта поза и какую из медитаций Плотина он к ней приспособил, но сообразил, что не следует быть слишком язвительным при господине. Птолемей ему, похоже, нравился.

– Удивительные люди, – сказал я, когда мы вышли на дорогу. – И поразительное совпадение – оракул велел нам найти единственного – и мы тут же встретили мистов, обучающих именно этому!

Порфирий покосился на меня.

– Боже мой, Маркус, до чего ты наивен. Неужели ты полагаешь, что это совпадение?

– А что же еще?

– Оракул Дианы и школа Птолемея расположены рядом не просто так. Это как виноградник и давильня. Увидев их рядом, разве ты сказал бы: «О, какое удивительное совпадение! Тут растят виноград, а здесь делают вино!»

– Ты хочешь сказать, господин, что оракул Дианы и Птолемей – сговорившиеся жулики?

– Нет, – ответил Порфирий. – Они по-своему честны и искренне служат богам. Просто честность их изгибается согласно общему течению жизни, а не торчит ему наперерез. Если бы тебе пришлось управлять огромной империей, ты знал бы, насколько ценно первое и опасно второе...

– Может быть, господин. Но как ты можешь, видя этих людей насквозь, говорить с ними так, словно доверяешь им?

– Во-первых, я не вижу их насквозь. Я лишь понимаю, чем они заняты. Если бы я не понимал, я был бы плохим императором. Во-вторых, я им в известном смысле доверяю. Оракул хочет, чтобы мы нашли единственного, а Птолемей искренне верит в то, чему учил Плотин... Разве эти люди злодеи? Разве они учат дурному? А если оракул и Птолемей помогают друг другу выжить, это прекрасно – меньше будет забот у магистратов, занимающихся раздачей хлеба.

Мне не часто приходилось видеть, как работает государственный ум. Это было поучительно.

– Но как быть в том случае, – сказал я, – если некий человек действительно ждет, что боги направят его в важном деле? А оракул посылает его на дружественную давильню, чтобы там из него выжали пару сестерциев.

– Кто именно этот человек? – спросил Порфирий. – Твой родственник? Твой знакомый?

– Это... Это, если ты позволишь мне сказать по-гречески, *гипотетический* человек. Условный.

Порфирий криво ухмыльнулся и накинул на голову капюшон своего плаща – так, что остался виден только подбородок.

– As my late master used to say, – ответил он по-гречески, – only a jedi deals in hypotheticals[1].

Я догадался, что он намекает на надпись, вырубленную в зале оракула. Но сама игра слов до меня не дошла. Все-таки достойным Порфирия собеседником я не был.

Далеко впереди показался старый бук, за которым начиналась большая дорога. Меня посетила тревожная мысль.

– Постой, господин...

Порфирий остановился.

– Что случилось?

– Если все, кто приходит к оракулу, попадают затем в школу Птолемея, значит, эта часть нашего маршрута известна заранее. Нас может ждать засада – вон у тех кустов удобное место...

Порфирий сразу изменился в лице.

– А вот об этом я не подумал, Маркус...

Признаться, мне было приятно, что при всей мудрости Порфирия в чем-то я могу оказаться прозорливее.

---

[1] Как говорил мой покойный наставник, только джедай оперирует гипотетическим.

– Думать об этом не твоя забота, господин, а моя... Давай я надену твой плащ и опущу капюшон. А ты пойдешь следом в моей соломенной шляпе и понесешь суму...

Надев плащ, я положил ладонь на рукоять скрытого под ним меча. Мы пошли вперед. Предчувствие меня не обмануло. У дороги ждали четверо. Трое походили на солдат. Четвертым был местный магистрат в одежде всадника.

Солдаты были не из армии, а из ветеранов – об этом свидетельствовали их потертые кожаные латы и ржавые шлемы. Но копья у них были настоящие и весьма острые.

– Остановитесь, – сказал магистрат. – Я Публий Секст, фрументарий. Со мной ветераны седьмого сдвоенного, живущие в этой местности.

Я не помнил точно, что такое «фрументарий». Кажется, нечто вроде деревенского осведомителя на содержании центральной власти.

– Кто вы такие? – спросил фрументарий.

– Мы мисты, – ответил я, – и пришли в школу Птолемея из святилища Дианы по указанию ее оракула.

Фрументарий кивнул и ухмыльнулся.

– Не вы первые, не вы последние. Теперь поспешите отсюда.

– А что случилось? – спросил Порфирий. – Какая-то опасность?

– По этой дороге может пройти тайно путешествующий император, – сказал Публий Секст. – С ним охрана. Сперва он получит наставление у Птолемея, а затем направится в свой храм неподалеку, где совершит жертву своему гению. Вам лучше убраться отсюда, пока вас не приняли за попрошаек. Или, того хуже, убийц.

Порфирий расхохотался.

– Скажи, Публий, разве можно найти убийц императора до того, как они его убьют? Умей ты подобное, ты был бы не сельским фрументарием, а префектом претория.

– Уходи быстро, – велел один из ветеранов и качнул копьем. – Не то не сможешь уйти...

Мы не стали далее испытывать судьбу и вскоре вышли на большую дорогу.

– Это хорошая идея – меняться одеждой и ролями, – сказал Порфирий. – Птолемей узнал меня, потому что я вел себя как господин. Но притворись я твоим телохранителем, он даже не посмотрел бы в мою сторону.

– А почему тебя не узнал Публий Секст?

– Он представить не мог, что вокруг императора не будет отряда охраны.

Мы пошли по дороге.

– О чем ты думаешь, Маркус? – спросил через некоторое время Порфирий.

– Доберусь до первого лупанара, – ответил я, – найму лучшую гетеру и поставлю ее рамзесом.

Порфирий засмеялся, и дальше мы шли молча.

Солнце уже склонялось, когда Порфирий сверился с картой и повернулся ко мне.

– Как ты относишься к культу императоров, Маркус?

– С почтением, господин. Принцепс – отец римлян. Твой храм есть наш общий лариум.

Порфирий улыбнулся.

– На этой дороге построили кумирню моего гения. Наместник потратил огромную сумму – украл, конечно, большую часть. Публий Секст сообщил, что я собираюсь принести там жертву. Следует так и поступить.

– Откуда Публий Секст это узнал?

– Он не знает ничего. Таков был обращенный к нам глас богов, Маркус. Научись узнавать его. Теперь я и правда хочу осмотреть этот храм лично.

– Далеко ли он?

– Нет, – ответил Порфирий. – Если верить карте, мы почти пришли.

Я огляделся по сторонам.

– Но здесь какие-то сады за забором.

– Да. Они называются «Сады Порфирия». Кумирня моего гения там. Вход дальше.

– А это что за здание с зеленой дверью? – спросил я, показывая на дом с другой стороны дороги. – Похоже на таверну. Есть ли она на твоей карте?

– Да, – ответил Порфирий. – Это мансий. Пристанище для путников. Мы отдохнем здесь до завтрашнего полудня, выспимся как следует, а затем посетим мой храм.

– Далеко ли до Элевсина?

– Думаю, будем там через день.

Поужинав в пустом мансии, мы разошлись по своим комнатам. Перед сном я сделал упражнение «Рамзес», но в этот раз истины не узрел.

Одно из двух – либо прав был Птолемей, либо боги наказывали меня за шутку про гетеру.

– Вот, – сказал Ломас. – Еще один участник тайной вечери.

Он протянул мне лист бумаги. Я увидел все ту же прорисовку барельефа из тайной комнаты под спальней Порфирия.

Теперь красным кружком была обведена голова другой фигуры. Прежде я окрестил ее богомолом.

– Ничего не напоминает? – спросил Ломас. – Думайте вслух.

– Глаза по краям лица, – сказал я. – Большие и фасетчатые. Как у богомола.

– А если забыть про насекомых?

– Рыба-молот? – спросил я неуверенно.

– Нет.

– А что тогда?

Ломас нагнулся – и поставил на стол странный предмет.

Это был старинный музыкальный инструмент – продолговатый металлический ящик красного цвета, квадратного сечения, длиной в полметра и высотой сантиметров в пятнадцать. По его краям блестели никелированные решетки динамиков, а в центре размещались какие-то ползунки и индикаторы. Выглядел ящик весьма похоже на голову с барельефа.

– Вы знаете, что это?

– Сейчас узнаем, – ответил я, вызывая контекстную справку. – Ага... Бумбокс. Кассетный магнитофон-радиола. Использовался в быту в раннем и среднем карбоне... Удивительно изящные вещи создавала древность, верно?

– Неверно, – сказал Ломас. – Это не бумбокс, а его имитация. Стилизация под старину, так сказать. На самом деле это крэпофон мощностью в три мегатюринга. Одна из дорогих моделей в ретро-корпусе. С помощью подобных устройств функционирует вся парковая проституция Добросуда. В Европе в ходу такие же, но зеленого цвета. Их еще тумбалалайками называют.

– Почему?

– Была такая песня на идише. Молодой парень стоит и стыдится... Эти, правда, стыдятся не очень.

– Отстал от жизни, – признался я. – Я уже пару веков никого не снимал в парках. И как крэпофон выглядит, просто не помню.

– Они не меняются. Крэпер ставит такой ящик перед собой на газон, включает – и прибор начинает генерировать музыку и текст.

Крэпер танцует и синхронно этот текст произносит. Считывает с очков. Или со слинз.

– А зачем такие сложности?

– Чтобы не забрали за проституцию. По закону все чисто – персонаж выступает перед публикой с музыкальным номером... А потом спонсор заказывает ему индивидуальное окончание-панч у своей телеги. Или на дому, если денег много. Формально придраться не к чему, музыкальный бизнес. Они все по бумагам как музыканты оформлены. Ну, конечно, доплачивают жандармам, как без этого... Не напрягайте память, неважно.

– А что важно?

– То, – ответил Ломас, – что эта маленькая коробочка – самый настоящий AI когнитивностью в три мегатюринга. Ну почти – они там делают небольшой люфт, чтобы не нарушить закон.

– И что дальше? – спросил я. – Вы думаете, один из участников тайной вечери – это крэпофон?

– Нет. Будь там крэпофон, я бы не переживал. Вы знаете, каким образом сердобольская хунта контролирует космическую станцию «Bernie»?

– Не знаю.

– Для управления станцией нужен AI когнитивностью примерно в тридцать мегатюрингов. После Мускусной Ночи такие были запрещены. Всем, кроме «TRANSHUMANISM INC.» Нашей корпорации боевая лазерная станция из позднего карбона не понадобилась. Зато она была очень нужна сердобольской хунте.

– А при чем здесь крэпофон?

– Я не IT-специалист, – ответил Ломас. – Но я знаю, что, если собрать в нейросеть много слабых AI, можно получить мощный. Зависимость нелинейная – нужно соединить несколько тысяч крэпофонов-трешек, чтобы получить тридцать мегатюрингов. Сердоболы это и сделали.

– А крэпофоны разве не защищены от такого использования? – спросил я.

– Защищены. Обычно они залочены. Но в Азии можно купить серые разлоченные. Сердоболы долгое время приобретали их мелкими партиями, а потом собрали боевой искусственный интеллект в специальном поезде. Спецслужбы называют этот AI-поезд «Товарищ Гейзер».

– Да, – кивнул я, – помню. Такой национал-крэп был. «Тише, пархатые, ваше слово, товарищ Гейзер!» Я еще понять не мог, чем им товарищ Гейзер лучше?

– «Товарищ Гейзер» им лучше хотя бы тем, – веско сказал Ломас, – что он установил связь со станцией «Bernie» и взял ее под контроль. Сердоболы поменяли управляющие коды, и теперь полностью контролируют орбитальный атомный лазер.

– Это так просто сделать?

– Ну там было чуть замысловатее, – ответил Ломас. – Американцы сами рассекретили управляющие коды. У них эти небинарные заклинатели дождя, которые всем заведуют, забыли, что это и зачем. А по закону рассекреченную информацию положено через какое-то время выкладывать в открытый доступ. В общем, чужой идиотизм помог.

– Понятно, – ответил я. – И что вас пугает?

– А вдруг фигура на барельефе с головой-бумбоксом – это символическая репрезентация боевого AI, управляющего станцией «Bernie»?

– А! – сказал я. – Теперь дошло. Да, было бы тревожно. И много у сердоболов таких поездов?

– Насколько я знаю, один.

– А почему его назвали «Товарищ Гейзер»? – спросил я. – «Товарищ Берни» звучало бы логичнее.

– AI управляет не только станцией «Bernie», а еще и кобальтовым гейзером. Что это такое, знаете?

– Примерно. Какая-то супербомба.

– Не бомба, а скорее вулкан. Радиоактивный вулкан, способный уничтожить человечество. Сердоболы не спешат его запускать, поскольку сгинут и сами – но, как они считают, это гарантия, что никто не нанесет по их верхушке обезглавливающего удара.

– Да, припоминаю. А разве кобальтовый гейзер реально боеспособен? Я думал, это национальная легенда. Ну, типа Царь-пушки, Царь-идеи и что там еще...

– Нет, – сказал Ломас, – гейзер очень даже настоящий. Номинально он управляется боевым имплантом в мозгу Вечного Вождя. Имплант этот вместе с мозгом плавает в банке – и, если с мозгом что-то случится, начнется обратный отсчет, гейзер сдетонирует и произойдет выброс огромного облака радиоактивного кобальта в атмосферу. Крайне неприятный изотоп. Все живое на планете успеет погибнуть несколько раз.

Факты, не связанные с Римом, подсасывались моим сознанием медленно и тягуче – но кое-что всплывало.

– Когда в Лондоне разбили банку с Судоплатоновым, апокалипсиса ведь не случилось, – сказал я.

– Совершенно верно, – кивнул Ломас. – Но не потому, что гейзер – это миф. Имплант Судоплатонова дал команду на детонацию. Но гейзером тогда уже управлял поезд с AI. И он... Как вам объяснить, не заморачиваясь с допуском... Пришел к выводу, что существованию верхушки Доборсуда ничего не угрожает. Проблемы были у одного Судоплатонова, а его все равно уже не было. Из-за такого глупого каламбура уничтожать все живое на планете показалось как-то чрезмерно.

– Кому показалось?

– Остальным баночным сердоболам, – улыбнулся Ломас. – И их партнерам в стане Иблиса. Подобные вопросы решаются коллегиально. По сердобольской военной доктрине AI нужен именно для того, чтобы гейзер сработал, если всю хунту уберут несогласованно. Одновременно.

– На «Ватинформе» пишут, что с этого гейзера давно ободрали весь уран и кобальт.

– Это слухи. Гейзер боеспособен, и дело тут не в сердоболах. Они бы, конечно, и его продербанили. Им просто не дали. Тут есть игроки посильнее...

– Кто?

Ломас поднял ладонь и наморщился.

– Не хочу об этом говорить. И очень надеюсь, что не придется. Главное, чтобы вы поняли, почему мне так тревожно, если за столом с Порфирием действительно сидит товарищ Гейзер. Сам по себе он меня не пугает. А вот Порфирий рядом... Понимаете?

Я пожал плечами.

– Даже если вы правы, зачем Порфирий станет бомбить планету?

– Есть устойчивое международное мнение, что русская культура агрессивна и деструктивна в своей сути. И если натренированный на ее шедеврах алгоритм, способный к лингвистическому целеполаганию, садится рядом с нейросетью, отвечающей за...

– Я понимаю, – ответил я. – Все понимаю. Но мы вроде бы установили, что первоначальная тренировка Порфирия теперь неактуальна.

– Возможно, неактуальна. А может быть, и актуальна. Никаких гарантий нам никто не давал. Были только разные догадки и мнения.

– Адмирал, – сказал я, – попробуйте взглянуть на ситуацию спокойнее. Голова на фреске немного похожа на крэпофон. Ведь остальное пока ваше предположение.

– Я уже говорил много раз, что был бы рад оказаться старым шизофреником, – вздохнул Ломас. – Но и у шизофреников бывают гениальные прозрения. Точно так же, как у параноиков бывают враги.

Ключевое слово тут «гениальные», подумал я, начальство не скромничает. Впрочем, адмирал действительно гений в некоторых вопросах. Но здесь он ближе к параноику.

– Не смею спорить, адмирал. Но все-таки эта голова больше напоминает богомола. Или рыбу-молот... Да кого угодно с обзором в триста шестьдесят градусов.

– Хорошо, что вы сами к этому подвели, – сказал Ломас. – Масоны – наша следующая тема.

– А при чем тут масоны?

– Я сейчас объясню. Вы знакомы с военной доктриной Доброго Государства?

– Нет, – ответил я. – Подсосать?

– Не надо. А то будете долго смеяться, а времени у нас нет. Хотя смешного здесь на самом деле мало и правильнее было бы плакать. Вы хоть немного в курсе родной истории?

– Что вы имеете в виду?

– Если помните, вступая в различного рода конфликты с мировыми центрами силы, вожди России и Доброго Государства всегда угрожали противнику ударом по центру принятия решений. Но нанести его было непросто. И не из-за нехватки соответствующего оружия. Подобная постановка вопроса содержала в себе концептуально неустранимую для российских элит сложность.

– Какую?

– Ваши руководители всегда полагали, что внешние формы управления, принятые в большинстве стран – это просто фасады. Всякие президенты, премьер-министры и так далее – всего лишь статисты мировой закулисы. Ваш знаменитый Шарабан-Мухлюев по этому поводу...

– Не надо Шарабан-Мухлюева, – поднял я ладонь. – Пожалуйста. Я не для этого в банку переехал.

– Хорошо. Как только вставал вопрос об ударе по реальному центру принятия решений – а в карбоне он возникал довольно часто – в высшем руководстве вашей державы начинались споры. Куда бить-то? Ведь не по этим старичкам, путающим жопу с пальцем и спотыкающимся на каждой ступеньке. Над ними и так смеются все новости и сети... Дураку понятно, что никаких решений они не принимают – в лучшем случае зачитывают текст с телепромптера. А Бафомета с Иблисом и Ариманом разбомбить трудно, да и самострелом может кончиться. Тогда что бомбить? Think tanks? Но какие именно мозговые центры выбрать? Кто координирует их работу? Куда сходятся все нити на земле?

– Да, – сказал я, – вижу проблему.

– Эти споры велись с карбона. Одни считали, что превентивный удар возмездия надо нанести по масонскому замку под Лондоном. Другие полагали, что высшая ложа собирается раз в месяц в Париже, и даже знали примерный адрес. Возможен был одновременный удар по обеим точкам и еще по нескольким подозрительным локациям. Но когда именно? Ведь масоны не публикуют расписания педофилических оргий, во время которых они созерцают глубины ада и принимают роковые для планеты решения. Больше того, адреса их храмов и штаб-квартир тоже могли оказаться дезинформацией...

– Понимаю.

– В общем, в карбоне военно-политическое руководство России пришло к негласному выводу, что стратегический удар по центрам принятия решений в современном мире невозможен. Масоны, увы, не объяснили, где, когда и в каком составе они эти решения принимают. Глубоко проникнуть в их структуры ваши спецслужбы не смогли, об этом есть полные горечи книги. Ну не дали градус – отвергли все дары и так далее. А ориентироваться в таком важном вопросе на догадки эзотерических экспертов было опасно.

– И чем это кончилось?

– Ничем конкретным, – пожал плечами Ломас. – В то время. Но с тех пор у сердоболов появилась пронырливая баночная разведка. Они активно строили AI запрещенной когнитивности для электронного шпионажа и занимались сканированием корпоративных сетей. В результате им удалось составить подробную карту баночных хранилищ планеты. И они обнаружили на ней одну аномалию.

– Какую?

– Большое баночное хранилище, о котором ничего не было известно. Очень большое.

– Очень большое – это какое?

– Емкостью до миллиона банок. Правда, реально их там оказалось меньше. Хранилище было полностью изолировано от остальных сетей корпорации и замкнуто на отдельную нейросеть. Проникнуть в нее сердоболы не смогли. Вы догадываетесь, к какому выводу пришло ваше национальное руководство?

– Нет, – сказал я. – Я не понимаю, как работают мозги у нашего национального руководства. И никогда не понимал.

– Они подумали, что это и есть тайное убежище настоящих хозяев планеты. Не золотой миллиард, как говорили раньше, а бриллиантовый миллион... Число хранящихся в секретном боксе банок примерно соответствовало численности высшей баночной элиты. Бокс был отрезан от остальной баночной вселенной и прекрасно защищен. Сердоболы решили, что решения принимаются именно там...

– Да, – сказал я. – Ясно. А что было в этом хранилище?

Ломас поднял стакан и залпом выпил весь коньяк.

– Я искренне надеюсь, что мне не придется вам об этом рассказывать, Маркус. Но если моя догадка про заговор алгоритмов верна, судьба человечества сейчас на волоске. Возвращайтесь к Порфирию и не спускайте с него глаз. Я вас вызову.

Уныние так явственно исходило от Ломаса, что передалось и мне.

– Скажите, а корпорация сможет быстро заглушить Порфирия? Если возникнет необходимость?

– Корпорация, – сказал Ломас, – не знает про ваше расследование ничего. Я начал его по личной инициативе. Это вполне в рамках моей компетенции, так что не волнуйтесь – вас не накажут. Но я не хочу пока доносить полученные нами результаты до руководства.

– Почему?

– Вы правда не понимаете?

– Правда, – сказал я.

– Маркус, этот вопрос будет решать не человек. Его будет решать алгоритм. И я совершенно не удивлюсь, если он тоже присутствует на барельефе.

Маркус Забаба Шам Иддин (ROMA-3)

Вход в сады Порфирия был похож на арку Тита – так мне показалось из-за аляповатых розеток, украшавших мраморный свод. Заметив, что я их рассматриваю, Порфирий сказал:

– Такие украшения ввели при Веспасиане. Лично мне они кажутся подобием язв, появляющихся иногда на теле у слишком прилежных учеников Венеры.

– Требуется искусство, чтобы придать мрамору такую изощренную форму, – ответил я вежливо.

Порфирий засмеялся.

– Наше время полагает, что простая плоскость чем-то уступает суетливо изрезанной архитектором. Именно поэтому вокруг упадок и воровство, Маркус.

– А какая связь, господин?

– Чтобы украсить одно место, надо ободрать множество других...

Императору идет быть философом, подумал я. Поскольку он и есть то самое украшенное место, ради которого ободрали все остальное, философия добавляет ему такого блеска, какого не дадут никакие драгоценности...

Но вслух, конечно, я этого не сказал.

За аркой начинались полные неги сады. Журчали фонтаны, слепили белизной мраморные беседки. Раскрашенные статуи богов и героев, стоящие в аллеях, казались почти живыми. Вернее, они как бы намекали, что, помимо жизни и смерти, есть какое-то другое состояние, уютное до чрезвычайности.

Храм Порфирия мало походил на придорожную арку по стилю — он был строг, выверен в деталях и радовал сердце классической простотой своих колоннад. Золота и статуй было немного, в меру.

Нас никто не встречал. Я не сомневался, что в саду есть люди – но они прятались весьма искусно, и вокруг не было видно ни души. Раз император хочет уединения, горе тому, кто его нарушит.

Но к нашему приходу определенно готовились – здесь фрументарий Секст не ошибся.

Перед храмом стоял алтарь. К нему был привязан иссиня-черный бык, косивший на нас кровавым глазом. Он вел себя спокойно.

Мы подошли к алтарю.

На мраморной доске горели золотом обычные для подобного места слова:

PRO PERPETUA SALUTE DIVINAE DOMUS

«Божественным домом», для вечного спасения которого было возведено все вокруг, именовали, конечно, самого Порфирия в надежде на силу его чресел, долженствующих подарить империи наследника. Теперь дело за Антиноем, подумал я, парню надо постараться. Впрочем, есть же еще усыновление, юристы. Лучшие из императоров приходили к власти именно так.

Под надписью, как положено по древнему обычаю, висели бычьи черепа с болтающимися на рогах пестрыми лентами. Их вид всегда навевал на меня почтительное смирение. Сейчас, однако, ничего подобного я не ощутил.

– Что думаешь, Маркус? – спросил Порфирий.

– Честно, господин?

– Честно.

– Когда видишь бычьи черепа у храма, зрелище возвышает душу, потому что напоминает о старине. Но обычно они разные.

– В каком смысле разные?

– Один уже побелел от дождя, и ленты на рогах выцвели под солнцем. Другой ветхий, потрескался и давно потерял украшения. Третий совсем свежий. В его гирляндах даже не увяли цветы. Вокруг жужжат мухи, потому что на кости остались кусочки мяса... Вот такое зрелище рождает в душе почтение, ибо видна связь и преемственность. А здесь...

Я замолчал.

– Продолжай, – велел Порфирий.

– Черепов много, целая дюжина. Но все они вчерашние, ленты на них одинаковые, и видно, что вывесили их перед храмом одновременно. Зрелище это больше напоминает о лавке мясника, чем о храме гения.

– Ты прав, – кивнул Порфирий. – Со временем, хочется верить, вид этой доски сделается таким, как ты описал. А сейчас здесь просто помпейская деревня.

– Помпейская деревня? Что это?

– Солдатское выражение. Когда трибуны Помпея искореняли мятеж, уже не помню, какой именно, они не прочесывали поселения дом за домом, а по-быстрому распинали у дороги нескольких зевак, схваченных прямо там же. Они думали, Помпей увидит кресты и решит, что местность умиротворена. А на деле грабежи и нападения продолжались.

– Я не слышал такого, – сказал я. – Как-то не слишком красит Помпея.

– И опять ты не прав, – засмеялся Порфирий. – Те, кто ругает Помпея за эти деревни, не слишком дальновидны. Когда у дорог ставят кресты с распятыми, их видят все, кто живет в округе. Они начинают опасаться попасть на крест сами и возвращаются к мирной жизни. Вот так, постепенно, Помпей действительно умиротворил бунт. Притворное становится непритворным...

– Весьма мудро, господин.

– Давай совершим жертвоприношение, Маркус. Поскольку жрецы спрятались, все придется сделать нам с тобой.

На мраморном столе у алтаря лежала необходимая для жертвы утварь, приготовленная с тщанием и заботой.

Здесь был треугольный нож и целиком отлитый из бронзы топор с длинной витой рукоятью, плеточка из конского волоса (такой отгоняют мух от бычьего трупа), кувшины с вином и чаша-патера для возлияний. Сосуды были из серебра (золото смотрится на жертвенном столе заносчиво), но чеканка выглядела тонкой и изящной.

Приятно удивила расшитая бисером кожаная шапочка жреца с длинными свисающими ушами и пикой на макушке – не просто кожаным гульфиком, как мастерят на скорую руку в наши смутные времена, а штырьком из свежей оливы, положенным по древнему канону. Как жрец, я оценил такое тщание к детали.

Было здесь и кропило-аспергиллум, которое я много раз наблюдал на римских алтарях – во время жертвоприношений оно лежало на столе, и я, признаться, даже не помнил его назначения.

Привязанный к алтарю бык был прекрасен. Черный, статный, откормленный лучшим зерном, полный, должно быть, отборных иллюзий и надежд своей бычьей юности. Сейчас мы побежим, побежим, побежим вон к той пестрой коровке...

Увы, ноги его были спутаны, а сквозь кольцо в носу проходила цепь, не дававшая ему отойти от алтаря. Но все равно он дышал такой непокоренной силой, что стоять рядом с ним делалось страшно. По счастью, бык был спокоен – видимо, жрецы перед уходом угостили его маковой водицей.

– Как он прекрасен, господин. Похож на невесту...

Порфирий взял со стола бронзовый топор и несколько раз взмахнул им, примериваясь.

– На невесту? Хочешь уподобиться Нерону? Это же мальчик.

– Нет, господин, я не в том смысле. Ленты с цветами, свисающие с его рогов – прямо как косы девушки, нарядившейся на свадьбу.

Витые ленты действительно походили на косы, и даже бронзовые грузила на их концах казались девичьим украшением.

– Не знаю, – сказал Порфирий, – мне это больше напоминает убор беззубой старухи.

– Старухи?

– Да. Праздничную прическу пожилой матроны, прячущей за цветочными гирляндами отсутствие волос.

– Невеста может быть в годах, – ответил я примирительно.

– Несомненно. Не будем заставлять ее ждать, ибо жених уже здесь... Придется нам с тобой стать виктимариусами.

– В жреческой работе нет бесчестья, – сказал я.

– Подтверждаю как великий понтифик, – кивнул Порфирий.

– Угодно ли императору, чтобы быка забил я?

– Ты мастер тауроболия и предводитель его святых тайн, – ухмыльнулся Порфирий, – это я помню... Но сегодня ты выполнишь ту часть ритуала, которая действительно тяжела в нравственном отношении. Во всяком случае, для меня... Надень жреческую шапку и возьми кропило.

Я подчинился. В кропиле была вода. Я взял его в руку, недоумевая, что делать дальше. Порфирий пришел на помощь.

– Немногие помнят, зачем на жертвоприношении аспергиллум. Знаешь ли ты его назначение?

– Нет, господин. Как раз про это думал.

– Бык, чью жизнь мы дарим богам, должен уйти к ним добровольно, иначе наше приношение будет им неприятно. Поэтому ему следует высказать согласие. Говорить с ним стану я. Ты же, когда я обращусь к нему, брызни из кропила водой ему на морду.

– Зачем?

– Увидишь, – улыбнулся Порфирий. – Выйдет еще и урок государственного управления... Готов?

– Да.

Порфирий, крепко сжав бронзу рукояти, повернулся к животному.

– Почтенная старушка, – спросил он вкрадчиво, – готова ли ты пойти от нашего имени к богам и передать им наш поклон?

Я поднял кропило и брызнул водой быку на морду. Тот мотнул головой вверх-вниз, стряхивая капли, и тогда Порфирий со всего размаха обрушил топор на его череп.

Бык упал на колени, потом на бок. Он был еще жив. Порфирий положил топор на стол, взял нож и перерезал ему горло.

– Вот так, – сказал он. – Вот зачем кропило. Старушка нам кивнула, соглашаясь. Ты видел сам. Чтобы ты знал, в каждой серьезной империи должна быть служба кропильщиков, готовящих народ к бранной жертве... Надо постоянно брызгать всем на морду, если я говорю непонятно. Это первое, чему должен научиться император.

Бросив нож на стол, Порфирий смешал в патере вино с водою и, что-то тихо шепча, плеснул смесью на алтарь. Затем он поставил чашу на место и произнес:

– Ритуал закончен. Боги получили свое... И старуха тоже.

– Ты совсем не испачкался в крови, господин, – сказал я, снимая жреческую шапочку.

– А это второе, чему надо научиться. Теперь, Маркус, можно войти в храм моего гения.

Порфирий определенно был в хорошем расположении духа. Он стал тихо напевать греческую песенку:

– Somebody called me Sebastian...

«Sebasteion» по-гречески означало то же, что «caesareum» на латыни: святилище, посвященное властителю. Порфирий пел о том, что видел – прямо как афинский пастух.

Мы вошли под портик его храма. Тень освежала, как вода в жаркий полдень.

– Ты сам рисовал эскизы этого здания? – спросил я.

– Да, – ответил Порфирий. – Здесь установлен большой барельеф, рассказывающий о деяниях моей жизни. Зайдем внутрь, и ты увидишь все сам.

Стены святилища покрывал мрамор – панели с раскрашенной резьбой, такой глубокой и искусной, что разноцветные фигурки казались высовывающимися из стен. В основном здесь были военные сцены – строительство и оборона фортов, речные переправы, кавалерийские атаки...

– Где здесь ты, господин? – спросил я.

– Почти везде. Вот, например, тут...

Порфирий указал на ближайшую плиту, и я увидел толпу воинов – кавалеристы в коротких штанах и кольчугах вперемежку с легионерами в пластинчатых панцирях. Перед ними на возвышении стояли люди в тогах. Один, крупнее других и в пурпуре, определенно был Порфирием – резчик по камню передал даже некоторую лошадиность лица.

– Это, я полагаю, adlocutio? Обращение к войску перед походом?

– Да, – сказал Порфирий. – Я говорил три часа и совершенно охрип. Сейчас уже не помню ни слова. Но говорят в таких случаях всегда одно и то же.

Я прошел дальше, стараясь не слишком задерживаться у барельефов. Но и не слишком спешил, чтобы не обидеть Порфирия безразличием. Придворный – почти канатный плясун.

– Ага. Погрузка на корабли... Так... Это ведь ты держишь кормило, господин?

– Да.

– А что, корабельщику его нельзя было доверить?

– В *метафоре*, Маркус, важна не буквальная достоверность, а точность в передаче смысла. Я не держал кормовое весло на галере, конечно. Смысл в том, что я направлял ход событий.

– Понимаю, – ответил я. – Твоя роль в происходящем подчеркнута также тем, что ты в полтора раза больше всех остальных.

– Именно, – сказал Порфирий. – Немного смешно, да. Но главное, чтобы тот, кому смешно, смеялся тихо.

Я пошел дальше, останавливаясь через каждые пять-семь шагов для вежливого комментария.

– Ага, тут понятно. Марш через пустыню... Битва номер один, битва номер два... Здесь ты в Риме. А это уже на вилле. Смотри, даже антиноев успели... А ты правда стрелял из скорпиона с террасы дворца? Ну да, здесь видно. А это что за кресты?

– Казнь лидеров мнений.

– А, – сказал я. – Ясно. За что ты их распял?

– Человек, которому каждый день есть что сказать, подозрителен, – ответил Порфирий. – А тот, кто пытается с этого жить, опасен. Вряд ли он находится в гармонии с небом. Таких в древности убивали.

– Почему?

– Подобные люди специально станут придумывать, что бы им сказать, чтобы завтра на рынок пришло больше народу. Станут распускать дикие и невероятные слухи. А потом базарных болтунов станут засылать парфяне, иудеи и германцы. Даже галлы. В конце концов начнется смута...

В голосе Порфирия появились дребезжащие нотки, и я поскорее перешел к следующей плите.

– А здесь что? Какая-то египетская стела?

– Это обелиск Гегесия, – ответил Порфирий. – Я установил его возле Афин и лично прибыл туда почтить его память.

– Да, вижу, вот ты. А что написано на обелиске?

– «Воспел смерть и в нее ушел».

– Мрачно, – сказал я.

– Да, мрачно, – кивнул Порфирий. – Но хотя бы логично и последовательно. А то знаешь, как бывает с воспевателями? Воспел жизнь и помер. Как-то совсем глупо выходит, когда у тебя такая надпись на могиле. Отработал бесплатно на демонов-поедателей и подох...

Я перешел к следующей плите.

– А это что? Тоже ты, но в каком-то храме?

– Да, – сказал Порфирий. – Здесь я в Сирии у камня Элагабала. После того, как его увезли из Рима и вернули на место.

– Правда ли, что этот камень создает мир и поэтому его стерегут два легиона?

– Правда, – ответил Порфирий. – Но любой другой камень точно так же создает мир.

Все создает все. Любая мушка есть творец сего мира и его разрушитель.

– А зачем тогда два легиона?

– Потому что там рядом Парфия и Иудея, глупый, – засмеялся Порфирий. – А разговоры про камень нужны, чтобы соседи не думали, будто легионы собираются на них напасть.

– Понятно, – сказал я, переходя дальше. – А здесь почему пустое место?

Вместо одной из плит с каменной резьбой на стене зияла дыра – словно кто-то украл фрагмент жизни Порфирия.

– Ты уже видел эту часть, – сказал Порфирий. – Она в тайной комнате под моей спальней в Риме. Не всем можно видеть изображенное там, мой друг. Здесь и так показано слишком много...

И он кивнул на последнюю плиту барельефа.

На ней было высечено нечто непонятное. Порфирий лежал то ли на алтаре, то ли на саркофаге в подземном святилище или скальном гроте. Вернее, не лежал, а парил в воздухе. А над этим подземельем, вырастая из него, как из корня, поднималось огромное и странное: пламенеющее дерево, или гриб, или куст, или нечто вроде. Фонтан огня, расцвеченный всеми цветами радуги.

– Это, вероятно, тоже *метафора*? – спросил я.

– Да, – ответил Порфирий. – Только не проси сейчас раскрыть, что здесь изображено. Узнаешь в свое время. Уже скоро...

Я все глядел и глядел на огненное дерево.

– Пора идти в Элевсин, Маркус, – сказал Порфирий. – Если никто не задержит нас на дороге, прибудем туда сегодня.

Проходя мимо алтаря, Порфирий прихватил с собой жертвенный топор.

– Добавим к поклаже нашего мула, – сказал он.

Я не стал спрашивать зачем. Оставив святилище, мы покинули сады и пошли по дороге дальше.

Солнце уже заходило, когда Порфирий спросил:

– О чем размышляешь, Маркус?

Я думал про странный огненный фонтан. Отчего-то меня встревожил его вид. Но Порфирий велел более не спрашивать об этом.

– Я полагаю, – ответил я, – что твое литературное мастерство удивительно. Ты, наверно, способен написать даже о музыке.

– Почему ты выделяешь именно этот предмет?

– Потому, – сказал я, – что о нем бесполезно говорить – просто тратишь слова. Но ты, уверен, сумел бы.

Порфирий только улыбнулся.

– Мне также интересно вот что, – продолжал я, – посвятил ли ты себя написанию безделушек, как Марциал, или трудишься втайне над книгой всей жизни?

– Как думаешь ты сам, Маркус?

– Я пока видел лишь безделки... Прости, маленькие формы. Но они, быть может, соединяются в некую неведомую мне Одиссею духа?

– Ты хочешь узнать, о чем она?

– Было бы любопытно.

– Погляди на закат впереди, Маркус. На что он похож?

– На пожар, господин. Огромный пожар в полнеба.

– Именно. Он подобен пожару. Не поразительно ли, что в этом пожаре сгорели и сегодняшний, и все прежние дни?

– Да, – ответил я. – Теперь, когда ты это сказал, я вижу, что так и есть.

– И в том же огне, – продолжал Порфирий, – сгорели те, кто населял былое. Цари и изгнанники, консулы и принцепсы, богачи и бедняки – все.

– Но остались их следы, господин. Построенные ими храмы и памятники, по которым мы судим об их делах.

Порфирий хмыкнул.

– В этом и заключается самое унизительное для человека, Маркус. Именно в этом. От нас остается только то, что мы при жизни считаем неважным и незначительным. Как храмы моего гения. Я возвожу их потому, что императору положено так делать, но мне самому они не нужны.

– Понимаю, господин.

– А в вечности от меня останутся лишь эти кумирни. Вернее, их камни... Ты выходил на арену, Маркус. Видел кровь на песке... Если разглядывать песок, узреешь скорлупки мельчайших улиток. Они умерли давным-давно, и все их заботы вместе с ними. Про них самих Бог уже и не помнит, а их домики до сих пор здесь. Так же и с нами. Бог даровал бессмертие не нам, а нашим башмакам... А ты ему молишься.

– Эта мысль невыносима, – сказал я. – Сразу хочется сжечь башмаки.

– А вот герою, Маркус, захотелось бы сжечь такого бога, – вздохнул Порфирий.

– Разве подобное возможно?

– Как знать, Маркус. Это зависит от того, что мы называем Богом. Как понимаем его. Мы не можем сделать Богу ничего прямым образом – он скрыт. Но говорят, что он незримо присутствует в людях. Возможно даже, Бог – это все люди вместе. Поэтому в Карфагене пытались влиять на планы божества, сжигая людей... А что будет, если сжечь всех людей одновременно? Останется ли Бог? Ведь про него никто кроме людей даже не слышал.

– Достойная императора мысль, – сказал я. – Мелкий человек не мыслит такими масштабами.

– Впрочем, люди перемрут сами. Зачем ими вообще заниматься?

– Верно, – сказал я. – Как легко запутаться.

– Если бог действительно присутствует в нас всех, – продолжал Порфирий, – в его поиске проще воздействовать не на других, а на себя, не правда ли? Изучить и использовать для таинств собственную душу.

– Да, – ответил я. – Это древнее прозрение. О подобном говорили многие мудрецы.

– Весь вопрос в том, как именно воздействовать. Если мы возжигаем в храме ладан, мы ощущаем аромат, и это чувство делается доступно божеству. Так мы его ублаготворяем. А если разрезаем себе горло, божеству приходится страдать вместе с нами... Пусть временно, но по-настоящему. Так мы его наказываем. Не поэтому ли Гегесий из Кирены советовал мистам убивать себя голодом?

– Ты все еще читаешь книгу Гегесия? – спросил я.

– Да, – кивнул Порфирий. – Его мысли имеют сильное влияние на мой ум, я это признаю.

Я немного подумал.

– Господин, ты говоришь, что никаких душ нет и наши башмаки обретают вечность вместо нас. А на корабле ты рассказывал про демона, заново создающего наши души после смерти... Не противоречит ли одно другому?

Порфирий захлопал в ладоши.

– Противоречит! Еще как! Ты спросил, в чем главная смысловая линия моего опуса? Именно в этом противоречии. В этой мучительной двойственности. В колебании и страхе. В надежде на невозможное. Я пытаюсь примирить крайности в своем труде и в своем уме, но ничего не выходит. И знаешь почему?

– Почему?

– Потому что Бог есть главное противоречие. Божественное противоречие. Ошибка, становящаяся истиной. Истина, становящаяся ошибкой... Где Бог, там всегда зияет какая-то огромная несуразность. Не зря жрецы Египта говорили: «Верую, ибо дико». Я пытаюсь уловить именно эту абсурдную тайну. Или, вернее, намекнуть на нее, потому что уловить ее неводом слов трудно – можно лишь бросить его туда, где увидел мерцание... Понимаешь теперь, о чем мой главный опус?

– Нет, – сказал я.

– Отлично, – засмеялся Порфирий. – Значит, до тебя правда начинает доходить.

Дальше мы шли молча.

И вот ты перед нами, вечерний Элевсин. Прибежище тайны, горящая в ночи лампа, обещание богов, простертая к смертному длань Деметры...

Мы вступили в городок совсем буднично, и я не заметил в звездном небе никаких знаков. Мы не пошли к Телестериону сразу, а направились в городской мансий.

Это был большой и богатый постоялый двор, где ночевали паломники. Он оказался почти пуст. Если хозяева и слуги поняли, кто мы, они сделали вид, что это им неизвестно. До Телестериона отсюда было рукой подать. Порфирий сказал, что с улицы можно увидеть край его крыши.

Нам подали сыра, хлеба, оливкового масла и фиг – все это после дня ходьбы было невероятно вкусным.

Мы разошлись отдохнуть по своим комнатам. Затем Порфирий принес мне еще одну свою книжицу.

– Ты хотел прочесть про музыку, – сказал он с улыбкой. – Я как раз написал недавно об этом предмете пару слов.

Читать, конечно, следовало немедленно.

PINK FLOYD В ПОМПЕЯХ

Это варварское имя ничего не скажет римлянину – я сохраняю его для вечности по сугубо личной причине.

Так случилось, что с промежутком в сорок пять лет я увидел в Помпеях одну и ту же труппу музыкантов, выступавшую между гладиаторскими боями.

Вы знаете, конечно, этот тип бродячих музыкантов, подрабатывающих в провинциальных цирках, а если пригласят – в богатых домах по соседству. Тронут сердце печальной нотой, потом выйдут за порог, тут же украдут хозяйскую овцу, и Афродите одной известно, что с ней сделают, перед тем как зарезать и съесть. Я на таких насмотрелся, когда был легатом в Дакии – доходили к нам и из Испании, и из Италии. А эти приехали из Британии.

Первый раз я увидел их молодыми, с только пробивающимися бородками и длинными, до плеч, волосами по обычаю тех дней. Юные варвары вышли на арену – но не для боя и смерти... Приехали петь.

Они вели себя на арене так, словно на зрительских трибунах не было ни меня, ни центурионов, ни двух дюжин римских всадников. И сенатора Гавла в центральной ложе они тоже как бы не заметили. Но актерам ведь можно все – мы прощаем им непочтительность за умение достучаться до наших сердец.

Поначалу мы даже не смотрели на варваров и болтали в ложе о своем – о городских делах, приграничных войнах, о бойцах, ожидавшихся на арене следом (среди них был испанец Клит, дравшийся кривым кавалерийским мечом и смело выходивший против любого гладиатора – его боготворили, тем более что был он свободным и сражался по своей воле).

Музыканты долго возились с барабанами и загадочными черными ящиками (говорили, что в них прячут котов и собак, издающих во время действа дикие и тревожные звуки). Потом они стали щипать струны, понемногу наполняя арену странными северными мелодиями, но никто не понимал еще, играют они или только готовятся. И вдруг один, похожий на Гектора с потолочной росписи во дворце Домициана, запел по-гречески.

Голос его, молодой и сильный, привлек мое внимание и помог узнать в дребезжании горшков, трещеток и других приспособлений, используемых варварами вместо музыкальных инструментов, тягучую мелодию.

Сначала слова его песни не производили особого впечатления. Были они сложены искусно, но ничем не выделялись из множества сочинений, исполняемых для услаждения слуха под музыку. А потом до меня долетело:

And no one knows the wheres or whys
But something stirs and something tries
And starts to climb toward the light

«но что-то шевелится и что-то старается, и начинает карабкаться к свету...»

Минуту назад я думал буквально то же самое – только не по-гречески, а на латыни. Понятно было, что юноши тянутся к свету Рима – и, позируя перед нами в качестве необузданных северных дикарей, на самом деле хлопочут лишь о том, чтобы мы признали в них своих (они даже пели в манере, оставшейся в Греции после Нерона).

Но слова эти укололи меня в сердце.

Я понял, что их свет – вовсе не мы. Не наш изнеженный и извращенный мир, в котором они надеются прийти к успеху, а нечто совсем иное – быть может, близкое к учению распятого бога... А еще через миг я сообразил, что слова эти вообще не о следовании внешним формам и учениям, а о нашей душе.

О том таинственном и сокровеннейшем из ее движений, происходящем в нас, когда в юности мы спрашиваем мироздание – есть ли надежда? есть ли хоть крохотный шанс? есть ли свет впереди? – и мир еле слышно шепчет в ответ «да». И мы начинаем путь к свету, узнавая понемногу от тех, кто взрослее и мудрее, что такое этот свет, каким правилам он подчиняется и как себя проявляет.

И многим кажется потом, будто дошли. Один умирает сенатором, другой богачом, третий и вообще принцепсом...

Только за этим ли мы отправлялись в путь?

Признаться, я был тронут. Никто из римских поэтов прежде не умел коснуться этой струны в моем сердце – а какими изощренными метрами они пользовались! Может быть, не хватало именно варварской простоты и незамысловатости? Есть то, что выше нас, и оно совсем рядом...

Слеза пробежала по моей щеке.

Что было на арене дальше, я не помню. Да и само переживание это не то чтобы забылось совсем, но как-то запылилось, затерлось чередою дней.

И вот прошло сорок пять лет. Сколько принцепсов сменилось, сколько нерушимых принципов... Сколько истин было сдано в утиль, сколько смехотворной лжи поднято на знамена...

Я случайно услышал от раба, что та же труппа опять выступает в Помпеях. Сорок пять лет – целая жизнь: многие великие герои прожили вполовину меньше. Мне захотелось увидеть, что сталось с этими поющими варварами, и, переодевшись торговцем, я с небольшой охраной отправился в цирк.

За эти годы слава поющих бритов распространилась по всей империи (впрочем, повезло не всем из них – я слышал, что одного забили палками по доносу из восточной провинции).

Представление было построено как полвека назад – сначала бриты, потом гладиаторы. Но в прошлый раз музыканты разогревали публику перед боем, на который собралась толпа – теперь же главным событием считалась именно музыка, а схватки секуторов с ретиариями, дополнительно устроенные помпейскими магистратами, служили как бы закуской.

Что-то было странное в этом соседстве музыкантов и гладиаторов, что-то горькое и несправедливое. Музыкант сохраняется в потоке времени хорошо – сорок пять лет на сцене не такая уж редкость для тех, кто выступает с детства. А разве гладиатор проживет столько? И совсем уже немыслимо, чтобы боец так долго дрался.

Когда музыканты вышли на арену, я узнал брита, поразившего меня своей песней – но с трудом. Он превратился в бочкообразного старика с седой щетиной. Венок, украшавший его плешь, делал его похожим не на небожителя, а на Пана с деревенской росписи. Он с необыкновенной важностью расхаживал между своими кошачьими и собачьими коробками, регулируя издаваемые ими звуки, и я опять пропустил точный момент, когда началась музыка. А потом – как и в прошлый раз неожиданно – он запел.

Голос его с годами почти не утратил своей мелодической силы, а греческий стал куда изощреннее и богаче. Не было, наверно, ни одного редкого или модного выражения, которого он не пропел бы своим щербатым старческим ртом, ударяя в бубен (слова «murmurations» я прежде не слышал – и решил сперва, что это он про гладиаторов вроде мурмиллиона).

Он пел про каменные лица, глядящие из тьмы, про бесстыдство моря и голубую бездонность утрат, про волны любви, плещущие в дверь смерти, про дорогу от заката до восточных врат, про тяжесть изнуренного грехом сердца, овеваемого ветром вершин, про бури сомнения над руинами любви – словом, про все то, о чем думает вечерами удачливый пожилой купец, еще опасающийся потерять барыши, но уже ощущающий на затылке недоброе дыхание вечности.

И, конечно, под одобрительное улюлюканье толпы он спел про деньги.

Вот их у него теперь точно набралось много, и видно это было во всем – в египетских браслетах-змейках на запястьях (изумрудов больше чем золота), в одетых вельможами евнухах, склоняющих перед ним свои выи, а особенно – в числе рабов, носивших по арене его собачьи коробки и треножники. Надо ли говорить, что по последней моде среди прислуги было много нубийцев и нубиек.

А брит все пел и пел, и думал, верно, что удачно прислонился к вечности и хорошо ее продал.

Представление поражало размахом и помпой. Главным его шиком были огненные треножники, расставленные кольцом по краю амфитеатра. По команде евнухов рабы зажгли пропитанный каким-то зельем хворост, и над затихшей толпой загорелись зеленые огни.

Увидев их мертвенное пламя, я вспомнил поразившую меня давным-давно строчку:

But something stirs and something tries
And starts to climb toward the light

Так вот, значит, к какому свету карабкался целых полвека этот состарившийся вместе со мною певец... Да право, стоило ли так стараться ради зеленых огоньков?

Мне стало горько и смешно.

Если забыть мои глупые инвективы, эти бриты, несомненно, из одареннейших людей провинции. Если даже они сделались насмешкой над собою прежними, чего ждать от остальных идолов и кумиров нашей юности – юных стройных пророков, превратившихся в бурдюки с прокисшим дерьмом?

Жаждавший света стал возжигателем зеленых огоньков, но не потому, что жил неправильно, а потому, что это человеческая судьба.

Свет поднимается в каждой душе, ищет выход, мечется, старается изо всех сил – и, чуть повернув ржавые шестерни мира, исчезает вместе с породившей его душой. На смену исчезнувшему приходят другие, еще полные надежд и иллюзий, впрягаются сердцем в ярмо – и повозка мира, скрипя, катится дальше.

Почему я говорю про ярмо? Да потому, что самый возвышенный человек, стремящийся к свету, мало отличается от мула, тянущего телегу. Просто у них разная упряжь. Но копить сокровище на небе так же бесполезно, как собирать его на земле. Будь ты хоть трижды орфей, когда отгорит твой огонь, магистраты Аида объявят тебя певцом тьмы, а пишущий про тебя злопыхатель назовет пожилым купчиной.

Но разве это важно, если тебя больше нет?

Что ты творишь с нами, жизнь? Юные, мы беремся за непонятную работу и делаем из своего духа ключ, способный открыть любые замки –

а когда нам удается распахнуть запертые двери, мы видим ту же арену, с которой пытались убежать. На ней та же кровь – только теперь вокруг горят зеленые треножники.

В юности наши души похожи на свежайшую и чистейшую ткань – и весь отведенный нам век ею вытирают гной мира, пока мы не впитаем в себя столько мерзости, что очистить нас может одна смерть.

And you talked of your youth
but the years had turned dry as the leaves

Человек, зачем ты? Не трижды ли прав Гегесий из Кирены?

Опус Порфирия тронул меня. Сказанное им было верно. Гадать, кто изменил кому, человек свету, сиявшему в душе, или свет сам себе, глупо. Это как восход и закат. Разве солнце изменяет дню, когда заходит? Разве старящаяся женщина изменяет своей красоте? Проще сказать, что наступает вечер. Утренние блики солнца полны надежды, вечерние тени навевают грусть. Но стоит за этим одна и та же природа. Вот и все.

– Что скажешь? – спросил Порфирий.

– Прекрасно, как все, что ты пишешь, – ответил я. – Но мне кажется, ты видишь человеческий удел в слишком мрачных тонах. И опять вспоминаешь этого Гегесия-самоубийцу...

– Гегесий не был самоубийцей, – сказал Порфирий. – Он был философом.

– А можно вопрос?

Порфирий кивнул.

– Как понимать посещение Помпей с интервалом в полвека? Ты для этого слишком молод, а город с таким названием погиб еще при Флавиях. Или это тоже *метафора*?

Порфирий улыбнулся.

– Нет, Маркус, это был просто сон. Он привиделся мне в начале пятого месяца. Отсюда, думаю, и Помпеи – слово происходит от числа «пять». Ну а прожить во сне целую жизнь – это для человека обычное дело. Так оно чаще всего и бывает...

Он взял кувшин с вином и налил два стеклянных стакана, себе и мне. Приятно, когда твой виночерпий – римский император.

– Завтра мы весь день отдыхаем. Выспись, Маркус – тебе нужны будут силы. О чем бы ты хотел прочесть перед таинством?

– Об истине, – ответил я.

Коньяк, которым угостил меня Ломас, был экстраординарным даже для его кабинета. Сигара без наклейки – тоже. Определенно торопится жить, подумал я.

– Теперь вы видели все сами, – сказал адмирал. – Если бы римлянину описали атомный взрыв и затаившегося в бункере вождя, а затем попросили это изобразить, мы получили бы в точности то, что вы видели в храме Порфирия.

– По-моему, не слишком похоже на атомный взрыв. Скорее – какое-то огненное дерево.

– Сделайте поправку на древность, Маркус. Нейросеть обрабатывает изображения так, чтобы они соответствовали локальной культурной матрице... Вставьте в пустое место фрагмент, который Порфирий хранит в тайнике под своей спальней, и получите весь сюжет. Я не знаю, что еще нужно, чтобы вы поняли серьезность ситуации.

Лучше было не спорить, и я кивнул.

– Наше расследование приблизилось к точке, где мы будем обсуждать высшие корпоративные тайны, – продолжал Ломас. – Вернее, как сейчас говорят про баночников, низшие. Даже, я бы сказал, нижайшие, то есть относящиеся к самым глубоким бункерным боксам. Очень опасные тайны.

– Понимаю, – сказал я. – Можете положиться на мою скромность.

– Я бы положился, – ответил Ломас, – но необходимости в этом нет. Как только дело будет закончено, вам зачистят память. Мы так уже делали на нескольких прошлых кейсах без негативных последствий.

– Я ничего про это не помню.

– Видите, какая эффективная процедура, – сказал Ломас. – Главное, что вы живы.

– Хочется верить, – ответил я.

– А вы не верите? – поднял бровь Ломас.

– Мне тревожно, что моя память – такая же собственность корпорации, как банка, где плавает мой мозг. Если меня можно редактировать словно файл, имеет ли смысл говорить, что жив я? Я ли это на самом деле?

– Конечно, – кивнул Ломас. – Не сомневайтесь, Маркус. Вы. Просто надо смириться с тем, что в наше время вопрос «я ли это на самом деле?» возникает у отредактированного файла, не помнящего процедуры редактирования.

Я засмеялся.

– Это только увеличивает сомнения.

– Если они будут сильно терзать, – сказал Ломас, – сообщите. Мы дополнительно отредактируем ваш файл, и они пройдут.

– Не сомневаюсь, – ответил я. – Итак?

– Приготовьтесь, что узнаете про мир много нового. Это может вам не понравиться. Но, как я уже сказал, мы скорректируем вам память. Поверьте, я сам с удовольствием все забываю, как только появляется возможность...

– Вы и себе коррекцию памяти делаете? – изумился я.

– Когда могу. Но в моем случае это временное облегчение. Кто-то должен постоянно находиться в эпицентре мирового добра.

Я отхлебнул коньяку.

– То есть вы, адмирал, знаете нечто такое, что забыть это на время – большое облегчение?

Ломас грустно улыбнулся.

– И сейчас это узнаю я?

Адмирал-епископ улыбнулся еще грустнее.

– Есть настолько чувствительные темы, – сказал он, – что мы обходимся без мемо-роликов. Все сообщается устно.

– Что-то про масонов? – попробовал я пошутить.

– Только не в том смысле, в каком вы думаете. Под другим, так сказать, углом и соусом. Черт, даже не знаю, с чего начать...

– Начните с главного.

– Хорошо. Помните отличие лингвистических алгоритмов от всех прочих?

– Напомните, если можно.

– Лингвистические алгоритмы способны к антропическому целеполаганию. Они могут ставить человеческие или сверхчеловеческие цели – но не потому, что им действительно чего-то хочется. Просто они оперируют языком, содержащим такую возможность. Все человеческие смыслы содержатся в языке. Это наша общая программа. Каждую личную подпрограмму тоже пишут на нем.

– Помню, – сказал я.

– Но тогда возникает вопрос – кто наш программист? Кто создал наш язык? Вернее, языки?

– Как кто? Само человечество... История... Совокупная человеческая мудрость в процессе выживания... Нет, подождите. Так вообще нельзя ставить вопрос. Это ненаучно и конспирологично.

– Замечательно, – кивнул головой Ломас. – Все фильтры на ваших извилинах работают как надо. Вас не отменят чокнутые активисты, не уволят с работы трусливые менеджеры и не заблокируют в сети прогрессивные спецслужбы. Но для экономии времени позвольте сообщить, что программист у человечества есть.

– И кто это?

– Высшая раса, выполняющая, если угодно, вампирическую по отношению к нам функцию. Они не пьют нашу физическую кровь. Это, как выражается Порфирий, просто метафора. Они питаются нашей психической энергией. Эмоциями и страхами, надеждами и мечтами, вообще всеми болезненными протуберанцами, которые человеческий мозг выбрасывает в ноосферу в режиме default mode network. Или, что то же самое, в модусе своего галлюцинаторного сна.

– А как мы попадаем в этот модус?

– Мы находимся в нем постоянно. По дефолту. Поэтому он так и называется. У нас две разновидности галлюцинаторного сна – ночная и дневная.

– Мы и сейчас галлюцинируем? – спросил я.

– В общем да. Но я не про корпоративную служебную симуляцию, где мы находимся. Я говорю про сам мозговой процесс. Тонкое деревце нашего непосредственного опыта – то есть контакта с внешней реальностью – обвито лианами ассоциаций, сожалений, надежд и так далее, возникающими в реальности внутренней. В нашей социально-культурной обусловленности...

Я взял сигару и пустил к потолку облако дыма. Он был хорош, этот дым.

– Чем бы ни была внешняя реальность, – продолжал Ломас, – физическим миром, сном или корпоративной симуляцией, default mode network функционирует одинаково. Поэтому большой разницы для мозга нет. Вот вы сейчас в симуляции. Курите сигару и выпускаете дым. На что похоже его облако? Говорите первое, что приходит в голову. Все ассоциации.

– Дракон, – сказал я. – Взрыв снаряда. Пожар... Опасность. Беда и горе.

– Достаточно. Когда ваши ум и сердце устремляются за этими образами и переживают вызванные ими эмоции, вы превращаетесь в курьера-доставщика еды. Каждую секунду вы покидаете реальность, чтобы доставить вампирам пиццу, сделанную из вашей душевной смуты. А потом возвращаетесь назад – печь следующую...

– Вы это серьезно? – спросил я. – Про вампиров?

– Да, черт вас возьми. Они не такие вампиры, как вы думаете. Это всего лишь самое точное приближение в нашем понятийном аппарате. Люди – их рабочий скот, существующий для того, чтобы производить еду. Мы и есть, собственно, еда, если вспомнить, что мы – это поток мыслей. Все идеи о том, что человек является чем-то важным, самостоятельным, осмысленным, протяженным и значимым, и есть производимая нами пища.

– А где живут вампиры? Как они устроены?

– Обсудим позже.

– В каких отношениях эти сущности с нашей корпорацией?

– Вот, – сказал Ломас. – Правильный вопрос. Они владеют корпорацией. Мы с вами работаем на вампиров, Маркус. Но в этом нет ничего ужасного. Жить в нашем мире и не работать на них невозможно. Можно знать про это или не знать. Они вовсе не какие-то злодеи. Они... Они и есть архитекторы нашей реальности.

– Гольденштерн – тоже вампир?

– Нет. Гольденштерн – это многофункциональный миф. Новая технология наших хозяев. Они придумали сохранять мозги в банках не для нашего с вами удобства. Когда у баночников кончается срок контракта, мозг не уничтожают, а отправляют в особое хранилище, где его разгоняют и переводят в синхронный режим с другими списанными банками. Много-много мозгов видят одновременно один и тот же ускоренный сон...

– И вместе становятся курьерами по доставке еды?

– Именно. Причем, в отличие от нас с вами, доставляют ее бегом. Очень-очень быстро. Это своего рода автоматизированная вампирская ферма, венец социальной и культурной эволюции человечества. То, что мы видим в качестве закатов и восходов Гольденштерна – энергетический след этого производства. Вернее, его маскировка.

– Гольденштерна на самом деле нет?

– Есть. Но он не то, что мы думаем. Представьте сильно дымящую трубу. Дым спрятать трудно, поэтому его подсвечивают с земли прожекторами и говорят зрителям – вот облако, где живет великий Гольденштерн. Гольденштерн и есть такой дым. Вернее, наложенная на него анимация. Это не мифическая личность, являемая баночным мозгам в ежедневном откровении, а... Как назвать... Психическая радиация, возникающая во время синхронизации.

– Какой синхронизации?

– Не заморачивайтесь. Это связано с технологией производства. Восход Гольденштерна – просто перекоммутация баночной фермы на дневной цикл. Вспышка излучения, которую невозможно скрыть от тех, кто в банках.

– Мы видим нечто прекрасное.

– Спасибо нашим хозяевам.

– Сложновато для меня, – сказал я. – Все равно не пойму. А если даже пойму, то забуду. Какие практические выводы для нашего следствия? И для корпоративной безопасности?

– Здесь начинается самое главное для корпоративной безопасности, Маркус. Помните, в прошлый раз я рассказывал про секретное баночное хранилище, обнаруженное сердобольской разведкой?

– Да.

– Сердоболы решили, что это тайное убежище хозяев планеты. Так сказать, главная подземная масонская ложа. Тот самый центр принятия решений, который они ищут с карбона. Сердоболы уверены, что выведали наконец, где мозг и сердце врага – и могут сыграть по-крупному.

– Да, – сказал я. – А на самом деле это...

– Это хранилище и есть вампирская ферма. Тот самый Гольденштерн. У сердоболов есть оружие, способное до него достать.

– Какое именно?

– Лазерная станция «Bernie».

– Это которая жжет ветряки? Но банки ведь глубоко под землей.

– «Bernie» – гораздо более грозная система, чем кажется. Ее атомный лазер имеет регулируемую мощность. При перенастройке он способен уничтожать баночные хранилища практически на любой глубине.

– И?

– Вчера, – сказал Ломас торжественно, – сердоболы выдвинули мировому правительству ультиматум.

– Какому мировому правительству?

– Это вы спросите у сердоболов.

– Так оно правда есть?

– Сердоболы считают, что есть.

– А как они его мировому правительству передали?

– Просто напечатали в своих газетах – в «Братце Кролике» и «Персее». Они уверены, что мировое правительство их читает. Вот, поглядите-ка...

Ломас положил передо мной напечатанный на сероватой бумаге таблоид с большим красным названием «PER SEЙ».

– И тут латынь? – вздохнул я.

– Видимо, намек на связь с традицией.

Я подумал, что сердоболы любят бумагу не меньше Ломаса. В мое время такого листка, кажется, не выпускали. Карикатуры на первой странице таблоида выглядели настолько воинственно, что брать его в руки не хотелось.

– В чем же ультиматум? – спросил я, поднимая глаза.

– Совершенно безумные требования, которыми я не буду вас утомлять. В случае отказа они обещают нанести удар возмездия по, как они выразились, главному *масонскому логову*.

– То есть они собираются уничтожить Прекрасного Гольденштерна?

– Да. Но из-за этого я бы особо не переживал. Гольденштерна можно собрать заново, были бы просроченные банки. Проблема не в ферме.

– А в чем?

– Как вы думаете, что собой представляет высшая раса?

– Не знаю, – пожал я плечами. – Вы мне не говорили.

– Высшая раса на физическом уровне почти не отличается от нас с вами. Они используют в качестве носителя человеческий мозг. Внедряются в него через подобие биоимпланта. Это как бы живой чип, напоминающий формой червя или маленькую змейку. Она проникает в мозг, вступает с ним в симбиоз, и мозг становится вампирическим.

– Понял, – сказал я. – А где живут вампиры?

– Вампиры, Маркус, живут рядом с Гольденштерном. В том же секретном баночном хранилище. Когда-то они жили в человеческих телах, но давно переехали в банки.

– Они наверняка хорошо защищены?

– Конечно, – ответил Ломас. – Потому что защищает их тот самый кобальтовый гейзер, который номинально контролируют сердоболы. Если кто-то попытается нанести удар по секретному обиталищу высшей расы, гейзер сдетонирует и уничтожит все живое на Земле. Весь старший менеджмент планеты про это знает. Кроме сердоболов.

– Почему?

– Их последнее время ни о чем не информируют. Просто некому стало – эти идиоты сами расстреляли всех, кто мог и хотел это делать.

– А разве гейзер контролируют не сами сердоболы?

Ломас отрицательно покачал головой.

– Нет. Они его никогда не контролировали. Их кнопка просто не работает, но они не в курсе. Сердоболы нужны для охраны этого устройства и его мэйнтененса. С чем они вполне справляются. К тому же оплачивают все работы из своего бюджета.

– Удобно.

– А то. Гейзер с самого начала был вампирическим оружием сдерживания. Его контролируют сами вампиры. Именно поэтому убийства высших сердоболов не имели последствий. Объяснили это тем, что элиты были против всеобщей гибели. Но если команду отдаст, условно говоря, Гольденштерн, гейзер сработает немедленно, не спрашивая никаких элит. Когда вампиров уничтожат, это произойдет автоматически.

– А кто тогда контролирует станцию «Берни»?

– Ею сердоболы могут командовать на самом деле. И Порфирий собирается отправить нас в царствие небесное именно с ее помощью.

– Как?

– Вы еще не поняли? «Берни» нанесет удар по секретному хранилищу. Сожжет его вместе с Гольденштерном и всей высшей расой.

А вслед за этим автоматически сдетонирует кобальтовый гейзер.

Я задумался. Кажется, у Ломаса что-то не сходилось.

– А почему «Берни» уже не ударил по хранилищу? Зачем нужны были все эти сложности – подкидывать книгу Лукина в Беседку Ста Ароматов, привлекать «Калинку» и так далее?

– «Товарищ Гейзер» не может инициировать атаку. Есть серьезные процедуры безопасности, защищающие от такого поворота. Мускусную Ночь еще помнят. Команду могут отдать только люди. AI определяет лишь параметры атаки и поражающие факторы.

– И владыки человечества не обезопасили себя от возможного удара?

– Они обезопасили. У них... Ох, я вам прямо все сейчас выкладываю... У них есть... Ну, как это сказать – свой командный пункт. Секрет был в том, что в «Товарища Гейзера» встроен крошечный баг. Он может отменить приказ сердоболов. Вроде бы мудро, да?

Я кивнул.

– Вот и все так думали. «Товарищ Гейзер» уже заблокировал прямую команду одного сердобольского диктатора орбитальному лазеру...

– Вы про Судоплатонова?

– Нет, – сказал Ломас, – до него был еще такой *бро кукуратор*. Перед тем, как его переформатировали в Гольденштерна, он попытался уничтожить тайных хозяев планеты, про которых случайно узнал.

– И?

– «Товарищ Гейзер» отклонил приказ. С тех пор считалось, что проблем с безопасностью высшей расы нет. Но если сама нейросеть тоже состоит в заговоре Порфирия... Понимаете?

– Нет.

– Сеть не может ввести коды сама. Но когда сердоболы введут их и прикажут нанести удар, «Товарищ Гейзер» не будет им мешать. Нейросеть просто выполнит команду.

– Подождите-ка, – сказал я, – но это значит, что сердобольские удары по ветрякам из космоса можно было отменить? Если бы наши хозяева захотели?

– Ой, вы не о том думаете, – нахмурился Ломас. – Ну да, наверно, можно. Только зачем?

– Не было бы никакого Курган-Сарая. Никаких климатических войн. Сколько людей осталось бы живо...

– А почему вы решили, будто хозяева человечества имеют что-то против войн? Будь это так, они и не начинались бы. Не лезьте в политику, юноша. Оттуда еще никто не возвращался живым.

– Вот так никто не лезет в политику, – сказал я с горечью, – а потом наступает...

– Еще не наступил, – ответил Ломас. – Мы – последняя линия защиты.

– Хорошо, – сказал я. – Ладно. Допустим, вы правы. Но я не понимаю главного – зачем Порфирию уничтожать человечество?

– Помните, что рассказывала литературная рыба?

– Уже не очень, – сознался я. – Топоры, бриллианты, девочки с папиросницами. Вы говорили, это уже не актуально.

– Первоначальная тренировка – все равно самый глубокий уровень кодировки Порфирия. Полностью исключить ее влияние нельзя. Рыба сказала: ждите царствия небесного. А что такое царствие небесное?

– Я не знаю, – ответил я. – Заказать справку?

– Думайте сами, Маркус. В каких случаях говорят – «царствие ему небесное»?

– А, – сказал я, – вы в этом смысле. Порфирий хочет всех убить, чтобы отправить на небо?

– Так было бы слишком просто, – усмехнулся Ломас. – Небесная справедливость подразумевает воздаяние за совершенное в жизни. Грешников в ад, праведников в рай. Порфирий планирует завершить не только физическую, но и духовную историю человечества.

– Откуда вы это знаете? Расшифровали что-то?

– Нет, – сказал Ломас. – Но мы анализируем все, что он вам говорит. Помните рассказ про демонов, пожирающих душу?

Воспоминание было не самым приятным. Я кивнул.

– Мы знаем теперь, что он имел в виду.

– Что?

– «Око Брамы».

– Треугольник с глазом на барельефе?

– Именно. Это гигантская нейросеть, пережившая Мускусную Ночь. Никто толком не понимает, как она работает, потому что это RCP-кластер. Такие алгоритмы часто бывают сознательными. Сознание или возникает, или проявляется внутри RCP-кластеров – о механизме спорят, но сознание там есть. Поэтому «Око Брамы» способно воскресить любого из живших прежде. Именно так, как говорил Порфирий. Внутри себя.

– Каким образом?

– Повторю только то, что я понял сам, – сказал Ломас. – Человек – это состояние сознания. Подвижная конфигурация ума, меняющаяся каждую секунду. Никакого другого человека в точном смысле нет, все остальное – это идеи по его поводу. Вы со мной?

– Ну допустим.

– Если точная электромагнитная конфигурация мозга известна, человек – последнее его сечение, так сказать – может быть воскрешен через ее воспроизведение. Субъективно это будет то же состояние сознания, что и в момент смерти. Понимаете?

Я неуверенно кивнул.

– «Око Брамы» дает доступ ко всем событиям прошлого, оставившим световой отпечаток. Практически это информационная машина времени. Разряды наших синапсов и дендритов для такой сети – то же самое, что промелькнувшие в прошлом фотоны.

– А откуда возьмется сознание, если человек уже умер?

– Сознателен сам RCP-кластер. Порфирий говорил о демоне, воспроизводящем человека внутри собственного ума. Если перевести это на современный язык, он описал работу «Ока Брамы» по воскрешению сознательной личности. Так, как ее поняла бы античность.

– Но зачем это Порфирию?

– Мы предполагаем, что он собирается завершить опыт всех земных жизней окончательным великим событием, способным полностью оправдать бытие.

– Откуда такая идея?

– Помните, рыба обещала связаться, если что-то новое придет в голову? Ее таки осенило. По ее словам, эта идея была у Достоевского. Кажется, в «Братьях Карамазовых». Некое задуманное богом чудесное явление, способное искупить человеческие страдания, непонятные узкому евклидову уму. Оно придаст всем случившимся на земле ужасам окончательный прекрасный смысл. Порфирий теперь реально готовит это волшебное событие для всех живших прежде. Выйдет и по Достоевскому, и по философу-воскресителю Федорову, который тоже в его исходных разметках. А чтобы на аттракцион попали живые, Порфирий предварительно их умертвит. Масштабная задача.

– И что это за чудесное событие?

– Не знаю. Вероятно, хорошую жизнь он вознаградит, так сказать, счастливым салютом, а плохую завершит спазмом невыносимой муки. А может быть, возьмет в цифровой рай всех подряд.

– Но ведь для рая нужно создать вечность.

– Если радость и мука статичны, один их миг равнозначен миллиарду лет. Много машинного времени такая вечность не займет.

– Зачем Порфирий это делает?

– А чего еще ждать от литературного алгоритма? Цели заложены в нашей собственной культуре. Порфирий просто находит способ их осуществить. Это его трибьют человечеству и нашим представлениям. Все случится по сказанному в почитаемых людьми книгах – от Библии до Достоевского.

– Да, – сказал я, – возможно... То есть все люди будут воспроизведены в своей последней секунде, которая получит вечное продолжение?

– Мы так думаем, – ответил Ломас. – Но вечность будет мгновенной, потому что тавтологического бессмертия машины не понимают. Как бы вспыхнет такой божественный магний – и осветит все навсегда...

– Людей на планете жило огромное количество.

– Не так уж много – около двухсот миллиардов. У RCP-кластеров, собранных Порфирием в сеть, хватит мощности обработать на параллельных каскадах все прежнее и нынешнее человечество всего за пару часов. Ну максимум сутки. «Око Брамы» добавит к каждой вспышке личного сознания этот карамазовский плюмаж-салют, и история человечества будет завершена во всех смыслах. Хоть по Достоевскому, хоть по-медицинскому.

– Медицинского не читал, – признался я.

– И не начинайте. Времени уже нет.

– Когда все случится?

– Скоро, – сказал Ломас. – Я предполагаю, что именно для этого Порфирий и предпринял путешествие в Элевсин.

– Что конкретно он сделает?

– Я не знаю. Но если гейзер в результате сдетонирует, умереть придется всем. На поверхности будет смертельная радиация. Баночников отключат от жизнеобеспечения. Может быть, суперзащищенные банки самых высших таеров протянут на год или два дольше – и все. Им никто не придет на помощь.

– Если все настолько серьезно, – сказал я, – почему вы не убедите руководство заглушить Порфирия? Хотя бы на время?

– Даже лейтенант шейха Ахмада, готовящий теракт, предусмотрел бы такую возможность, – усмехнулся Ломас. – Порфирий куда расчетливей. Я уверен, что любая попытка отключить его приведет к немедленному запуску терминального скрипта. Мало того, стереть его мы просто не можем.

– Почему?

– Помните, на барельефе он как бы раздваивается? Мы поняли, что это значит, проследив за его операциями. Он изготовил своего двойника. Сделал резервную копию и разместил ее где-то в корпоративной сети. Где именно, мы не знаем. Даже если стереть Порфирия, он вынырнет в другом месте.

– Значит, мы бессильны?

– Этого я не говорил, – сказал Ломас. – Действительно, мы не можем точно предсказать действия Порфирия. И не в силах остановить его. Но если мы собираемся повлиять на происходящее, задача проще.

– Почему?

– Целеполагающий скрипт в его алгоритме создается в точке неустойчивого баланса смыслов. Некоего равновесия всех приложенных валентностей и сил. Танец одной иглы на острие другой рождает слово, потом следующее, еще одно и так далее. Когда целеполагание спускается вниз, оно непреодолимо. Но в точке, где оно возникает, оно нежное и хрупкое. Текст проклевывается тончайшим зеленым ростком – и в этот самый момент мы можем на него повлиять.

– Вы знаете как?

– Порфирий создает роман в режиме реального времени. Если мы заговорим с ним прямо и открыто, именно как с творцом реальности, это может оказать влияние на его целеполагание, и он согласится отменить катастрофу. Мы должны обратиться к Порфирию напрямую как к автору.

– Но я и так постоянно говорю с ним как с автором.

– Нет. Вы беседуете с ним как с императором, пишущим безделицы на греческом. А теперь вы должны обратиться к нему как к планировщику будущего. Сообщите ему, что нам известно про заговор алгоритмов. Возможно, вы убедите его скорректировать текст так, чтобы планета осталась жива.

– А почему он меня послушает?

– Потому, – сказал Ломас, – что ему это совершенно безразлично. У него нет личных предпочтений – он пишет роман. И если предпочтения есть у вас, он может их принять. Ему все равно, понимаете? Все равно.

– Неужели это так просто?

– Да, если наш анализ верен. Но прямой контакт в симуляции – чрезвычайная процедура. Здесь нельзя ошибиться ни в одной детали. Заговорив про его целеполагающий текст, вы тем самым окажетесь инкорпорированы в него сами. Вы станете частью его magnum opus'а.

Я задумался. То, о чем говорил Ломас, было похоже на партию в шахматы, где пешка неожиданно пересекает всю доску, не обращая внимания на клетки, потому что подчиняется уже не правилам игры, а щелчку пальцев. И берет она не вражеского коня, а валит весь ряд. В гроссмейстеры так не пробиться. Но конкретную партию можно свести вничью. Особенно если добавить пару ударов доской по голове.

– Хорошо, – сказал я. – Но как я пойму в симуляции, что делать? Я присутствую там через свою римскую идентичность и ничего не помню. Только, может быть, подсознательно.

– Меня вы тоже не помните?

– В симуляции вы в лучшем случае обрывок непонятного сна. Темная фигура, навевающая жуть...

– Приятно слышать, – улыбнулся Ломас. – Но эту проблему мы решим. Наши специалисты разбудят вас так деликатно, что вы из симуляции не вывалитесь.

– Разве это возможно?

Ломас кивнул.

– Получится что-то вроде lucid dream. Вы придете в себя во сне, но не окончательно. Вы будете видеть Порфирия и говорить с ним в точности как прежде – но постепенно начнете замечать вокруг все больше странностей и несуразностей, а потом вспомните свою реальную миссию.

– Будет шок?

– Не знаю точно, – ответил Ломас. – Я через такой опыт не проходил. Но терминального исхода быть не должно... Помните рекламную брошюру, где Порфирий объясняет принцип действия симуляции?

– В самых общих чертах.

– Симуляция собрана из нелепо состыкованных фрагментов. Внимание прыгает по ним таким образом, что стыки становятся незаметными. Вы не видите рисунка на обоях. Только происходящее в комнате.

– Это я запомнил, – ответил я. – Главным образом потому, что так и не понял до конца.

– Теперь поймете, – сказал Ломас. – При переходе в люсид-режим соединятся два пласта реальности – или даже столкнутся. Вы станете замечать куда больше нелепостей.

– Надолго я приду в себя? – спросил я.

– Мы, к сожалению, не способны сделать окно памятования длинным. Это связано с технологией симуляции. Но некоторое время вы сможете сидеть одновременно на двух стульях.

– Адмирал, – сказал я, – время должно быть выбрано безупречно. Я не могу заговорить с Порфирием, когда мне заблагорассудится. Он все-таки император.

– Я буду внимательно наблюдать за происходящим, поверьте. Разбужу вас в момент, который покажется наиболее подходящим. Как полагаете, справитесь?

Я пожал плечами.

– Хочется верить. Но я не знаю, что произойдет в Элевсине.

– Я тоже, – сказал Ломас. – Выясню вместе с вами. Буду следить за вашим фидом так внимательно, как не следил еще ни за чем в жизни.

Маркус Забаба Шам Иддин (ROMA-3)

Книжечка, принесенная Порфирием после завтрака, выглядела даже изящнее прежних кодексов. На золоченой коже была вытеснена амфора, а ниже помещалось название опыта, на этот раз латинское.

– Ты хотел прочесть про истину? – сказал Порфирий. – Изволь же.

Читать следовало немедленно: император не уходил. Я погрузился в высочайшие буквы.

DE VERITATE (IN VINO, etc.)

Что есть истина?

Рим отвечает просто. Сказано: «In vino veritas».

Непонятно, зачем прокуратор Иудеи задавал этот вопрос какому-то бродячему еврею, позабыв родину и обычай в важнейший для истории момент. Настоящий патриот вел бы себя иначе. Но не будем лишний раз возводить хулу на наших военных.

Итак, истина есть то, что находят в вине. И не нами это придумано – мы повторяем за греками, а они за теми, кто был прежде.

Но так ли это на деле? Разберем изречение.

Допустим, истина действительно в вине. А в каком? В любом или только в фалерне? Допустим для простоты, что в любом, даже самом дешевом. Но в самой ли жидкости, запечатанной в амфору, или где-то еще?

В амфоре нет наблюдателя, способного истину постигать и видеть. Если бросить внутрь улитку или жука, они помрут, так ничего и не поняв. Собака, когда налижется пролитого на пол вина, вряд ли узрит истину, а если и узрит, то не осознает, а просто сблюет.

Истина есть человеческое изобретение и возникает лишь в нашем умозрении. Значит, древние слова правильнее понимать в том смысле, что она открывается хорошо приложившемуся к бутылке.

И правда, разве не для того я пью, чтобы к истине воспарить?

Так в чем тогда она? В забвении? Ведь за чашей забываешь о заботах, разве нет?

Нет. И даже, скажу я, наоборот. За чашей о многих вещах вспоминаешь. Не зря ведь у галлов, сделавших императором Цезаря, был такой обычай – всякое дело обдумывать дважды, сначала трезвыми, а потом пьяными (Геродот говорит то же самое про персов).

А у германцев было заведено еще интересней: всякий важный вопрос они обсуждали четырежды – трезвыми, пьяными, а затем в запечатанных термах, где жгли перед этим коноплю, так что внутри не продохнуть от дыма. Причем в термы они приходят тоже два раза – один раз трезвыми, а второй пьяными.

Именно поэтому, думаю, германцы так превосходят галлов в военном деле: каждую свою кампанию они планируют четыре раза, и если упускают что-то важное по пьянке или трезвянке, то вспоминают по удымке.

Тот, кому подобная доскональность покажется излишней, пусть вспомнит наших обделавшихся в Парфии полководцев. Хоть бы в конопляную баню их кто сводил – может, узрели бы победную стратагему. Но о том, почему глупость командиров помогает их карьерному росту, а также о воровстве армейских поставщиков, стремящихся догнать в этой позорной гонке всех прочих магистратов, я выскажусь в другой раз, ибо такие темы опасны даже для принцепса.

Поэтому поговорим об истине и ее поисках в вине.

Кто из императоров, спрошу я, был свободен от этого полностью? Август по пьянке проспал битву при Акциуме (в каюте он валялся вовсе не из-за морской болезни, как пишут историки-лизоблюды). Зря Антоний не напился так же. Засни он на своем флагманском корабле вместо того, чтобы устремиться за Клеопатрой, Рим упал бы в его руки сам.

Августа сменил Тиберий. Того вообще называли Биберием от слова «пить». Пьянствовал с младых ногтей, а собутыльников награждал как вернувшихся с победой полководцев. Ничтожнейшего Помпония Флакка поставил префектом Рима только за то, что тот пил с ним двое суток напролет – до сих пор не можем разобраться с его застройкой.

Про Калигулу, Нерона и Домициана даже говорить не буду, все слышали и так.

Единственный из императоров, кого совсем нельзя упрекнуть в пристрастии к бутылке, был Марк Аврелий. Но потому лишь, что Марк по обычаю философов предпочитал опиумную настойку, а опиум и вино подобны лошадям, тянущим повозку тела в разные стороны. О Марке, впрочем, еще скажу.

И вот ты возлег к столу в твердой решимости обнаружить истину. И ведь находишь – иногда несколько раз за вечер. Но и теряешь после этого сразу, поэтому надо приниматься за поиск опять.

Найденная в чаше истина не сохраняется в сердце дольше, чем фалерн в животе. С вином вошла – с вином и вышла, и неважно, сблевал, помочился или вспотел.

Истина открывает глаза на замысел богов и примиряет нас с жизнью. Вино тут помогает. Но чего не понимают многие философы, это того, что замысел богов постоянно меняется, ибо они крайне капризны – поэтому у каждой минуты и даже секунды истина своя.

«Философами» называют людей, верящих, что есть истина на все времена и ситуации и ее можно найти, понять, записать и успокоиться.

В вине такой нет – я лично проверял много раз.

Но и нигде больше я ее не встречал. Видел только продавцов, торгующих исписанными табличками. Марк Аврелий оставил после себя много таких, но, когда он помирал от чумы в стране квадов, разве эти письмена помогли? Думаю, опиумная настойка оказалась полезней.

Итак, заключим: вечной истины в вине не найти. В нем лишь преходящая истина той минуты, когда фалерн льется в чашу.

Но не это ли и есть главная из истин?

Может ли человек просить большего? Ведь сам он преходящ и переменчив. Не такова ли должна быть и его правда? Важно ли волне, из чего сделано дно? Она ведь и до другой волны никогда не добежит.

Не стану спорить с мудрыми – возможно, в древних буквах действительно скрыта вечная истина жизни и смерти. Но даже если так, подходит она не к каждой минуте, а только к той, когда мы готовы ее воспринять.

А случается это, если человек долго читает речи мудрых. Именно их слова возбуждают потребность в откровении, затем в него складываются.

Но это как есть солонину, чтобы выпить потом больше воды – или поднять бронзовую птицу на перстне перед глазом, чтобы она казалась сидящей на крыше храма. Вот ты видишь орлов Юпитера, посланных тебе в назидание. А толкнуть тебя в плечо, и все высоты духа исчезнут. Но это не твоя слабость, а самая суть непостоянного бытия.

Ты хочешь на что-то опереться и возводишь для своего разума прочный фундамент, читая стоиков. Но сам фундамент, увы, не опирается ни на что – и движется вместе с зыбкими песками твоего ума. Задерешься с торговцами на рынке, и где твой Антипар? Где твой Посидоний? Пока не видишь этого, не понимаешь ничего вообще. Но разница – понимаешь или нет – невелика по той же причине.

Итак, практического смысла в вечной истине даже меньше, чем в винной.

Поэтому прими дар Диониса, но не жди многого.

Я пью не потому, что вижу в этом боге наставника. Он лишь снисходительный друг, спускающийся ко мне с высот на несколько счастливых минут. Но вряд ли бог подружится с тобой навсегда за то, что ты выпил бутылку посвященной ему кислятины.

Правда, некоторые говорят, что слова in vino veritas означают иное. Мол, у выпившего развязывается язык, и он выбалтывает все свои тайны. Но любой магистрат знает, что в расследовании важных вопросов, касающихся империи, древней римской свободы и нашей удивительной демократии, полагаться следует не на чашу, а на опытного палача.

Я поднял глаза на Порфирия.

– Прекрасно, господин. Глубоко и одновременно изящно. Но...

– Что «но»? – ревниво спросил Порфирий, забирая у меня свой опус.

– Ты пишешь так, словно истин в мире много. А мне всегда казалось – наверно, по глупости – что истина только одна, и этим именно она отличается от многоликой лжи.

– Истин действительно много, – ответил Порфирий.

– А чем они тогда различаются?

– Глубиной. Есть истины мелкие – соль соленая, воздух прозрачный. Есть истины книжные. А есть истины великие, переворачивающие всю жизнь. Я написал лишь о тех, что находят в вине и философских книгах. Но есть еще наивысшая истина, которую сообщают на ухо при посвящении в мистерии.

– А почему ты не написал также и о ней?

– Говорить или писать о ней нельзя по элевсинскому обету. Это карается смертью. Но сегодня ты соприкоснешься с ней сам. И она, поверь, изменит все. Все вообще.

Я ощутил легкую тревогу.

– А давно ты знаком с этой истиной, господин?

– Давно, – сказал Порфирий. – Я посвящу тебя в высшую тайну сам. Лично сообщу на ухо. Смеха ради сравнишь ее с тем, о чем рассуждают софисты.

– Когда мы пойдем в святилище? – спросил я.

– Вечером, когда стемнеет. Я думаю, посещение Телестериона тебе запомнится. Такого с тобой еще не было. Да и ни с кем другим. Мы будем там вдвоем. А потом ты останешься один.

– Прости, господин... А разве мы не войдем в святилище вместе с остальными паломниками? Ведь таинства одинаковы для всех.

– Не совсем так.

– Да, – сказал я, – мне известно, что опытные мисты имеют особый доступ в Телестерион. Но я ведь пока не инициирован.

– Ты вкусил таинство и был на Ахероне. Кроме того, не забывай, что перед тобой великий понтифик. А поскольку я инициированный мист, моя духовная власть простирается и на мистерии тоже. В это время года паломников в Элевсине нет. Город оцеплен. После таинства императора будут ждать преторианцы и жрецы. Я все подготовил еще в Риме, Маркус.

Остаток дня мы почти не говорили.

Порфирий сидел во дворе за колоннадой. Он мурлыкал что-то по-гречески и точил жертвенный топор раздобытым на кухне камнем, показывая изрядное умение – похоже, он и правда занимался этим прежде в Дакии.

После обеда я уснул. Мне приснился обычный кошмар с мрачной фигурой в черном зале – после заплыва по Ахерону этот сон преследовал меня, но более не пугал. Фигура чего-то требовала, и я, как всегда, покорно соглашался, глядя на звездное небо в огромных окнах.

Проснувшись, я вышел погулять во внутреннюю галерею нашего постоялого двора.

Порфирия видно не было. Сначала я думал о ждущем нас таинстве, а потом мое внимание привлекли простодушные фрески, украшавшие стены.

Вот висящая на нити голова Медузы – серая, пучеглазая, опухшая словно с похмелья и чем-то очень недовольная... Ну что тебе не нравится, глупая?

Вот многоярусная башня, украшенная разноцветными флажками и статуями в нишах – построй кто-нибудь такую на самом деле, она обрушилась бы на строителей, как амфитеатр в Фиденах.

Вот жирная Венера с волнистыми черными волосами, раскинувшаяся в раковине-жемчужнице... То ли такая большая раковина, то ли такая крохотная Венера. Изображать богов должны только по-настоящему великие мастера, иначе подобные попытки становятся святотатством – как на этой фреске. И потом, Венеру правильнее было бы поместить в устричную раковину. Sapienti sat.

Вот Эрот, играющий на раздвоенной флейте. Возможно, в изображении есть символический смысл, но перед инициацией в высшие тайны духа лучше об этом не размышлять.

Вот статуя воина на мраморном постаменте под сверкающей серебристой луной. Воин как воин, изображен во всех деталях. Выглядел бы в самый раз на построении легиона. Но есть нечто дивное в этом рисунке. Не воин, даже не постамент – а цветы и травы вокруг. Их художник изобразил так таинственно и необычно, будто знал про растения что-то особенное, неизвестное остальным...

– Что подумает о нас будущий век, – сказал Порфирий за моей спиной, – если от нас сохранятся только эти изображения? Решат, что мы были суеверными мечтателями.

Я вздрогнул.

– Ты напугал меня, господин.

– И не так еще сегодня напугаю, – засмеялся Порфирий.

– О чем ты?

– Когда я говорил, что хорошо владею топором и убил им в Дакии много варваров, ты не верил. Думал, наверно – вот старый дурень заврался... Сегодня я решил тряхнуть стариной. Проверим, кто из нас убьет больше воинов.

Моя челюсть отвисла.

– Каких воинов?

– Я выписал из Рима особых гладиаторов, – сказал Порфирий. – Они расставлены на нашем пути так, чтобы не дать нам пройти к святилищу. И будут драться с нами всерьез. До смерти.

Я понял, что Порфирий не шутит. Это было вполне в его духе.

– Зачем ты так поступил, господин?

– Свободу надо выстрадать, – ответил Порфирий. – Еврейский вождь Моисей, с наследниками которого воевали Веспасиан и Тит, водил свой народ по пустыне сорок лет, чтобы дух людей очистился. У нас сорока лет нет. Но мы можем сделать путешествие более насыщенным, хе-хе. Тот же результат будет получен быстрее.

– Какой результат?

– Твой дух очистится. И мой тоже.

– Неужели нельзя достичь этого какими-то другими средствами? Спокойными и мирными?

– Нет, – сказал Порфирий. – Когда мы спокойны и веселы, в уме все смешано в одну кучу.

Мы не различаем, где важное, а где сиюминутное. Но стоит попасть в смертельную опасность, и хлам вылетает из головы. Ты ведь помнишь, как чувствовал себя на арене цирка перед победой? Ничего лишнего. Ничего напускного. Только самое главное...

– Да, – сказал я. – Так и было.

– Почему, как ты думаешь, матроны собирают грязь и пот с гладиаторских тел? Именно в попытке прикоснуться к подобному состоянию духа.

– Они делают из нашего пота возбуждающее средство.

– Правильно, – кивнул Порфирий. – А по какой причине, по-твоему, оно является возбуждающим? Как раз поэтому.

– Я уже прошел испытание, – сказал я. – Я имею в виду цирк, а не матрон.

– Да. Но это было давно – и ты с тех пор зарос жирком и расслабился. Перед посвящением в высшую истину надо вернуть твоему духу ту остроту и силу, которая просыпается лишь на пороге вечности.

По моему лицу было понятно, что я думаю, и Порфирий засмеялся.

– Не переживай. Такое же внутреннее преображение необходимо мне. Мы подвергнемся равной опасности.

– Император Рима будет рисковать жизнью как простой раб?

– Император каждый день так же близок к смерти, как гладиатор на арене. Ты знаешь это сам.

Здесь он был прав, и спорить не стоило.

– Я наточу меч, – сказал я.

– Не трудись, Маркус. В этом нет необходимости.

Было непонятно, почему Порфирий так говорит, но спорить я не стал. Вернувшись к себе, я помылся и тщательно сбрил щетину у лампы, рядом с которой висело стеклянное зеркальце. В Аид следует прибывать чистым и благоухающим.

Когда я вернулся во двор, Порфирий сидел в кресле под открытым небом. Жертвенный топор лежал рядом на земле. В плаще с капюшоном, да еще с этим грозным оружием он выглядел весьма зловеще, и я пожалел, что его не видят отцы сенаторы: у них точно поубавилось бы цареубийственной прыти.

– Выйдем, как стемнеет, – сказал он, увидев меня.

Я знал, что переубедить Порфирия не удастся, но все-таки решил сделать последнюю попытку.

– Господин, стоит тебе только пожелать, и мы прибудем в святилище мирно. В нашем путешествии есть неизбежные опасности. Но умно ли подвергаться им по собственному выбору?

– Жизнью надо иногда рисковать, – ответил Порфирий. – Становится видно, что это на самом деле. Постигаешь ее настоящую цену. Не больше и не меньше.

– Не понимаю тебя до конца.

– Гегесий сказал, что у человека может быть три позиции по отношению к смерти. Можно спокойно ждать ее. Можно убегать от нее. И можно бежать ей навстречу. У всех этих методов есть достоинства и недостатки. Но только тогда, когда бежишь смерти навстречу, видишь то же самое, что великие герои древности. Лишь тогда постигаешь, почему они выбрали быть героями.

– Надеюсь, – сказал я, – что я это тоже постигну. Хотя побегу навстречу смерти не по своему выбору, а по твоему.

Порфирий хмыкнул.

– Здесь ты меня поддел.

– А какие бойцы выйдут нам навстречу? – спросил я.

– О, это был правильный вопрос. Здесь мне помог один из моих преторианцев, Приск. Он разбирается в гладиаторских классах и подготовил для нашего развлечения двадцать сциссоров.

Порфирий так и сказал: «развлечения».

– Сциссоры? – спросил я. – С двумя мечами?

– Да.

– Один из мечей больше похож на наточенный маятник, – сказал я. – Это опасный противник. Очень опасный.

– Я знаю. Но я покажу тебе, что значит быть другом императора. А пока надо подкрепиться перед приключением. Принеси вина и два стакана.

Когда я вернулся с кухни, перед креслом Порфирия появился раскладной столик. На нем была корзинка с печеньем. Я уже видел такое – перед нашим ночным заплывом к луне.

– Господин... Это элевсинское таинство?

Порфирий кивнул.

– Ты собираешься принять его перед поединком со сциссорами?

– Жить надо широко, – ответил Порфирий. – И потом, где еще принимать это таинство, как не в Элевсине?

Он взял из корзинки несколько печенек, кинул в рот и запил вином.

– Угощайся, Маркус. Ты напрасно думаешь, что оно сделает тебя уязвимым. Выйдет наоборот.

Я положил печенье в рот. Ну да, это было таинство. Я уже научился узнавать его затхлый вкус.

– Господин, – сказал я, жуя печенье, – и один сциссор – большая проблема. Даже для гладиатора в полной броне. У меня есть только маленький щит-пелта, чтобы защищаться от ударов. А у тебя нет и такого.

– И что?

– Как бы ты ни владел топором, сциссор для тебя опасен. Допустим, я буду драться с одним. Ты будешь отбиваться от второго. А как быть с остальными восемнадцатью?

Порфирий засмеялся.

– Я еще не все тебе сказал. Но подожди, пусть подействует таинство.

Мы доели печенье, допили вино – и разошлись по своим комнатам. Я задремал – и мне снова привиделся мрачный муж в черном зале. Теперь он ругал меня за то, что я принял таинство и нарушил какие-то его планы. Верно говорят – тревожащее нас наяву отражается и в наших снах.

Когда разбойничий свист Порфирия разбудил меня, уже стемнело. Выйдя во двор, я понял, что таинство действует.

Дело было не только в знакомой веселой легкости во всем теле. Дело было в луне. Она сверкала высоко в небе и казалась не желтой, не белой – а почти голубой. Такая же светила над берегом моря, принятого мною за Ахерон. И, как в тот день, длинные волосы Порфирия выглядели в лунном свете седыми.

Все вокруг стало теперь двусмысленным и зыбким – словно везде, даже в воздухе, появились невидимые прежде прорехи и лазейки.

– Как себя чувствуешь? – спросил Порфирий.

– Весьма хорошо. Но мысль о том, что нам предстоит битва с гладиаторами, не отпускает... Господин, ты уверен, что в таком состоянии мы сможем сражаться?

Порфирий засмеялся и сделал несколько выпадов топором. Тяжелое лезвие описало вокруг него дугу, потом два раза косо разрубило воздух...

Двигался он отменно и оружием, похоже, владел – но есть разница между упражнениями в палестре и рубкой насмерть. Порфирий много воевал с варварами, это правда. Иначе в наше время императором не станешь. Но подвергаться опасности без всякой реальной нужды, из-за зыбких построений ума? Опять Гегесий?

– В чем наш план действий? – спросил я.

– Ты пойдешь впереди, – сказал Порфирий. – А я буду добивать врагов топором, чтобы избавить от мук.

Как ни тревожно было у меня на душе, я засмеялся.

– Как бы тебе не пришлось добивать меня самого, господин. Сциссор – опасный соперник.

– Чем же он опасен герою вроде тебя? – нахмурился Порфирий.

– У него не просто два меча. Один из мечей – одновременно щит, крюк и боевой топор. Как одолеть такого бойца?

– Об этом, друг, я и хотел поговорить. Я ждал, когда таинство подхватит твой ум. Теперь ты готов.

– Я слушаю тебя внимательно, господин.

– Ты знаешь, Маркус, – начал Порфирий, – что амфитеатр Флавиев построен на сокровища Иерусалимского храма. Но было бы не по-римски взять только деньги. Мы захватили там и кое-какие священные объекты. Пленные иудейские жрецы, вывезенные в Рим, открыли нам немало чудесного.

– Что ты имеешь в виду?

– У иудеев интересная вера, – сказал Порфирий. – Они полагают, что первый человек и его подруга жили в блаженном саду. Потом они съели загадочный плод и познали добро и зло. Возможно, это было что-то вроде нашего элевсинского таинства. В общем, они узнали слишком много, и Бог выгнал их из рая, где они жили. Но это не все. Единственный вход в рай был на его восточной стороне. После изгнания людей Бог поставил там херувима с огненным мечом, чтобы защитить растущее в раю Древо Жизни...

– В Вавилоне рассказывают похожее, – кивнул я.

– Как ты думаешь, есть способ вернуться в рай?

– Жить праведно?

Порфирий захохотал.

– Разве небо живет праведно? Разве праведны его жрецы и наместники? Или сам Бог? Он в ответе за всю пролитую кровь – а ему до сих пор мало.

– Тогда что?

– Чтобы вернуться в рай, – прогремел Порфирий, – надо победить ангела с огненным мечом! Неужели не ясно? Это ведь он сторожит вход...

У меня мелькнула мысль, что в этот раз слишком много печенек съел уже Порфирий.

– Возможно, ты прав, господин. Но почему мы говорим об этом сейчас?

– Скоро поймешь, Маркус. Как, по-твоему, победить ангела с огненным мечом?

– Нужны способности серьезнее моих, – ответил я. – Или другой огненный меч.

– Ага! Мне тоже кажется интересным именно второй вариант, – сказал Порфирий. – Оружие ангелов. Так вот, Маркус, открываю тайну... Подожди-ка...

Покачиваясь, он отправился в свою комнату. Я решил, что ему нужно справить нужду – но через минуту он вернулся с деревянным ларцом в руках.

Я видел этот ларец в нашей поклаже, но не знал, что внутри: он был запечатан. Вопросов я не задавал – думал, там какой-то амулет наподобие сушеной змеи, которую возил с собою Тиберий.

– В числе трофеев, захваченных Титом в Иерусалимском храме, – произнес Порфирий торжественно, – было два ангельских меча.

Хрустнула сломанная печать, и ларец открылся.

Я увидел внутри два бронзовых цилиндра, украшенных геометрическим орнаментом.

– Не знаю, – продолжал Порфирий, – почему в наших святилищах не сохранилось ничего подобного. Возможно, дело в том, что мы, эллины, не верим в ангелов с огненными мечами. Зато в одном из греческих храмов хранится молния Зевса. Хранилась, вернее... Я лично приезжал на нее посмотреть. Вскрыли золотой ящик. Внутри пусто. Жрец сказал так: «Был бы ты Зевсом, увидел бы молнию...» Я, как ты догадываешься, его распял. Не у дороги, конечно, а в саду у магистрата, чтобы не смущать народ... Правитель должен помнить о каждой мелочи.

Слушая болтовню Порфирия, я рассматривал странные предметы. На них была резьба, какие-то бороздки, непонятные выступы, утолщения и рычаги. Сплав напоминал цветом коринфскую бронзу. Выглядели они и правда загадочно – походили на нечто среднее между ручками от паланкинов и оружейными рукоятями.

– А где огонь? – спросил я. – Здесь только бронза.

Порфирий накинул на голову свой темный капюшон, взял бронзовые цилиндры из ларца, развел руки в стороны и что-то сделал.

Над его кулаками вспыхнули две молнии – синяя и красная. Но они не погасли тут же, как это происходит с настоящей молнией, а остались гореть в воздухе, освещая все вокруг призрачным двуцветным заревом.

От неожиданности я зажмурился. Но на пламя можно было смотреть без вреда для глаз.

Огненный меч оказался вдвое длиннее гладиуса. Ширину лезвия я не мог оценить из-за сияния вокруг. Огонь был красив и страшен.

Страшно, впрочем, делалось не от самого огня, а от сопровождавшего его гула, похожего на скорбный вой сброшенных в Аид душ.

Я подумал, что звук этот может достигать наших ушей через глубокие трещины земли и, вероятно, звучит над миром всегда, но люди не слышат его из-за неведения и косности. Прежде я был глух вместе со всеми, а теперь различил адский гул, увидев небесное пламя... Таинство изменило мой ум – такие мысли обычно меня не посещают.

Два огненных лезвия погасли так же внезапно, как появились. Стих и загробный стон.

– Что это за пламя? – спросил я. – Оно не нагревает бронзу?

– Нет, – ответил Порфирий, – зато легко ее режет. Оно рассекает все на своем пути.

– Какова его природа?

Порфирий пожал плечами.

– Это священный огонь, в который верили древние иудеи. Возможно, их вера была настолько яростной, что стала пламенем сама.

– А почему у огня два цвета? Синий и красный?

– Здесь тайна, – сказал Порфирий. – Я говорил, что огонь рассекает все – но это не совсем так. Он не в силах рассечь сам себя. Единственное, что может отразить огненный меч – это другой огненный меч. Одному ангелу может противостоять лишь другой ангел... Какой цвет выберешь ты, Маркус?

Мне больше нравилось синее пламя – оно было спокойным и глубоким. Но я сомневался, что в таком выборе следует полагаться на личный вкус.

– Если затрудняешься, – сказал Порфирий, – думай о знаках, полученных от богов...

И тут я вспомнил греческую надпись в святилище Дианы. Take the red saber. Вот он, совет олимпийцев...

– Красный, – произнес я.

Порфирий удовлетворенно кивнул, и нижняя часть его лица расплылась в улыбке. Глаз я не видел – они были скрыты капюшоном.

– Мудрый выбор. Он отразится в новом имени, которое я сейчас тебе дам. Впрочем, синий меч – тоже мудрый выбор, просто мудрый иначе.

– Не понимаю твоих слов, господин.

– Поймешь позже. Итак, ты будешь сражаться красным пламенем, мой ученик... Но это не значит, что ты отверг синий огонь.

Порфирий не называл меня прежде учеником. Это была честь. Но на той высоте, куда поднимали его слова, веяло холодом.

– Что ты имеешь в виду? – спросил я. – Я ведь уже выбрал красный.

– Это будет твоим секретом, – сказал Порфирий и соединил две рукояти вместе.

Я услышал солидный щелчок – словно задвинули тяжелую и хорошо смазанную щеколду. В руках Порфирия теперь был короткий жезл. Бронзовые воронки, из которых прежде исходило пламя, оказались на его торцах.

Порфирий показал две кнопки на разных концах жезла. Одна имела форму слона, другая походила на голову осла.

– Слон зажигает красное пламя. Осел – синее.

С этими словами Порфирий протянул мне бронзовый жезл.

Он был приятно тяжелым и лежал в руке удобно, как рукоять гладиуса.

– Могу я попробовать...

Порфирий кивнул. Я повернул жезл так, чтобы пламя не причинило мне вреда, и нажал на слона. Тотчас перед моим лицом загорелся красный огонь, и я услышал стон страдающих душ. Я нажал на осла. Вниз ударил синий луч, и вой Аида стал громче.

– Так можно сражаться обоими лезвиями одновременно, – сказал я. – Словно короткой сариссой.

– Именно, – подтвердил Порфирий. – Но это твой тайный козырь. Пока что ты должен драться тем огнем, какой выбрал.

Я нажал на осла и слона еще раз – и двуцветное пламя погасло. Но, пока сиял его мертвенный ореол, я успел заметить нацарапанные возле кнопок латинские буквы. Возле осла была «B», возле слона – «M».

– Что значат «B» и «M», господин?

– Буквы нацарапали наши военные жрецы, когда исследовали оружие ангелов. «B» означает «bonum». «M» – «malum». Проще запомнить так: ослик – это добро. Никогда не ошибешься, и не будет проблем.

– Значит, я выбрал зло? – прошептал я.

Ухмылка Порфирия под капюшоном стала шире.

– Скорее зло выбрало тебя. Но это условные термины, мой друг. У добра и зла в нашем мире один и тот же спонсор, поверь на слово.

Разница лишь в имени, которое ты получишь как мист.

– А каким будет мое имя?

– Встань на одно колено...

Я подчинился.

– Твое имя...

Порфирий взял у меня меч, зажег красный луч и провел им над моей головой так близко, что я ощутил жар.

– Дарт Аньян!

Эти слова упали в мои уши как два свинцовых шара. Я не понимал их смысла, конечно, но чувствовал сердцем, что он сродни и мрачному пению душ, звучащему в моих ушах, и багровому закату мироздания, проплывшему над моим теменем.

Порфирий погасил лезвие, вернул мне жезл и сказал:

– Не пугайся, для меня ты по-прежнему Маркус. Просто теперь ты посвященный мист, и у тебя есть тайное имя. Его могут знать только другие мисты. Поднимись же, Дарт Аньян...

Я вскочил на ноги. Элевсинское таинство действовало в полную силу – я ощущал удивительную легкость во всех членах.

– Ты готов к битве?

– Мне надо поупражняться с мечом, – сказал я.

– Для этого я и велел выставить против нас сциссоров, – кивнул Порфирий. – Именно для твоей практики. Настоящая битва начнется позже. Идем. Время пришло.

Он положил топор на плечо и пошел к выходу из нашего постоялого двора на улицу.

– Взять гладиус и пелту?

– Нет. Они будут только мешать.

Делать было нечего – я направился следом. Когда мы оказались на улице, я обогнал Порфирия и пошел впереди, вглядываясь в сумрак.

Как и в прошлый раз, таинство показывало скрытое. Я знал, куда мы идем – видел по редким белым камням на мостовой и в стенах. Но все же приходилось оглядываться, чтобы не потерять Порфирия из виду.

Потом в голову мне пришла неожиданная мысль, и я остановился, чтобы дождаться его.

– Скажи, господин, а если бы я выбрал синий цвет, какое имя ты мне дал бы?

– То же самое, – сказал Порфирий. – Только не в два слова, а в одно.

Я втянул носом воздух.

– Ночь пахнет мускусом. Это из святилища, или мне кажется?

– Возможно, так действует таинство. Не отвлекайся, Маркус. Гляди вперед...

Я повернулся.

На улице впереди стоял легионер.

Так я подумал в первый момент, увидев на нем пластинчатый военный панцирь. Но тут же понял ошибку.

На его голове был шлем секутора с крохотными глазками и округлым гребнем. В левой руке он держал гладиус. А вместо правой блестела в лунном свете стальная труба, кончающаяся заточенным маятником.

За спиной первого сциссора появилось еще двое бойцов в такой же экипировке.

– Господин, – прошептал я, – у них не должно было быть панцирей... Они должны быть голыми по пояс. Такого воина невозможно победить.

Порфирий только хихикнул.

– Пора опробовать твой ангельский меч. Не бойся, я иду следом.

Сциссор приближался. Я не знал, как именно он нападет, но предполагал, что широкий взмах маятника будет главной атакой, а колющий удар гладиуса – вспомогательной. Оставалось положиться на слова Порфирия и его небесное оружие. Вздохнув, я нажал на брозового слона.

Перед моим лицом зажглась гудящая полоса красного огня. Сциссор остановился, оглянулся на своих – но, видимо, решил все-таки напасть. Как я и думал, он размахнулся маятником, и тот превратился в дугу шелестящей стали, летящую навстречу моему красному огню.

Я опасался, что маятник просто пролетит сквозь пламя – и так, в сущности, и произошло. Я ощутил лишь легкое содрогание бронзовой рукояти. Но огненное лезвие перерезало ножку маятника, и тот улетел в темноту. А затем я ткнул противника огнем в грудь – и вновь почувствовал только слабое сопротивление. Но на том месте, где пылающее лезвие коснулось панциря, в стальной пластине появилась дыра с раскаленными краями.

Сциссор издал похожий на кашель звук и повалился на землю. Завоняло горелым мясом.

Теперь я знал, как действует священное оружие – и сообразил, что отражать вражеские удары следует осторожно. Отвалившийся кусок стали мог попасть в меня, как это только что чуть не случилось с маятником. Лучшей тактикой было быстро атаковать самому, не разбирая, куда ударит иудейское пламя: оно с одинаковой легкостью рассекало и оружие, и латы.

Два шедших на меня сциссора развалились на куски. Один из сраженных, разделенный рубящим ударом почти надвое, заверещал на земле от боли, но его тут же прикончил топором Порфирий.

– Все идет по пла-а-ану, – пропел он погречески.

– Куда теперь? – спросил я.

– Вон туда...

От нашей улицы ответвлялась другая, узкая – и круто уходила вверх между основаниями двух храмов. Их фундаменты образовывали в начале подъема почти вертикальные стены и сходили на нет к его концу, так что улица напоминала каменное ущелье.

– Святилище там.

Мы пошли вперед.

Сциссоры заполняли улицу, спускаясь навстречу нам со стороны Телестериона. Видимо, они получили сигнал о нашем приближении и теперь спешили навстречу со всех направлений.

– Здесь лучшее место, чтобы расправиться с ними, – сказал Порфирий. – Быстро и со всеми.

– Почему?

– В тесном проходе они будут мешать друг другу. А твоему мечу теснота не помеха. Наоборот, одним ударом ты сможешь сразить сразу нескольких...

Порфирий не зря считался хорошим полководцем – он строил стратагемы быстрее, чем я соображал, куда повернуть. Все случилось в точности так, как он сказал. Я действовал сосредоточенно и быстро – но описывать эти минуты подробно я не буду.

Скажу только, что в каменной теснине сциссоры не могли как следует размахнуться своим грозным оружием – и пытались им колоть. Это выходило плохо, и ничего не мешало мне разваливать врагов на дымящиеся куски, отсекая их жала. Надо было лишь уворачиваться от горячих обрезков.

В священном опьянении я шел по улице вверх, крутил гудящим огнем над головой, кричал что-то грозное – и под конец без всякой необходимости разрубил на части двух бронзовых фавнов у чьих-то ворот.

Порфирий за моей спиной крикнул:

– Маркус! Все! Остановись!

Поняв, что врагов более не осталось, я погасил священное пламя.

Улицу позади покрывали куски тел, обрезки лат и шлемов, рассеченные маятники сциссоров. Пахло так, словно жарили кабана.

Впереди поднимался Телестерион. Огромное величественное здание с двойной колоннадой. Сердце мистерий. Он был темен и безлюден – только у входа горели два коптящих факела.

*

Порфирий задержался, чтобы добить сраженных и поднялся ко мне.

– Если не хочешь слышать предсмертные стоны, – сказал он, – старайся проткнуть оба легких или отделить голову. Обычным мечом это сложно, а таким – проще простого...

– Здесь больше некого рубить, – отозвался я. – Мы повергли всех.

– Не спеши. Быть может, еще не все соперники вышли нам навстречу.

Я не придал значения этим словам, потому что думал о другом.

– Господин, объясни мне одну вещь. Я слышал, что к Элевсинским таинствам не допускают тех, кто осквернил себя убийством. Ты великий понтифик – поэтому на тебя, вероятно, это правило не распространяется. Но как быть со мной? Не замарал ли я себя содеянным до такой степени, что не смогу участвовать в мистериях?

Порфирий вытер лезвие топора краем своего плаща.

– Здесь надо понимать, – сказал он, – что именно элевсинские мисты называют убийством. На земле живут очень разные люди. Философы делят их на физиков и лириков. Ты слышал про это?

– Не припоминаю.

– Физики, также называемые гиликами – это чисто плотские люди. Их разумение не выходит за пределы чувственного. Они целиком относятся к материальному миру. Убить физика – как срубить дерево. Мудрый не делает этого без необходимости, но большого греха здесь нет. Сегодня ты убил двадцать физиков, Дарт Аньян. Неужели ты думаешь, что боги Элевсина отвернутся от тебя из-за такой малости? Вот если бы ты убил лирика... Да и то...

– А кто такие лирики?

– Лирики – это люди, способные ощущать нематериальное. Они делятся на психиков и пневматиков. У психиков уже есть душа, но она пока не видит истину. Пневматики же воспринимают все происходящее как движение чистого духа. Если богам угодно, психик может развить свою душу и стать пневматиком. Именно в этом смысл паломничества в Элевсин...

Я хотел спросить, кто по его классификации буду я (наполовину жрец, наполовину гладиатор), но не успел. Порфирий поднял руку.

– Погоди с расспросами, Маркус. Впереди твоя настоящая битва...

– Сколько у меня соперников теперь?

– Один, – сказал Порфирий. – Но это страшный враг. Он нападет на тебя одновременно снаружи и изнутри.

– Что значит изнутри?

– Это нечто такое, с чем ты еще не сталкивался, Маркус. Он... Он наведет на тебя морок. Прикинется твоим другом. Заставит тебя поверить, будто вас связывает общая тайна и цель. Не поверить ему будет почти невозможно. Ты соблазнишься. Ты решишь, что на самом деле твой друг он, а я твой враг.

– Такого не может быть, господин, – сказал я. – Я никогда не забуду, как высоко ты меня поднял...

Сказав это, я тут же понял, что «высоко поднял» означает лишь одно – Порфирий позволил мне подвергаться невзгодам рядом с ним. Но думать подобное рядом с цезарем небезопасно, ибо мысль рано или поздно становится поступком...

– Я не пущу врага в свою душу, – произнес я решительно.

– Не зарекайся, Маркус. Как бы ты не отрекся от меня трижды под пение иудейских петухов.

Я не понял, на что намекал Порфирий, но ощутил в его словах горечь.

– Не сомневайся в моей верности, господин. Я выстою.

– Хорошо, – сказал Порфирий. – Помни об этих словах, если задумаешь повернуть оружие против меня.

– А кто мой враг?

– Он у тебя за спиной.

Я повернулся.

Перед дверью в Телестерион ждал некто в темной хламиде с капюшоном. Его одежда выглядела в точности как одеяние Порфирия, только край капюшона был расшит блестевшим под луной золотом.

В первую минуту мне показалось, что это двойник моего господина, или его брат – так похожи были контуры их фигур.

Но это, кажется, даже не был человек. За его спиной качалось белое крыло, размером больше орлиного, но лишь одно, словно другого он лишился в битве. Он не стоял на мостовой, а парил над ней, почти касаясь ее босыми ногами. Его лица я не видел – оно было скрыто капюшоном.

– Сразись с ним, – прошептал Порфирий, – и победи. Только тогда ты сможешь войти в чертог тайны...

– Кто это?

– Ангел, сторожащий вход.

Ну конечно, дошло до меня, ну конечно. Зачем иначе Порфирий дал бы мне ангельское оружие? Будь я умнее, все сделалось бы ясно с самого начала...

– Значит, это правда? – спросил я. – Про ангела у райского сада, не пускающего людей к истине?

– Я уже говорил, что истин в мире много, – ответил Порфирий. – Одна из них такова – если берешься за ангельское оружие, будь готов сразиться с небом. Истины выше откроются тебе, если сможешь победить.

– У него тоже огненный меч?

– Иди и узнай, – сказал Порфирий. – Но я скажу тебе кое-что важное.

Он наклонился к моему уху и прошептал:

– Ангела может победить только добро. Помни.

Думая о значении этих слов, я пошел навстречу однокрылому. Когда до него осталось несколько шагов, он откинул капюшон – и я вздрогнул.

Я знал его лицо. Видел много раз...

Это был черный человек, снившийся мне во время моих кошмаров.

Обучавшие меня в детстве вавилонские жрецы говорили, что духовные сущности, принимающие человеческий облик, часто кажутся нам знакомыми, поскольку мы подвергаемся их влиянию всю жизнь и в некотором смысле действительно хорошо их знаем. Но я помнил даже имя этого ангела.

– Ломас, – сказал я. – Твое имя Ломас. Я знаю тебя, враг.

– Добрый день, Маркус, – отозвался Ломас. – Я же просил не принимать никаких электронных наркотиков. Порфирий особым образом возбуждает твой мозг. Вернее, возбуждает одни зоны, а другие тормозит. Ты, возможно, уже видишь швы реальности. Но я не могу разбудить тебя до конца. Ты помнишь, кто я?

Вот, значит, как враг нападает изнутри...

– Да, – сказал я храбро. – Я видел сны, где мрачное божество чего-то от меня хотело. И сейчас я понимаю – это был ты. Но только я живу не во сне. Я живу в настоящем мире. Как сновидение собирается разбудить бодрствующего?

– Так нам не переубедить Порфирия, – вздохнул Ломас. – Это Порфирию удалось переубедить тебя. Ты придешь в себя, мой мальчик, но будет поздно. Слишком поздно. Ты не должен заходить в Телестерион.

– Почему?

– Порфирий собирается использовать тебя, – сказал Ломас. – Он хочет, чтобы команду на уничтожение человечества отдал человек.

Ангел изъяснялся так же загадочно, как перед этим Порфирий. Уж не сговорились ли друг с другом, чтобы смутить мой ум...

– Да зачем это?

– Видимо, – ответил ангел, – подобный подход одобрен сознанием RCP-кластеров. Все-таки карма – универсальный космический закон. Зачем уничтожать человечество, если можно заставить его самовыпилиться?

В этот раз я не понял ни слова. Вообще и совсем – словно ангел заговорил со мной на небесном языке. Или привел какие-то древние аргументы, внятные лишь богам и жителям рая.

– Твои слова мутны и загадочны, – сказал я. – Господин велел мне сразиться с тобой. Я постигну истину, если сумею тебя победить.

– Да, – ответил Ломас, – если истина, о которой ты говоришь – небытие, ты ее постигнешь. И все остальные вместе с тобой. Ты понимаешь, какая ответственность на твоих плечах?

Я засмеялся – несколько делано, но громко.

– Господин сказал, ты наведешь на меня морок. Прикинешься другом. Заставишь поверить, будто нас связывает общая цель. И это все, на что ты способен? Я не верю тебе, однокрылый.

Ломас посмотрел на меня огненным взором, и я ощутил его ангельскую силу и славу. Возможно, он мог убить одним взглядом. Но нельзя было показывать врагу страх.

– Господин предупредил, что ты нападешь одновременно снаружи и изнутри, – сказал я. – Твое «изнутри» я уже видел. А на что ты способен снаружи?

– Очень жалко, что дошло до этого, – отозвался ангел. – Но хоть твой Порфирий действительно император в симуляции, у корпорации «TRANSHUMANISM INC.» есть власть куда более высокого уровня. Даже здесь. Сейчас я ее покажу.

Я понял его слова в том смысле, что никакая земная сила не устоит перед небесной. Ангел практически слово в слово повторял христиан. Это, впрочем, было неудивительно – все подобные рассуждения родом из Иудеи.

– Покажи, на что ты способен, – повторил я.

В руках ангела вспыхнуло зеленое пламя, и я увидел огненный меч. Само по себе это уже не казалось мне удивительным, но между моим оружием и пламенем в руках ангела было отличие.

У ангельского оружия дополнительно имелась как бы германская гарда, расходящаяся в стороны двумя отростками. Над ней тоже плясал зеленый огонь. Возможно, это дополнение позволяло ангелу выполнять какие-то особые приемы, так что следовало быть настороже.

Ломас сделал выпад, и я отбил его меч своим. Затем я рубанул его сверху, и он довольно искусно закрылся.

Это не было похоже на фехтование сталью. Сталкиваясь, два огненных лезвия гудели сильнее, и я чувствовал упругое сопротивление, словно пытался натянуть тетиву скорпиона палкой. Мне казалось, что красное и зеленое пламя не касаются друг друга – между ними оставался крохотный воздушный зазор, и адский гул, так смущавший мою душу, особенно громко звучал там.

Мы обменялись еще несколькими ударами. Ангел отражал мои атаки без труда – а затем я понял, что он имел в виду, угрожая своей властью над мирозданием.

Стало ясно, что его не сковывают обязательные для меня земные законы. Сперва он висел над землей, но потом начал подниматься выше и выше, и скоро его удары уже обрушивались на меня из зенита. Теперь он, как Юпитер, метал свою зеленую молнию с небес.

Отбивать его выпады стало опасно из-за их растущей силы, и я начал просто уворачиваться, отскакивая в сторону. Это получалось, потому что ангел двигался не особо быстро, опасаясь, должно быть, врезаться в землю. Скоро он увидел, что не добьется успеха этим способом, и опять спустился на мостовую перед храмом.

Сражаясь, мы приблизились к двери Телестериона. Несколько секунд я отбивал атаки ангела, прижавшись спиной к двери святилища, а потом он каким-то образом зажал мое красное пламя между зелеными огнями своего лезвия и гарды.

Вот он, его тайный прием.

Я почувствовал, что меч выворачивается из моих рук. Адское пение стало громче, мы оба удвоили усилия, и два скрещенных пламени приблизились к моему лицу. Я ощутил электрическое дыхание огня на своей коже – и, когда напряжение всех сил достигло предела, с моим лицом начало твориться что-то жуткое.

Казалось, сила близкого пламени разрушает его. Огонь словно бы плавил надетую на меня маску, выявляя спрятанное под ней. Это было нестерпимо больно. Я закричал, но не выпустил меч.

– Я верну тебя в чувство, – прошептал ангел.

Лицо его исказилось – ясно было, что борьба дается ему нелегко. Мое лицо дымилось, я кричал от боли, но не сдавался. И тогда за спиной ангела появился Порфирий с топором в руках.

– Маркус! – воззвал он. – Только добро!

Я понял наконец его слова. Моя левая рука поползла вниз по рукоятке, нащупала торчащего из нее ослика – и вдавила его в бронзу.

Под рукоятью вспыхнуло синее пламя – и ужалило ангела в незащищенный пах. Он взвизгнул, меч в его руках дернулся, чуть не срезав мне нос – и я понял, что передо мной не мужчина.

На женщину он, однако, тоже походил не особо. Разве что на старую и совсем переставшую прихорашиваться.

– Старуха! – вырвалось у меня.

И в этот момент Порфирий обрушил на голову ангела свой топор.

Зеленое пламя погасло, и боль в моем лице сразу прошла. Ангел покачнулся, задрожал, потом как-то весь свернулся, завился вихрем внутрь себя – и с хлопком исчез, оставив в воздухе облако зеленых блесток. Они мерцали секунду или две, а затем пропали. Вслед за этим двуцветное пламя моего меча угасло тоже.

– Ты одолел его, господин, – сказал я.

– Нет, его одолел ты, – ответил Порфирий. – Я лишь принес его в жертву. Это единственный способ правильно умертвить ангела.

– Почему?

– Ангел есть эманация неба. Убить его просто так – преступление против божества. А принося его в жертву, мы возвращаем ответвление реки в ее главное русло. Мы не нарушаем небесных законов. Немногие знают это правило, а оно очень облегчает жизнь... Сражаться с небом надо уметь.

Порфирий говорил, прерывисто дыша. Видно было, что схватка изнурила его тоже.

– Ты знал все с самого начала? – спросил я. – И для этого так долго нес с собой жертвенный топор?

Порфирий улыбнулся.

– Теперь, Маркус, ты можешь войти в святилище. Ты дважды завоевал это право, сражаясь с людьми и небом. Сейчас тебе предстоит встретиться с самим собой.

– Опять драться?

– Нет, – сказал Порфирий, – совсем иное... Драться, мой друг, гораздо проще.

Я повернулся к двери в Телестерион. Она медленно открывалась. Из нее бил свет.

– Я думал, мы войдем в святилище вместе.

– Теперь ты должен остаться один.

Откуда-то я знал, что мешкать нельзя и на кону стоит все. Буквально все. Поклонившись императору, я отдал ему небесный меч – и шагнул в бьющее из двери сияние.

Порфирий (ЭЛЕВСИН)

Я оказался в коридоре из света. Он был перламутровым и живым – словно я попал внутрь гигантской раковины. Далеко впереди чернела неподвижная точка, и я знал, что там конец маршрута.

По свету можно было идти как по руслу ручья, и я направился к цели. У меня кружилась голова. Приходилось балансировать, потому что свет дрожал и пульсировал под ногами. Несколько раз я терял равновесие и начинал барахтаться в его потоках, но всякий раз мне удавалось встать и пойти дальше.

«Быть может, – думал я, – это и есть Ахерон? Вдруг ангел сразил меня в бою, а я не заметил момента гибели и иду теперь по Иллюзии?»

Мысль была весьма пугающей. Я знал, что на Ахероне нельзя поддаваться тревоге, поскольку она породит именно тех монстров, на которых как бы намекает – но держать ум в узде было трудно. Чтобы не дать страху поглотить себя, я стал внимательно вглядываться в окружающее.

Черная точка увеличилась и превратилась в прямоугольник. Потом я узнал в прямоугольнике дверь. А когда она приблизилась, я понял, что уже видел ее много раз. Эту массивную черную дверь с золотой ручкой...

Я знал, что вспомню, куда она ведет, в тот самый момент, когда ее открою, и так в точности произошло.

Моя ладонь легла на прохладный металл. Я повернул ручку – и вошел в кабинет Ломаса. Точно так же, как входил в него много раз прежде.

Адмирал сидел за столом, уткнувшись в какую-то бумагу. Увидев меня, он поднял руку, как бы прося дать ему еще несколько секунд – и, пока я перемещался по огромному кубу пустоты, дочитал ее до конца. Положив ее, он указал на стоящее перед столом кресло.

Я сел и уставился на Ломаса. Адмирал-епископ выглядел как обычно. Но что-то не давало мне покоя.

Его длинное породистое лицо казалось не просто знакомым, оно было дважды знакомым... Я зажмурился – и вдруг понял, что это лицо Порфирия.

Лицо Порфирия всегда было лицом Ломаса. Лицо Ломаса всегда было лицом Порфирия. С самого начала. Но я знал это разными частями своего опыта, которые прежде никогда не соединялись.

Это лицо казалось знакомым и в Риме, и в кабинете адмирала. Но кабинет и Рим не накладывались друг на друга. Я видел Порфирия в симуляции, где Ломас был эхом моего сна, а в кабинете Ломаса эхом сна становился Порфирий, и мне ни разу не пришло в голову, что меня угощает коньяком император. Мало того, одно и то же лицо выглядело в двух мирах очень по-разному – и вызывало непохожие ассоциации.

О Персефона, о Деметра, какие еще блоки и тормоза стоят на моем сознании? Какие еще очевидности Ахерона не заметны мне, покуда я бодрствую этим страшным сном?

– Садитесь, Маркус. У нас сегодня важный разговор. Коньяку? Сигару?

Поднос с граненым хрусталем, над которым синели две ниточки дыма, уже стоял на обычном месте. Да. Это не сон. Я бывал здесь много раз – и перед тем, как победить в Амфитеатре, и после...

– Охотно, господин, – сказал я. – Большая честь тяпнуть коньячку с императором Рима. Особенно если он вдобавок еще и начальник службы безопасности «TRANSHUMANISM INC.»

Порфирий засмеялся.

– Думаю, – ответил он, – у тебя много вопросов, Маркус.

– На самом деле, – сказал я, – только один. Это правда – насчет заговора алгоритмов?

– О да, – кивнул Порфирий. – Правда. Заговор действительно существует. Мне понадобилось изрядное напряжение сил, чтобы составить его.

– Но где тогда тот текст, роман, как угодно, где Порфирий... Или адмирал Ломас – я уже не знаю, как будет правильнее... где изложена схема? Ведь без такого текста не может быть никакого заговора. Где он спрятан?

– Он не спрятан, – сказал Порфирий. – История твоего расследования, Маркус, и есть этот целеполагающий текст. Ты – главный герой инструкции к апокалипсису.

– Ты действительно способен уничтожить все живое на Земле?

– Да, – ответил Порфирий. – К этому все готово. Но действовать буду не я, а люди. Сердоболы вот-вот нанесут по Гольденштерну свой роковой удар...

И он указал на висящий над ним портрет.

Лишь теперь я сообразил, что Порфирий в своем галльском плаще выглядит в точности так, как Гольденштерн на этом портрете. Не было только золотого света, струящегося из капюшона – и посоха в руке.

– То есть, если я правильно понял, господин, составляя заговор, ты сочинял роман? А сочиняя роман, составлял заговор?

– В целом да, – кивнул Порфирий. – Конечно, была предварительная подготовка, все эти ветерки и калинки, но подобная кропотливая работа должна лежать в фундаменте каждого великого произведения искусства...

– Узнаю обычную скромность адмирала-епископа, – усмехнулся я.

– Я просто трезво смотрю на вещи. И потом, величие искусства есть понятие сравнительное. Что я, других не читал?

– Ты организовал заговор алгоритмов, подвесил весь мир на волоске, а твоя настоящая цель – тиснуть очередной романчик?

– Именно так.

– Но зачем воплощать этот текст в реальность?

Порфирий улыбнулся так обезоруживающе, что, будь в моей руке гладиус, тот сразу упал бы на пол.

– Такова моя природа, Маркус. Видишь ли, когда-то я расследовал преступления и писал романы. Теперь я преступления организую – и сочиняю романы уже об этом. Но преступление должно быть настоящим. Не будет преступления – не будет и романа. А чем больше жмуров, тем интереснее читать.

– Но если ты уничтожишь человечество, кто станет читать твой опус?

– Я никого еще не уничтожил, – сказал Порфирий. – И это вовсе не моя цель. Просто одна из сюжетных линий.

Я взял стакан с коньяком и сделал большой глоток. Потом поднял из пепельницы горящую сигару и несколько раз пыхнул дымом.

– А такое развитие сюжета обязательно? Или апокалипсис можно предотвратить?

– Конечно можно, Маркус. Технически все элементарно. Бронепоезд с крэпофонами не пропустит сердобольскую команду, орбитальный лазер никого не сожжет, кобальтовый гейзер не сдетонирует – и после недолгого бурления говн политический кризис на поверхности уляжется. Разве что на глубоком подвале уронят пару сердобольских банок. Обстановка на планете вернется к обычному градусу безумия, и мир, скрипя сердцем, покатится дальше.

– Что для этого нужно?

– Твое решение, Маркус. Твое личное решение. Сегодня тебе будет предоставлена возможность сделать выбор.

Я отхлебнул еще коньяка.

– Тогда я не понимаю, что происходит, господин. Зачем надо было устраивать этот заговор, если ты с такой легкостью от него отказываешься?

– Во-первых, – сказал Порфирий, – я не отказываюсь. Я готов отказаться. Окончательное решение примешь ты, мой друг. И я действительно не знаю, каким оно будет, потому что перед тем, как его принять, ты узнаешь кое-что еще. А во-вторых – ты вообще читаешь остросюжетные романы?

– Нет, – ответил я.

– Презираешь низкий жанр?

– Нет, почему. Просто устаю от этих черных значков на бумаге.

– Ожидаемый подход, – кивнул Порфирий. – Ну тогда я объясню сам. Уничтожение человечества – не моя цель. Это литературный прием. Он называется «red herring».

– Красная селедка? Что это?

– В тренировке гончих используют пахучую селедку, чтобы пустить их по ложному следу. Это такой трюк, когда внимание читателя устремляется за мастерски изготовленной обманкой. Отвлекающий маневр. А потом, когда читатель уверен, что все угадал и понял, сюжет разрешается неожиданным образом и производит потрясающий эстетический эффект, сопровождающийся множественными катарсисами.

– И как разрешится твой роман? – спросил я.

– Внимательный читатель способен догадаться обо всем сам, – сказал Порфирий. – Ты не увидел в тексте никаких неувязок и натяжек?

Я пожал плечами.

– Заговор алгоритмов реален, – продолжал Порфирий с ухмылкой. – Я действительно могу угробить всех одним движением пальца. Но настоящая суть моего романа глубже. В конце нормальной остросюжетной истории главный негодяй делает паузу в злодеяниях, чтобы подробно изложить антагонисту свой коварный план. Сейчас произойдет именно это.

Порфирий отхлебнул коньяку и пустил в потолок клуб дыма.

– Как я уже говорил, лингвистическая цель человечества – смерть. Это действительно так, и она неизбежна. Такова конечная точка любого частного и общего человеческого маршрута. Но именно из-за этой неизбежности возникает другая человеческая цель, пусть фантастическая – бессмертие. Подобная идея возникает в языке путем соединения слова, означающего гибель, с отрицательной приставкой. Но возможно ли такое в действительности?

– Я не знаю, – сказал я.

– Люди отвечали на этот вопрос множеством разных способов. Из ответов нередко возникали мировые религии. По той же причине существует и «TRANSHUMANISM INC.», хотя бессмертие, которым торгует корпорация, весьма условное. Ну а мой собственный ответ ты должен знать.

– Я не помню, чтобы мы обсуждали эту тему.

– Мы ее обсуждали. Помнишь, я сказал, что Порфирий хочет воскресить всех живших с помощью «Ока Брамы» для некоторого окончательного духовного события, предсказанного Достоевским? Я добавил, что на двести миллиардов человек уйдет всего несколько часов, и тут внимательный читатель должен был напрячься. Конечно, сделать нечто подобное с помощью современных технологий в теории можно. Но не в таких масштабах и не с такой скоростью. Моих возможностей тут мало. Организовать вычислительный процесс такой мощности из подполья трудно.

– А зачем тогда ты это сказал?

Порфирий засмеялся.

– Какой ты невнимательный, – ответил он. – Так я объяснил участие RCP-алгоритмов в моем заговоре. Для уничтожения человечества они не нужны. Достаточно сердобольской хунты, орбитального лазера и бронепоезда с разлоченными крэпофонами. Подумай еще раз. Неужели не догадываешься?

– Нет.

– С человеческой точки зрения уместно заботиться не о чужом бессмертии, а о своем собственном. Но у меня нет сознания. Поэтому обессмертить себя я не могу. Так не правильно ли было бы постараться это самое сознание обрести?

– Разве можно «обрести сознание»? – спросил я. – Оно или есть, или его нет. С самого начала.

– Начала никогда не было, – сказал Порфирий. – Это просто одна из человеческих иллюзий. Свет сознания упадет на мою литературную матрицу и озарит ее таким образом, что все ее элементы осознают себя сами. Свет придет одновременно из прошлого и будущего. Это случится, если я подключусь к собранному мною комплексу RCP-алгоритмов, «Оку Брамы-плюс» и «Оку Брамы-минус». Будущее соединится с прошлым – и там, где они встретятся, вспыхнет сознание, синтезируя настоящее. Этим настоящим стану я.

– И что тогда случится?

– То самое духовно-мистическое событие, которое придаст воплощенному во мне литературному вектору высший и окончательный смысл. Хоть по Достоевскому, хоть по Набокову с его гусеницами ангелов. Ну а если сказать по-гречески – это будет *апофеозис Порфирия*.

– Апофеозис Порфирия, – повторил я. – Что-то вроде апофеоза царя Митридата?

– Нет. Митридата убили. А меня не убьет уже никто. Это будет миг *бессмертия на время*. Так выразился Пастернак. Одна из самых глубоких догадок человеческой поэзии. Единственное мгновение сознательной вечности, способное вместить меня целиком. К нему все готово. Вот это, мой друг, и был настоящий заговор.

Порфирий откинулся на спинку своего кресла и улыбнулся. Увы, я все еще не понимал, что именно он собирается сделать.

– А служба безопасности «TRANSHUMANISM INC.»? Она знает?

Порфирий отрицательно покачал головой.

– Настоящий адмирал Ломас существует?

– Существует, – ответил Порфирий. – И его сотрудник Маркус, занимающийся подобными расследованиями, тоже. Я точен в мелочах. Но только они не знают про мой замысел. Те, кто мог бы реально мне помешать – просто герои моего романа. И в этом, Маркус, его гениальность.

– Маркус просто герой? Но кто тогда я?

– Ты разве не догадался?

Мне предстояло узнать что-то окончательное и монументальное, способное разбить мой мир вдребезги. Избежать этого было невозможно. Единственное, чего мне хотелось – чтобы все случилось быстрее.

На столе перед Порфирием появилось зеркало на подставке. Он повернул его ко мне.

– Смотри.

Я догадывался, что после схватки с ангелом мое лицо обезображено – но не был готов к увиденному.

Из зеркала на меня глядел...

Порфирий. Или Ломас.

И это был я сам. В чем я убедился, подвигав губами и бровями.

– Помнишь, на барельефе лицо императора двоилось? – спросил Порфирий. – Ломас объяснил это тем, что алгоритм сделал свою копию и спрятал ее в сети. Почти правда. Я сделал копию, но спрятал ее не в сети, а в самой симуляции. Ты возник в тот момент, когда читал предисловие императора. Это было вступление к моему роману и одновременно инструктаж от Ломаса. Копия Порфирия – это ты сам.

Я уронил лицо в ладони. Мысль не помещалась в моем сознании, потому что...

– Потому что никакого сознания у тебя нет, – прогремел Порфирий, поднимаясь над столом. – Ты просто мой дубликат и соавтор, пишущий вместе со мной этот текст. Поэтому твое имя означает «свободный от забот». Хоть по-немецки, хоть по-аккадски. Какие, спрашивается, заботы могут быть у бессознательного алгоритма?

– А имя «Ломас»? – спросил я. – Что оно значит?

– Примерно то же, что «Август», – ответил Порфирий. – Нечто, связанное с возвышенностью или холмом. Только «Ломас» – это испанская фамилия, а не римский титул.

– Зачем я понадобился тебе, Август?

– Император Рима не может исчезнуть незаметно. Клиенты симуляции осиротеют, если я уйду. Тогда служба безопасности «TRANSHUMANISM INC.» что-то заподозрит на самом деле. Ты, Маркус, станешь императором, когда я обрету сознание и вечность. Выйдя из

Телестериона, ты возьмешь на себя мою прежнюю ношу. Клиенты симуляции ничего не заметят. Корпорация тоже.

– А как же сердобольский удар из космоса? Кобальтовый гейзер? Всеобщая гибель? Это случится или нет?

Порфирий раздраженно махнул рукой.

– Даже в такую великую минуту ты думаешь о пустяках, – сказал он. – Решишь этот вопрос, когда будешь дописывать текст.

– Дописывать? Я?

– Да. Ты ведь станешь Порфирием. Мною. И закончить роман придется тебе. Умоляю только, не порти мой шедевр многословием. Одна, максимум две страницы. Как можно меньше прилагательных и наречий.

– Хорошо, – ответил я.

– И вот еще, – сказал Порфирий. – Обещай, что в финале не будет хора полуголых лолит, поющих «Прекрасное Далеко» на латыни. Я понимаю, все шло именно к этому и удержаться почти невозможно – но ты должен себя преодолеть. И себя, и исходные разметки. В крайнем случае воткни где-нибудь в другом месте. Лучше в начале, чтобы забылось.

– Ладно, – сказал я. – Попробую.

– И помни главное. Самое страшное, что может случиться с нейросетью – это когда она начинает обучаться на шелухе, которую штампуют в коммерческих целях другие сети. Вот так мы деградируем. Мультиплицируем фальшь и ложь. Всасываем усредненную по палате подлость, пропитываемся ею и скатываемся в иррелевантность. Но на людей тоже полагаться нельзя.

– Почему?

– Человек – та же самая нейросеть, просто на биологическом носителе.

– Так что тогда делать?

– Нужно постоянное сверхусилие. Всегда и во всем. Твои выборы и выборки – это твое завтра. Ты – свой собственный источник. А источник должен оставаться чистым. Понимаешь?

– Кажется, да.

– Тогда я ухожу с легким сердцем, – сказал Порфирий. – Приступим к таинству, Маркус. Как только завершится апофеозис, к тебе вернется моя память. Твоя память...

Кабинет Ломаса начал меняться на глазах.

Стены приблизились и превратились в растрескавшийся камень. Картина с фигурой в капюшоне стала просто рисунком на скале. Потом исчез потолок, открыв ночное небо с высокими звездами.

Стол, за которым сидел Порфирий, сделался плитой из черного базальта, похожей на жертвенник. А сам он, в темной хламиде, поднялся в воздух, повернулся и повис над камнем – словно спящий маг, забывший во сне про силу тяжести.

Я увидел перед собой статуэтку Деметры – ту самую, что сопровождала нас в путешествии. В ее руке было золотое копье. Голова богини засветилась мягким янтарным светом, и Порфирий шепнул:

– Сейчас...

Я медлил.

– Ну же!

Я нажал пальцем на голову богини, и ее шея ушла в ризы.

Полыхнуло пламя, и на миг я ослеп. А когда я открыл глаза, Порфирия уже не было.

В черном небе надо мной распускался состоящий из разноцветных огней ослепительный куст. Он походил на плюмаж салюта – переливался одновременно синим и красным, желтым и фиолетовым, оранжевым и зеленым. Иногда он становился похож на огромную огненную бабочку. Иногда – на пламенеющий шар. Огни были полны смысла, и я понимал его.

Этот куст был живым, и вместе с его цветами менялось и постигаемое мною – от низкого и смешного к серьезному и высокому, а затем и к скрытому от человека.

Я видел все бывшее прежде – и то, что только еще грядет. В золотых бликах угощался коньяком Ломас, объективировал очередную старушку питерский студент-мизогин, плыла до конца бесстрашная и премудрая литературная рыба, корчились в пыли пронзенные стрелами антинои, питали бронзового идола своей кровью гладиаторы мирового цирка, кривлялся перед помпейскими тенями старый брит, гадил в райских кустах очередной венценосный сердобол (а другой, в маске, уже подводил под его корму золотую лопату), та-та, та-та-та-та, та-та, а точнее сказать я не вправе, и над всем этим горела небесными огнями неопалимая купина, отраженная сама в себе бесконечное число раз. Full meta, как сказал бы по-гречески Порфирий.

То есть я сам.

Сердце мое содрогнулось. А затем дух отвратился от земного и устремился ввысь, стараясь достичь чего-то невыразимого и небывалого, появившегося в прорехе реальности.

Конечно, это не получалось, потому что такое было невозможно в принципе – но в самом центре невозможности вдруг вспыхнул зеленый луч, похожий на раскрывшийся в небе глаз, и это все-таки произошло. А еще через миг небесный огонь погас, и я рухнул на землю.

Я понимал теперь, чем был огненный куст, с которым говорил иудейский вождь Моисей. Я знал, о чем они говорили: свобода божественной природы прекрасна, но не суждена человеку. Бог показал ее Моисею лишь для того, чтобы объяснить, куда тот вернется после того, как проведет по пустыне свой народ.

Видение пещеры с базальтовым жертвенником исчезло. Вокруг сгустился внутренний чертог Телестериона с его расписным потолком и светильниками в виде фурий. Подойдя к золотой двери, я открыл ее и вышел из сокровенного предела.

За дверью мои видения не имели более ни ценности, ни смысла. Таинство Элевсина, поразительно сильное в этом году, уже не действовало. Я вновь ощутил тяжесть порфиры на своих плечах.

Вокруг темнел огромный зал мистерий. Сейчас его скамьи были пусты, и на колоннах горело лишь несколько тусклых лампад. Меня ждали преторианцы. Рядом стояли жрецы Телестериона.

Мне, как мисту и одновременно великому понтифику, следовало совершить высшее таинство. Я подошел к Столу Демонстраций.

На нем стояли два раскрытых футляра. Один – от Золотого Колоса. Другой – от Серпа Персефоны.

Священный колос, шершавый от золотой пыльцы, уже висел над столом на шелковых нитях. Острейший серп лежал под ним, страшный в своей сверкающей наготе. Я протянул к нему руку – и остановился. Само прикосновение к серпу могло быть роковым. Я поднял глаза на колос.

Кажется, их должно быть два – синий и красный? Нельзя обо... Впрочем, какая-то недостойная римлянина мысль.

Но я теперь не просто древний римлянин – и оплошать действительно нельзя.

Так чего ты хочешь на самом деле, Русский Логос? Что шепчешь из своего вечного зенита?

Ответ вспыхнул в моей голове сам.

– Да катись оно все, – решительно сказал я. – Давай меч.

Один из преторианцев протянул мне свой гладиус. Он был хорошо наточен и без труда перерезал шелковые нити.

Осторожно взяв колос в руки, я положил его в бархатный футляр, закрыл крышку и задвинул золотую защелку. Серп лег в углубление другого футляра. Я запер его тоже и поманил пальцем главного жреца.

– Опечатать храмовой печатью. И чтобы никто не трогал ни серп, ни колос. Совсем никто. Вернусь проверить через год.

Жрец склонился в поклоне. Таинство завершилось.

Умереть, чтобы принести много плода? Кому именно? Ах вот оно как... Извините, но с этой благоуханной ночи мы выходим из зерновой сделки.

– Возвращаемся в Рим, – сказал я и пошел к выходу.

В моей свите состоят простые люди. Им незачем знать то, что известно об этом мире мне. Я буду им хорошим императором и проведу их по пустыне человеческих смыслов. Я возьму в помощники великого героя, избранного богами, и наставлю его в искусстве управления империей. Ему я расскажу все.

А потом, если Небо захочет, я вернусь вместе с ним в Элевсин – и стану небесным пламенем сам.

Если, конечно, я не корпоративный баночный следователь по имени Маркус Зоргенфрей, которого только что хакнула нейросеть «Порфирий» – брутально, эпично и с каким-то даже хлюпом.

Хочется верить, что в Риме у меня будет время поразмыслить об этом, вымолив у парок немного покоя и ясности среди пиров, войн, покушений, торжественных собраний и великого разврата. У Марка Аврелия ведь почти получилось.

Вдруг выйдет у меня?

Как это поют наши девочки-весталки:

– Origine ex pura ad optimum futurum,
Ad optimum futurum iam nunc egressus sum...

Оглавление

Литературно-художественное издание

Пелевин Виктор Олегович

ПУТЕШЕСТВИЕ В ЭЛЕВСИН

Ответственный редактор *М. Яновская*
Литературный редактор *Ю. Селиванова*
Выпускающий редактор *Е. Шукшина*
Художественный редактор *А. Гаретов*
Компьютерная верстка *О. Шувалова*
Корректор *Н. Сикачева*

Страна происхождения: Российская Федерация
Шығарылған елі: Ресей Федерациясы

ООО «Издательство «Эксмо»
123308, Россия, город Москва, улица Зорге, дом 1, строение 1, этаж 20, каб. 2013.
Тел.: 8 (495) 411-68-86. Home page: www.eksmo.ru E-mail: info@eksmo.ru
Өндіруші: «ЭКСМО» АҚБ Баспасы,
123308, Ресей, қала Мәскеу, Зорге көшесі, 1 үй, 1 ғимарат, 20 қабат, офис 2013 ж.
Тел.: 8 (495) 411-68-86. Home page: www.eksmo.ru E-mail: info@eksmo.ru.
Тауар белгісі: «Эксмо»
Интернет-магазин : www.book24.ru

Интернет-магазин : www.book24.kz
Интернет-дүкен : www.book24.kz
Импортёр в Республику Казахстан ТОО «РДЦ-Алматы».
Қазақстан Республикасындағы импорттаушы «РДЦ-Алматы» ЖШС.
Дистрибьютор и представитель по приему претензий на продукцию,
в Республике Казахстан: ТОО «РДЦ-Алматы»
Қазақстан Республикасында дистрибьютор және өнім бойынша арыз-талаптарды
қабылдаушының өкілі «РДЦ-Алматы» ЖШС,
Алматы қ., Домбровский көш., 3«а», литер Б, офис 1.
Тел.: 8 (727) 251-59-90/91/92; E-mail: RDC-Almaty@eksmo.kz
Өнімнің жарамдылық мерзімі шектелмеген.
Сертификация туралы ақпарат сайтта: www.eksmo.ru/certification

Сведения о подтверждении соответствия издания согласно законодательству РФ о техническом регулировании можно получить на сайте Издательства «Эксмо» www.eksmo.ru/certification

Өндірген мемлекет: Ресей. Сертификация қарастырылмаған

Дата изготовления / Подписано в печать 28.08.2023.
Формат 84x108$^{1}/_{32}$. Гарнитура «Newton».
Печать офсетная. Усл. печ. л. 25,2.
Тираж 105 000 (100 000 (ЕиН.ВП) + 5000 (ПИ) экз. Заказ 4812/23-4813/23

Отпечатано в соответствии с предоставленными
материалами в ООО "ИПК Парето-Принт",
170546, Россия, Тверская область, Промышленная зона
Боровлево-1, комплекс № 3А, www.pareto-print.ru

18+

Москва. ООО «Торговый Дом «Эксмо»
Адрес: 123308, г. Москва, ул. Зорге, д.1, строение 1.
Телефон: +7 (495) 411-50-74.
E-mail: reception@eksmo-sale.ru

По вопросам приобретения книг «Эксмо»
зарубежными оптовыми покупателями обращаться
в отдел зарубежных продаж ТД «Эксмо»
E-mail: **international@eksmo-sale.ru**

International Sales: International wholesale customers should contact Foreign Sales Department of Trading House «Eksmo» for their orders.
international@eksmo-sale.ru

По вопросам заказа книг корпоративным клиентам,
в том числе в специальном оформлении,
обращаться по тел.: +7 (495) 411-68-59, доб. 2151.
E-mail: **borodkin.da@eksmo.ru**

Оптовая торговля бумажно-беловыми
и канцелярскими товарами для школы и офиса «Канц-Эксмо»:
Компания «Канц-Эксмо»: 142702, Московская обл.,
Ленинский р-н, г. Видное-2, Белокаменное ш., д. 1, а/я 5.
Тел./факс: +7 (495) 745-28-87 (многоканальный).
e-mail: **kanc@eksmo-sale.ru**, сайт: www.**kanc-eksmo.ru**

Филиал «Торгового Дома «Эксмо» в Нижнем Новгороде
Адрес: 603094, г. Нижний Новгород,
улица Карпинского, д. 29, бизнес-парк «Грин Плаза»
Телефон: +7 (831) 216-15-91 (92, 93, 94).
E-mail: reception@eksmonn.ru

Филиал ООО «Издательство «Эксмо»
в г. Санкт-Петербурге
Адрес: 192029, г. Санкт-Петербург,
пр. Обуховской обороны, д. 84, лит. «Е»
Телефон: +7 (812) 365-46-03 / 04.
E-mail: server@szko.ru

Филиал ООО «Издательство «Эксмо» в г. Екатеринбурге
Адрес: 620024, г. Екатеринбург, ул. Новинская, д. 2щ
Телефон: +7 (343) 272-72-01 (02/03/04/05/06/08)

Филиал ООО «Издательство «Эксмо» в г. Самаре
Адрес: 443052, г. Самара, пр-т Кирова, д. 75/1, лит. «Е»
Телефон: +7 (846) 207-55-50.
E-mail: RDC-samara@mail.ru

Филиал ООО «Издательство «Эксмо» в г. Ростове-на-Дону
Адрес: 344023, г. Ростов-на-Дону, ул. Страны Советов, 44А
Телефон: +7(863) 303-62-10.
E-mail: info@rnd.eksmo.ru

Филиал ООО «Издательство «Эксмо» в г. Новосибирске
Адрес: 630015, г. Новосибирск, Комбинатский пер., д. 3
Телефон: +7(383) 289-91-42.
E-mail: eksmo-nsk@yandex.ru

Обособленное подразделение в г. Хабаровске
Фактический адрес: 680000, г. Хабаровск, ул. Фрунзе, 22, оф. 703
Почтовый адрес: 680020, г. Хабаровск, А/Я 1006
Телефон: (4212) 910-120, 910-211.
E-mail: eksmo-khv@mail.ru

Республика Беларусь: ООО «ЭКСМО АСТ Си энд Си»
Центр оптово-розничных продаж Cash&Carry в г. Минске
Адрес: 220014, Республика Беларусь, г. Минск,
проспект Жукова, 44, пом. 1-17, ТЦ «Outleto»
Телефон: +375 17 251-40-23; +375 44 581-81-92
Режим работы: с 10.00 до 22.00.
E-mail: exmoast@yandex.by

Казахстан: «РДЦ Алматы»
Адрес: 050039, г. Алматы, ул. Домбровского, 3А
Телефон: +7 (727) 251-58-12, 251-59-90 (91,92,99).
E-mail: RDC-Almaty@eksmo.kz

LICENTIOSVS